秦宁·著

Thousands of lights not as you

# 万千辉光不如你

江苏凤凰文艺出版社
JIANGSU PHOENIX LITERATURE AND ART PUBLISHING, LTD

其实你这样就挺好，
谁叫我喜欢的人就是林青枝。

人这一生太短暂，
可我想写给那个人的诗却太长。
我不知道该怎么表达，
只好将它们凝聚成一枚小小的戒指，
期望能够亲自将它戴在她的手上，
让她用一生来聆听。

# 目录

# 楔子

## 蝴蝶扇动了翅膀

夏日午后，熙攘的街道趋于安静。除却隐于树影之下的嘹亮蝉鸣，只有三两行人在烈日之下行色匆匆，仿佛整个世界都被高温烤没了气性。

坐落于商业街一角名为“竹里馆”的咖啡店，仅凭一面玻璃墙便将夏日的燥热隔绝在外。中央空调向室内吹送着清爽冷气，蓝调音乐在空气中悠然流淌，设计简约又不失时尚的卡座里时不时传出低声笑语，氛围轻松而惬意。店里的一面墙上挂着52吋的电视机，虽然常年播放各类时尚资讯，但声音从未开过，默契地维护着店内安静的环境。

林青枝将刚煮好的卡布奇诺和拿铁小心翼翼地摆上托盘，从吧台端向卡座。路过电视机时她不经意间抬眼，却发现电视里正在播放索罗贝尔设计奖颁奖典礼。正从主持人手中接过奖杯的女孩笑容甜美，乌黑如缎的长发随意披散在水绿色的一字肩晚礼服上，更显气质温润优雅。

林青枝看得出神，不知不觉已走到了要送的卡座，谁知脚下一不小心磕到台阶，托盘上的两杯咖啡便倾倒泼了客人一身。对方反应迅速立即起身躲开，但浅灰色的西服仍是遭了大殃。

“对不起！”林青枝脸色巨变，她连忙扯出桌上的纸巾去擦，桌子另一边的人已然出声呵斥。

“你怎么回事？叫店长过来！”身着白色西装的眼镜男神色气愤，不知不觉大起来的声音也引起了其他人的注意。

林青枝面色苍白，一声不吭，只是低着头小心地用纸巾一点一点浸干客人身上的咖啡渍。

“十分抱歉，我们会立即为两位重新煮咖啡，本次消费全部免单。”店长欧立夏闻声而至，一面道歉，一面从林青枝手里接过擦咖啡渍的工作，“这位客人的西装，我们也会——”

“我赔不起。”还不等他承诺赔偿，林青枝却率先抢白。

欧立夏一愣，眼镜男的脸色更加难看，他刚要发作，却被“受害人”扬手制止。

“为什么赔不起？”略带沙哑的嗓音慢条斯理地响起，林青枝这才第一次抬眼看向被自己泼了一身咖啡的客人。这位客人看上去大约30岁，眉目俊秀，鼻梁高挺，明明是一副很好看的模样，但不知为何看起来却让人有点害怕。

林青枝吞了口口水，完全无视欧立夏频频使来的眼色："你的西装牌子是Armani Prive，阿玛尼的高级定制品牌，基本价是人民币5万元起，而且它的质地摸起来像纯羊毛的，我估计全套价格至少在20万以上，我是真的赔不起。不过如果只是干洗费的话，我倒能够全权负责。"

"你竟然知道Armani Prive这个牌子。"对方闻言，眼中闪过一丝惊讶。林青枝尴尬地笑了一下。

"说得倒理直气壮，赔不起就不用赔吗？"眼镜男见林青枝打算以一句"赔不起"了事，不由得气笑了。

"我可以出干洗费，这个档次的西装干洗一次也要好几百了。"林青枝语气诚恳。

眼镜男还待再说，林青枝却是眼前一花，原来是对面的男人已经将西装外套脱下来递给了她。"张睿，给我纸笔。"待到林青枝接过衣服，他又扭头向眼镜男道。

眼镜男愣了一下，随即从公文包里拿出便笺纸和钢笔递给他；他迅速在纸上写下几个字，然后撕下来再次递给林青枝。

"衣服干洗好了就打我电话，我来拿。"他看着她，语气平静。

有些慌张地接过便笺纸，林青枝这才知道面前这个无缘无故被自己泼了一身咖啡的倒霉鬼叫作宋屿，字还挺好看。"谢谢。"没想到对方竟然这么好说话，她由衷感激。

宋屿没有回应，只是抬手示意张睿准备离开。他的目光扫过林青枝左手上的那枚尾戒，不动声色地停顿了一下。

林青枝将两人送出咖啡店，这才长吁一口气。

"小青枝，有你在，我的咖啡店恐怕一年里有10个月都要入不敷出。"欧立夏也松了口气，如果真像林青枝所说，对方若执意赔偿，自己至少3

个月的店是白开的。

“店长，我们劳务合同签了一年，你这会儿赶我走是要赔钱的。”林青枝闻言，赶紧扭头看他。

“你怎么知道他那套阿玛尼不是仿的？这年头山寨货可多了去了。”欧立夏没有接她的话，而是反问道。

“我不知道他那套西装是不是仿的，但他的袖扣肯定是真的。”林青枝将西装小心地拎着，尽量不蹭到咖啡渍。

“袖扣？”欧立夏一脸茫然。

“那位客人的袖扣是海瑞温斯顿的 The Zalium 男士系列之一，锆合金那如同青铜般的铁灰色调面板搭配嵌入其中的精切钻石，一向很好认；我是不觉得一名连袖扣都是世界知名品牌的男士，会穿着一件仿的高定品牌西装四处乱晃。”将制式围裙解下，林青枝朝欧立夏挥了挥手里的衣服，“店长，我把衣服送去干洗了。”

待到林青枝走出门去，欧立夏才反应过来，不禁摇头苦笑：“这家伙明明就该是个珠宝设计师，干吗非要来当女服务生？”

“宋先生，这套西装可是你最喜爱的珍藏之一。”在开车回公司的路上，张睿依旧在为刚才发生在咖啡店的事情愤愤不平。那名女服务生虽然在事发的第一时间就开始着手处理，但那副“我就是赔不起”的态度却让他心里很不是滋味，毕竟提议去竹里馆喝咖啡的人是他。

“她赔不起，我还能怎么样？”宋屿看向窗外，表情不变，“不过她愿意出干洗费，也算不错。”

“你把衣服这样扔给她，不怕她直接跑了？”张睿还是不放心。

“就算她跑了，还有店长在。”宋屿嘴角微挑，车窗玻璃上倒映出了他微挑的嘴角，“更何况……”

“什么？”张睿见他说到一半突然停止，不禁有些好奇。

宋屿眼前又闪过了对方手上的那枚尾戒。戒面上嵌着的一小块白水晶虽有些杂质，但被手工打磨得棱角分明且光色柔和；经黄铜金属丝看似随意实则有规律地缠绕装点之后，俨然展现出一种类似蒸汽朋克的奇幻风格。他对这种个性设计产生了好奇，不禁希望可以通过那个女服务生了解到它究竟是出自谁之手。

“没什么。”敛去嘴角笑意，宋屿向后靠向座椅，开始闭目养神。

# 第一章

## 伸出橄榄枝

从干洗店出来，林青枝看了眼钱包，有种心痛的感觉。她以为这个牌子的西装干洗最多要500元，可送进干洗店才知道要1000元，有一瞬间她甚至产生了把西装拎回家自己洗的冲动。叹了口气后将钱包收好，林青枝正要往回走，却突然被远处一面巨大的广告牌吸引。那是亚瑟珠宝的广告牌。

作为国际知名的时尚珠宝品牌，亚瑟珠宝每年都有四五个系列产品出自中国分部；相比其他国际珠宝品牌，亚瑟珠宝明显给予了华人设计师更多的发展机会，它也由此成为众多华人精英设计师们梦寐以求的乐园。但是，这并非林青枝在广告牌前驻足良久的原因。

广告牌上的精英男士用修长的手指覆盖半边面庞，无名指上佩戴着一枚黑底金边的戒指；戒指上镶的两颗钻石通过圆弧金线的连接巧妙地拼成了一个“S”形，与金边遥相呼应成“一生一世”的寓意，正是亚瑟珠宝今年推出的“白昼黑夜”系列当中情侣对戒的男士款；而那个只露出了半边脸的模特，林青枝几乎一眼就认出了他是谁：这个模特不是别人，正是被她泼了一身咖啡的宋屿。

她知道亚瑟珠宝中国分部就坐落在离商业街不远的京华大厦里，却没想到自己竟有机会泼人家珠宝模特一身咖啡，不禁感慨自己的运气真不是一般得背。但回想起刚才看到的索罗贝尔设计奖颁奖典礼，林青枝又释然了：反正她这辈子都没机会进入亚瑟珠宝，又何必为那杯咖啡懊悔不已呢？摇摇头甩掉心中的不安，她快步走回咖啡店。

第一次只穿衬衣走进公司，宋屿自然受到了来自全公司的“注目礼”。但他对此并不在意，依旧神色如常地走向自己的办公室。办公室门口的办公桌是秘书周想的，经过时他不经意间瞥见她竟然敢在上班时间刷淘宝，于是瞬间停下脚步。

感受到身后的沉重压力，周想脖子僵硬地慢慢回头，在看见对方的皮鞋时就立马跳了起来。“头儿，你听我解释！”她音调虽高却胜在声音动听，配上一副泫然欲泣的楚楚神色，确实很容易激起男人的保护欲。

“说。”然而宋屿却根本不吃这一套，面无表情地打断了她的表演。

早已习惯自家上司的说话方式，周想立即殷勤地让开位置，将开着淘宝网页的笔记本献宝似的呈到他的面前。这是一家名为“万千辉光”的原创珠宝设计网店，宋屿一眼就看出了店里售卖商品制作材料的廉价，却不得不承认对方的设计很有特色。

“这家店是我无意中发现的，怎么样，很不错吧？”见对方的注意力完全被吸引，周想颇为自豪地说道。

“这些设计的确很有特色，但还远称不上一流。”宋屿闻言，抬眼看她，“周想，你上班刷淘宝，就是为了让我看这个？”在工作上宋屿不接受任何敷衍塞责，如果周想说不出个所以然，今天这事肯定会以书面形式摆上人事部的办公桌。

“头儿，你再仔细看看，看这里！”周想惊出一身冷汗，连忙想方设法自救，“难道你不觉得这个手镯的工艺很难得吗？”她指向的东西，是店里一个名为“紫藤”的镯子。

宋屿不置可否，只是接过她手里的笔记本，在她的办公桌前坐了下来。点开镯子的详情页面，数幅清晰大图跃然眼前，宋屿本还不屑一顾的神色渐渐认真。镯子使用的材质并不昂贵，它以黄铜打底，用柔软的扁铜丝在镯身上掐出繁茂的紫藤花型，最后再以珐琅质色釉填充进行烧制。就外形来看，镯身的紫藤花形象自然秀美，烧制色泽艳丽饱满，看似使用的是传统景泰蓝工艺，却又不拘古法，自有新意。

“这镯子的制作工艺很老到，实在不像是个淘宝小店能做出来的手艺。”研究了半晌，宋屿得出结论。

见顶头上司对自己的劳动成果还算满意，周想这才松了口气：“我也是想到公司今年有个与景泰蓝相关的项目，所以在无意间看到这家店后才忍不住多看了几眼。”

“也就是说，你还是在上班时间刷淘宝？”宋屿瞥她一眼，周想立马闭嘴。

“现在就联系店主，我要跟她谈谈。”没有理会她的反应，宋屿起身。

“头儿，这个可能有点难度。”周想知道他的意思，连忙开口解释，“这家店的店主不是专职卖家，她可能好几天才上一次线，我只能先给她留个言。”

“行，她一有回复就告诉我。”宋屿点头，然后扭头看向刚刚停好车上来的张睿，“张睿，今年招收设计师的投递简历都整理好了吗？”

“我马上发你邮箱。”张睿点头，刚要去自己的办公桌却又像想起了什么似的停下脚步，“不过宋先生，今年的情况有点特殊，这些简历里有一个是今年的应届毕业生。”

“我们从不招应届毕业生，这份简历不用拿给我看。”宋屿一边说，一边朝办公室走。

“但这名应届毕业生是获得今年索罗贝尔设计新星奖提名的新人之一，而且她提交的设计作品是景泰蓝工艺珠宝制品。”张睿解释道。

宋屿的脚步停了下来。“今年的索罗贝尔设计新星奖提名的新人之一？”宋屿回头看他，眼里终于有了一点儿兴趣，“这倒有点儿意思。”

今天店里比平时忙碌许多，林青枝直到下班才有空拿出手机登录旺旺，一一回复买家们的留言。

“小青枝，看来今天网店生意不错啊。”欧立夏在吧台前擦拭着洗干净的咖啡杯，见林青枝埋头敲字，不禁出声调侃。

“并没有，一向都是只问不买的多。”林青枝叹了口气，表情无奈。她开的是原创设计珠宝店，虽然所用材料并不昂贵，但因为是原创设计和手工制作，所以价格定得也不便宜；不少买家只看见材料廉价，却看不见无形成本，以至于她的店在淘宝原创设计珠宝类里虽然口碑不错，可实际收益却并不乐观。

“不是我说你，既然是正儿八经的科班出身，怎么就没想过入职珠宝公司当设计师呢？”见她神色纠结，欧立夏也忍不住叹了口气，“去设计制作那些货真价实的珠宝，总比你过家家似的玩这些铜片铁片强得多吧。”

林青枝的表情一僵。她又何尝不想成为一名真正的珠宝设计师？只是有些时候，人活在这个世界上就是身不由己。她没有接欧立夏的话，只是沉默地继续低头回复买家们的留言。突然她愣了一下，只见一个ID是“潇湘月影”的买家留言说喜欢她的设计作品，希望能和她谈一谈合作相关事宜。林青枝觉得有点儿不可思议，但一看对方的买家等级已经V6，又觉得应该不可能是个恶作剧。

欧立夏见她突然不动，有些好奇地凑过去看了眼她的手机，不由为她感到高兴。“这不是挺好吗，是金子总是要发光的。”他笑着道。

“不会是骗人的吧？”林青枝有些忐忑，毕竟对她来说，这无异于是天上掉馅饼的大好事。总觉得，这种好事绝不可能发生在她的身上。

“先聊聊呗，只要不让你点链接、扫二维码或者直接打钱就行。”欧立夏连连鼓励。

林青枝犹豫半天，终于决定回话。

周想收到“万千辉光”店主“脑洞开到月球上”的回话，第一时间就跳起来抱起笔记本冲进了宋屿的办公室。宋屿见她一副求表扬的夸张表情，不禁微微摇头，随即接过了笔记本，戴上眼镜。

“你好，我看过你的‘紫藤’，觉得你的设计思路和制作工艺都很好。”他敲字的速度很快，就像是不想浪费每一秒钟。

“谢谢喜欢。”对方礼貌回话，态度不卑不亢。

“我们是一家珠宝公司，近期会有景泰蓝的相关设计项目，你有没有兴趣跟我们合作？”宋屿开门见山。

“请问是什么样的合作？”对方沉默了许久，反问。

“我们可以就这一个项目签订单独的合作合同，你的署名权会保留下来。”宋屿继续道，“或者你也可以向我们投递简历，看看是否能成为我们的正式设计师，我们的福利待遇在业内也算是中上水平。”

林青枝见这块天上掉下的馅饼越来越像是真的，连忙向欧立夏投去求助的目光。

“当然是先投简历试试，快问对方是哪家公司。”欧立夏催促道。虽然他很喜欢这个乐观开朗又肯干活的小姑娘，但在他心中，比起咖啡店服务生，她的确更适合成为一名珠宝设计师。

“不好吧，这事我还没想好呢。”林青枝很是犹豫。她的确喜欢珠宝设计，但一想到毕业时爷爷说过的那番话，就死活迈不出踏入业界的这一步。

“你不问，我来。”欧立夏见她还在摇摆不定，干脆一把抢过她的手机飞速敲出了几个字。

待到林青枝好不容易抢回手机，对方已经回了话：“亚瑟珠宝中国分部，简历投递邮箱是 YSZBChina@1xx.com。”这句话陡然映入眼帘，吓得她差点没将手机一把扔出去。

见对方的头像突然变成灰色，宋屿不禁微微皱眉。周想见他神色有变，便凑到电脑前看了一眼，见此情形也是一愣。

“我说了什么可怕的话吗？”宋屿摘下眼镜，扭头看她。

“可能，人家觉得你是个骗子？”斟酌许久，周想试探着道。本来嘛，任谁都不可能相信在珠宝行业数一数二的亚瑟珠宝会在淘宝上找设计外援吧？

宋屿没说话，看样子是在认真思考周想的话。过了片刻，他端起笔记本送回了周想怀里：“你立刻将她家的景泰蓝工艺首饰每样订一份，等确认了实物的技术工艺后再说其他。”

“明白。”周想点头，立即转身走出他的办公室。

这时，张睿正好拿着档案袋走进来。“宋先生，面试的新人已经到了，这是他们简历的打印件。”在办公桌前停下，张睿将档案袋双手递给宋屿，说道。

宋屿打开，拨了拨里面的东西后便将它放在了桌上，然后说道："先让那个应届生进来，我对她比较感兴趣。"他放松肩膀靠在沙发上，眼中闪过一道精光。

张睿应声退出办公室，3 分钟后，敲门声响起。宋屿道了声"请进"，对方便推门而入，随即他便觉眼前一亮。从业多年，加上自己又是亚瑟珠宝的业余珠宝模特，宋屿见过的美女类型数不胜数，但走进他办公室的这个身影，仍让他耳目一新。

对方身高 1.7m 左右，身着一袭腰部打着褶皱装饰的黑色包臀连衣裙，裙下笔直修长的美腿踩着一双金色鱼嘴高跟鞋，整体线条越发修长；一头乌黑长发绾在脑后盘了个髻，额前有几缕碎发垂下微弯，衬得肤色更加白皙；五官精致而立体，妆容明媚，眉目间有着江南水乡的温柔，但乌黑明亮的眸子里却透着一丝属于职业女性的精明与干练。

"罗嘉？"宋屿示意她在自己的办公桌前坐下，问。

"是的，宋总，我就是罗嘉。"罗嘉落座之后，微笑以答。

"我看过你的简历，英国谢菲尔德哈勒姆大学珠宝设计专业的高才生，毕业设计作品还获得了今年索罗贝尔设计新星奖提名，这也使你的入职起点比许多人高出不少。但如果你了解过亚瑟珠宝，就该知道我们所需要的都是百里挑一、经验丰富的成熟设计师，换句话说，我们的设计师岗位从不招应届毕业生。"宋屿说话时一直看着她，不放过她脸上任何一点儿微小变化。

"我知道。"罗嘉微笑不变，神态自若。宋屿眼中流露出一丝欣赏。罗嘉的应对表现很是从容，丝毫不像初出茅庐的职场菜鸟；如果不是应对此类场面经验丰富，就是对自己的能力有着绝对自信。

见宋屿没有说话，罗嘉便从自己的包里拿出一个大信封放在桌上推送到了他的面前："正因为我知道，所以我才向贵公司投递了简历。"见宋屿将信封打开拿出里面的资料，她继续道，"好的珠宝设计靠的并不是丰富的经验，而是设计师对潮流风尚的敏锐探知和自身的天赋美感，所以我有信心成为一名优秀的珠宝设计师，更有信心将亚瑟珠宝的品牌效应发扬光大。”

宋屿翻看着从信封里拿出的资料，这些都是罗嘉的设计手稿。平心而论，这些设计稿最多算是中上水准，设计理念和设计特点不算平庸，却也不算出彩，但当他翻到最后一页时，却突然有了惊艳之感。那是一枚被命名为“忘川”的水滴形吊坠。它的主体用了翡翠，上面掐丝镶嵌了两朵彼岸花，花瓣花蕊清晰可见，花朵颜色鲜艳如火。如若不是附有实物照片，他着实很难相信在翡翠上竟然也能完成精细度这么高的掐丝镶嵌。

罗嘉见他目光定格在这张设计稿上久久不曾离开，便知自己此次应聘已然十拿九稳。

“这就是你获得索罗贝尔设计新星奖提名的作品吧？”疑问的句式，宋屿却是以笃定的语气说了出来。

“这是我第一次尝试在翡翠上运用景泰蓝工艺，万幸成功了。翡翠不比铜板，在工艺上的确要小心百倍。”罗嘉微微扬起下巴，表情骄傲。

“希望你以后的每一个作品，都能达到‘忘川’之上的水准。”将所有资料重新装入信封，宋屿在递回信封的同时低声说道。

罗嘉愣了一下，随即便反应过来，自己已经被录取了。“谢谢宋总，我一定不负所望！”她高兴地站起来，好看的眉眼笑成了弯月。

宋屿点头，示意她出去，并按下答录机让张睿安排下一个应聘人员进来。

走出宋屿办公室，罗嘉激动得无以复加，如果不是考虑在公司人多眼杂，她几乎就要跳起来欢呼。时隔 3 年，她终于进入亚瑟珠宝，来到了离他最近的地方。她忘不了 3 年前第一次看见他的设计作品时的那种喜爱与激动，更忘不了第一次见到他真人时内心骤然而起的悸动；从那时起她便知道自己是注定要追随他的脚步，注定要走进他生命里的。罗嘉扬起自信张扬的微笑，昂首挺胸地走进了电梯里。从这一刻起，她终会让他知道，在这辉光万千的珠宝世界里，只有她能与他并肩而行。

打扫完咖啡馆并关好门后，林青枝的肚子恰好发出了严正抗议。察觉到身旁一双不怀好意的眼睛贼亮贼亮地看向自己，欧立夏只得认命地叹了口气，主动邀请女店员就近吃晚餐。

距离咖啡馆两条街的地方有一家大排档，店面不大，胜在干净好吃又不贵，生意向来不错。和林青枝在一个双人位的小桌子旁坐下，欧立夏让她点菜，自己则去冷柜里拿了两罐冰可乐。

“小青枝，我觉得你可以投一份简历过去试试。”将一罐可乐递给林青枝，欧立夏不免又说起了刚才的事。

“我才不要，你见过哪家珠宝设计公司在淘宝上找设计师的？”林青枝翻了个白眼，显然还对刚才的事心有余悸，“刚才那个人肯定是骗子。”

“可我查了一下，对方留的邮箱的确是亚瑟珠宝的。”欧立夏一边喝可乐，一边将自己手机搜到的网页递给她看。

林青枝看了一眼，对方留的邮箱竟然真是亚瑟珠宝的。“就算真是亚瑟珠宝的邮箱，我投简历也没戏。亚瑟珠宝的招聘要求在业内算是很高的，他们根本就不招应届毕业生。”沉吟片刻，林青枝打开可乐喝了一口后说道。

充足的气泡伴随着冷冽的液体瞬间冲入口中，林青枝被冰了一个激灵，眼泪都差点出来。

“小青枝，你就不能对自己有点自信？”欧立夏看着她，一脸的恨铁不成钢。

林青枝耸耸肩膀，表示无能为力。就在这时，她的手机里响起了淘宝的提示音。她一边喝可乐，一边拿出手机瞄了一眼，结果差点被呛到。

“喝个可乐都能呛成这样，你能不能行？”欧立夏赶紧起身给她拍背，并尴尬地朝看向他们的其他人抱歉微笑。

林青枝咳得惊天动地，她把可乐放在桌上，伸手抽出好几张纸巾擦嘴的同时，还不忘将手机递给欧立夏。欧立夏不明所以地接过手机，只看一眼，眼睛便同样瞪得滚圆。“真的假的？”他有些不确定地问。

“如果对方不是故意整我，那我可能真的误会他了。”好不容易平复呼吸，林青枝喘着粗气，声音略带沙哑。淘宝卖家后台上显示，名为“潇湘月影”的买家在她的店铺里下了将近5000元的单，店铺里的所有景泰蓝工艺首饰他都买了一份。只是林青枝想不明白，作为一家在业内数一数二的大公司，难道亚瑟珠宝真的找不出一个擅长景泰蓝工艺制作的设计师？不管了，毕竟赚钱要紧，明天就开始干活吧。

第二天一上班，宋屿便率先打开工作邮箱，发现里面除了与工作相关的邮件之外，并没有新的简历。“万千辉光”的淘宝店店主在周想下单后仍没有投递简历，不知道是如周想所说担心上当受骗，还是另有想法。这时，张睿敲门进来，将一些设计项目企划书送到了他的桌前。

“你挑几个设计项目分配给昨天进来的那几个新人，不要价值太大的，我想看看他们的实际能力。”宋屿扫了一眼所有的企划书，然后从中抽出了一个景泰蓝项目，“这个给罗嘉，我要看一看她的景泰蓝技术实操。”

“可是宋先生，这个景泰蓝项目是嘉世集团的赵董事长派人送来的，他点名请您亲自操刀。”张睿闻言，面露难色。

“先给罗嘉，至于制作材料，先不急着用客户的，你从我的材料库里挑相近的给她。”宋屿神色不变，只是加了一句，“这点，不要告诉她。”张睿瞬间会意，点头应允后便转身走出了办公室。

不知为什么，宋屿总觉得罗嘉的“忘川”和她之前的设计作品相比水准跨度太大，大到有些不合常理。但“忘川”获得过国际大奖提名，如果设计版权真的存有争议，那原设计者早该跳出来发表声明了。想到这里，宋屿不由笑叹自己着实太过敏感。

钢琴版《卡门》响起，宋屿看向桌上的手机，是一个陌生来电。“你好。”接听电话，宋屿的声音磁性而低沉。

“请问是宋先生吗？”对方迟疑了一下，试探着问。

“你是？”电话里是一个清澈温和的女声，但对他来说却很陌生。

“宋先生，您的西装我这边已经干洗好了，请问您是过来取还是我送过去？”对方继续道。宋屿终于想起来，她是昨天泼了自己一身咖啡的女服务生。他刚想叫她送过来，却又突然想起了她的那枚尾戒。“下午我过去取。”他立即改口道。

“好的，麻烦您了。”电话那头闻言，似是松了口气。

“看来，你并不愿意给我送？”于是，宋屿问。

“不是的，宋先生，只是我上午有事要出去，如果您需要我送的话，那我下午就给您送过去，请给我一个地址。”对方的声音微微慌了起来。

“不必了，我下午过去。”见对方慌张起来，宋屿稍微反省了一下自己的语气，随即便挂了电话。

“周想。”然后，他按下答录机招呼门口的秘书。

“头儿，怎么了？”周想的声音有些含糊不清，宋屿不用想就知道自己这个下属又在办公期间偷吃零食了。

“我说话很吓人吗？”他顿了一下，问。那个淘宝店主也好，这个女服务生也好，明明自己是很正常的说话，为什么她们一个两个都能吓成那样？

周想半天没有回话，宋屿听见了喝水的声音。大约过了2分钟，周想的声音终于再次响起：“恕我直言，您这么跟我说话，我也很害怕。”她话音未落，宋屿已经松开了答录机。

挂断电话，林青枝长长地舒了口气。明明宋屿不难讲话，可不知为什么她和他说话时总会感觉有些紧张，也许是因为他那张面无表情的英俊脸庞太有威压感？但不管怎么说，他没让她去送西装，总算让她少了一桩麻烦事。

昨天“潇湘月影”下的单着实太多，她不得不跟欧立夏请假一上午去选买材料。虽然她用的材料并不是什么名贵珠宝，但因为景泰蓝的制作工艺对铜板铜丝要求很高，加之她各个景泰蓝作品的风格都相差甚远，所以挑选材料成了一项浩大工程；她只希望今天一上午能够顺利采买到所有需要的材料，不至于还得再跑第二趟。

想起昨天的订单，林青枝还是有种强烈的不真实感。先是自称亚瑟珠宝工作人员的人向她伸来橄榄枝，紧接着就是这个将近 5000 元的超级大单，换作一天前她肯定是想都不敢想的——不说一单将近 5000 元，就是她销量最好的时候，一个月接到的总单都没有到过 5000 元。是不是在她泼了宋屿一身咖啡之后，命运之神终于不忍心看她继续倒血霉，于是便高抬贵手给了她一个小小的转机？虽然和亚瑟珠宝合作这件事她真的不敢想，但这 5000 元她还是希望能够好好挣下的。想到这里，林青枝立马振作精神，挤入了摩肩接踵的手工原材料批发市场。

骄阳似火，批发市场里热气蒸腾，林青枝很快便汗流浃背。但她浑然不觉，只专注地看着店里的各类原材料。玉石、珍珠、镀金银铜、贝母、串珠、彩金属丝线，她的目光敏锐而迅速地扫过令人眼花缭乱的原材料堆，很快便从中挑选出了不少需要的耗材。就在她准备继续搜寻材料之际，手机却突然响了。她拿出手机，是个陌生电话。犹豫片刻之后，她还是决定接听。

“林青枝？”不等她说话，对方已先声夺人，婉转动听的声音里透着一丝高高在上的傲慢。

“你怎么知道我的电话？”林青枝脸色一变，很快恢复如常。

“我问了很多同学，好不容易才打听到的。”对方“啧”了一声，似乎颇为不满。

“有什么事？”她并不想跟电话那头的人过多纠缠，于是说话也变得简短。

“再帮我做一次设计吧。”听出了林青枝的不耐烦，对方停顿片刻，语气稍好一些。

“我拒绝。”林青枝想都不想，一口回绝。每一个设计作品都是设计师的“孩子”，她已经卖过一次“孩子”了，绝不会再卖第二次。

“10 万。”对方并不理会她的拒绝，而是直接开价。

林青枝没有说话，直接挂断电话继续逛市场。过了大约 5 分钟，电话再次打来。林青枝接听，对方接着报价：“20 万。”她再次挂断电话。

第三次，林青枝拿起电话刚要骂人，对方却再次抢先开口：“30 万！林青枝，30 万是我的底线。我保证这是最后一次了，就算你要装清高，也先替你叔叔想想吧，除了手术，他后续康复治疗难道就不需要钱吗？”

“我可以自己赚。”被戳到痛处，林青枝的语气一下就软了下来。

“就凭你那九流小网店？”对方冷笑，毫不掩饰自己的嘲讽，“虽然我不知道你为什么不进入珠宝设计行业，但既然你选择不走这条路，仅凭那个小网店，你 10 年都赚不到 30 万。”

林青枝沉默。她不得不承认，对方说的的确是事实。见她这次没有挂断电话，对方松了口气，语气也慢慢柔和下来：“青枝，我也是迫不得已才再一次来找你的。大家都是设计专业，设计作品对于设计者意味着什么，我自然明白。就这最后一次，我保证，好吗？”

“最后一次。”沉默良久，林青枝终于慢慢吐出了 4 个字。

“最后一次。”对方闻言，立即应承。

挂断电话，林青枝摩挲手机屏幕良久，终于还是发了一个银行账户过去。不到一分钟，30 万已然入账。看着这笔数字，林青枝嘴角慢慢勾起一道苦涩的弧度。这世上，有太多的事让人身不由己。就像现在，她终于还是第二次出卖了自己的“孩子”，第二次将自己的设计作品完完全全地卖给他人，署上他人的名字，变成他人的荣光，将他人送入珠宝设计的更高殿堂。深吸一口气，林青枝将手机塞入包内，又一次挤进了人群之中。

# 第二章

## 人生最难得知己

林青枝开门进屋，将一大包材料扔在设计桌旁，随即倒在沙发上，无比沮丧。上午那通电话似乎抽走了她所有的创作热情，昨天兴高采烈接下的订单此时也成了糟心的累赘，她甚至提不起兴致去拣选一遍自己上午精心淘回的材料。这时，手机提示音响起，林青枝懒洋洋地扫了一眼，发现是邮箱 App 提示收到了一封邮件。虽然百般不愿，但毕竟出了钱就是大爷，于是林青枝一拍脸颊，终是强打精神坐起来打开了自己的笔记本。

不得不说，她看完对方发来的设计项目企划书，终于知道为什么对方会愿意花 30 万买自己一个设计稿了。按企划书的要求，甲方是希望能够在一颗 3 克拉的蓝宝石上用银进行掐丝镶嵌；但银的质地很软，不当的镶嵌工艺不仅会使镶嵌效果大打折扣，更可能在反复镶嵌的过程中损害蓝宝石本身。林青枝一方面感慨甲方的脑洞之大，一方面也有些跃跃欲试，因为这对她来说同样是个挑战。宝石掐丝镶嵌工艺她以前做过，但也只是用水晶和铜丝稍做尝试，毕竟水晶损耗了也不心疼，而铜丝的硬度也足以保证镶嵌一次就能成功。只是作为一名珠宝设计师，谁又不想在设计工艺上更上一层楼？难得有机会，虽是署他人姓名，但至少自己能用别人的珠宝和贵金属进行实践了。想到这里，林青枝的眼睛又亮了起来，里面是满满的斗志。

下午 3 点，灼热空气炙烤大地，路上行人依旧稀少。竹里馆门口的风铃突然响起清脆声响，有人推门而入。见走进店里的人是宋屿，欧立夏全身就如过电一般瞬间汗毛竖起。

自从林青枝给他科普了一下对方的全身家当，欧立夏几乎立刻就给宋屿贴上了“碰不得”的标签。上次林青枝不小心泼了个咖啡就是 1000 块出去，下次要是再有哪个服务生毛手毛脚一次，谁知道出的血会不会比她再多一个零。

“宋先生，您过来了啊。”于是，欧立夏越过正要上前招呼的服务生，满脸堆笑地亲自接待。

“嗯，我来拿衣服。”宋屿抬眼扫了一眼店内，却并没有看见那个娇小的身影，“她不在？”

“请您到那边的卡座稍等一下，我立即给她打电话，上午她有事请假了。”欧立夏给宋屿指了一处 VIP 卡座，然后招呼身边的服务生立即送一杯摩卡过来。宋屿点头，而后走向卡座。见他态度平静不见怒色，欧立夏这才稍稍松了口气，赶紧拿出手机拨通林青枝的电话。

正在设计台上奋笔疾书的林青枝被骤然响起的手机铃声吓了一跳，她慌忙抓起手机，发现打电话的人竟然是欧立夏。“老板，怎么了？”她状态迷糊地问道，丝毫不觉时间流逝。

“上次那位客人已经到店里了，你怎么还没拿衣服过来？”欧立夏明显压低了声音，似乎不想让坐在卡座上的某人听见动静。林青枝下意识地看了眼手机上的时间，这才发现竟然已经下午 3 点了。“老板，我马上过去！”她立马跳起来去拿放在沙发上的外套，然后便冲到门口胡乱穿上鞋夺门而出。

好在林青枝租的房子离竹里馆并不算远，一路狂奔之下她竟也在 10 分钟内跑到了店门口。只闻风铃突然“叮当”狂响，宋屿抬眼，就见一个气喘吁吁的娇小身影大大咧咧地推开了咖啡馆的玻璃门。欧立夏被自家店员的“杀气腾腾”吓了一跳，这阵势比起还衣服似乎更像是上门讨债的。林青枝刚要说话，不经意间却与宋屿对视，气氛瞬间尴尬万分。

“小青枝，你动静不能小点儿吗？”欧立夏赶紧将她拉到吧台后面，顺手从员工区域抽出一块干毛巾递给她。

“抱歉。”尴尬地接过毛巾擦去脸上脖间的汗水，林青枝连做几次深呼吸，待心跳平复后才快步走向卡座。

“宋先生，谢谢你。”将干洗好的外套双手递向宋屿，林青枝神态诚恳。

宋屿颔首示意，接过外套时目光却落在了她的指尖。常年绘制设计稿的人对铅芯印记非常敏感，林青枝指尖的几块污黑明显是被 2B 铅笔蹭出来的——难道来之前，她还在画图？

就在林青枝转身欲走之际，宋屿叫住了她："你的尾戒很特别。"他看向她的尾指，语气平静。

林青枝脚步停住，内心有种自豪感油然而生。虽然宋屿只是一名珠宝模特，但是能被一位亲自佩戴过无数珠宝的半业内人士评价自己的设计作品特别，这确也值得骄傲。"这个吗？"重新转身，抬起自己手的林青枝神色堪称光芒万丈，"我在设计时参考了蒸汽朋克风格，但觉得正统的蒸汽朋克风格太过硬朗，所以在缠丝时融进了本身线条较为圆润的祥云图案，让它更适合女孩子。"

经她这么一说，宋屿才注意到，那些看似随意缠绕在界面上的铜丝，只要稍加注意，的确可以看出以圆润走线勾出的祥云形状。这个细节乍看之下虽不显眼，但一旦注意，却是别出心裁的设计。"难怪。"宋屿嘴角微挑，而后目光再次与她交会，"你刚才说，这枚尾戒是你设计的？"

林青枝听他这么一问才察觉自己刚才似乎有些忘形，于是瞬间收敛眼中光芒，恢复成了谦卑恭敬的职业面目。"宋先生，这只是我的一个爱好，在您面前班门弄斧了。"林青枝礼貌性地微笑回答。

"不，你的设计很有创意，而且实际效果也很不错。"宋屿摇头，直接反驳她的自我否定，"只是黄铜和白水晶色彩对比不强烈，如果换成白铜和紫水晶的话，整体效果或许会更好。"

"你也这么觉得？"林青枝的眼睛又亮了。本来她也是打算使用白铜和紫水晶的，但因为那段时间她相同配色的首饰做得比较多，所以才临时换成了黄铜和白水晶。虽然尾戒做好之后效果不错，但她总觉得这款尾戒缺了些什么；如今听宋屿也这么说，她自然激动不已。

"你一开始的配色既然是这个，为什么要换？"宋屿敲了下桌子，示意她坐到对面。人生最难得知已，见宋屿对自己设计的作品如此关注，林青枝不知不觉已不再将他当成顾客，竟真的坐到了他的对面。"设计配色这个问题，实在是让人头痛……"打开话匣子，林青枝就收不住了。

欧立夏见林青枝从毕恭毕敬还外套变成了大大咧咧地坐到卡座上侃侃而谈，一时间目瞪口呆。他知道林青枝是个什么性格，也觉得宋屿看起来很不好相处，所以当看到这两人面对面坐下，一个眉飞色舞，一个认真聆听，就觉得很不可思议。“我是不是在做梦？”他忍不住伸胳膊捅了下身边的一名服务生，满脸狐疑地问。服务生龇了下牙，就反手用力给了欧立夏后背一巴掌。“老板，你要是觉得痛，就肯定不是在做梦。”看欧立夏跟着龇牙咧嘴，服务生表情严肃地回答。吃痛之余，欧立夏只得感慨世界之大无奇不有，以及自己招的服务生怎么都是一个德行。

听林青枝大吐设计苦水，宋屿越来越觉得她很有趣。她说设计珠宝只是她的爱好，可从她的言语间，他却听出了一名珠宝设计师的专业素养，很多专业名词和设计惯例都不是一名爱好者能够熟知并运用的。看她的样子，应该也是和罗嘉一样是应届毕业生，但珠宝设计专业的毕业生哪怕不进入业内也绝不可能沦落到当咖啡馆服务生的地步，她这到底是怎么回事？

“……最不可思议的是，有人竟然会想在蓝宝石上用银做掐丝镶嵌，简直挑战工艺极限。”说到手里最新的任务，林青枝简直一声长叹。

“用银在蓝宝石上做掐丝镶嵌？”宋屿的思绪一下被这句话拉了回来，他的眼神瞬间锐利。这个要求竟跟他给罗嘉的设计项目内容一致，是巧合吗？

“没办法，经常有客人脑洞大开，总觉得设计者无所不能。”林青枝意识到自己说错话，立即打哈哈转移话题。

“你自己也在做珠宝定制？”宋屿接着问。

“只是在淘宝上开了个小店，练手的同时赚些零用钱。”林青枝不好意思说自己的店叫什么名字，而且她也觉得像宋屿这样的人绝不会去淘宝上搜一个名不见经传的手作小店。宋屿还想问些什么，手机却突然响了。他拿起一看，是周想。

“头儿，你快回来，总公司那边刚传来一个急单，设计时间只给了一周。”周想语气夸张，却并没见有多焦急。

“把设计项目打印出来放我桌上，我马上到。”宋屿挂断电话，抬眼看向林青枝。

“今天下午和你聊天很愉快，我能够切实感受到你的设计热情。”他勾起嘴角，难得露出了一个清爽的微笑，“如果有机会，希望我们能够合作。”

“谢谢，您过奖了。”林青枝闻言，不免受宠若惊。这是毕业后第一次有人当面给予她这样的肯定，不是出于礼貌，也不是出于恭维，她能够从他的眼中看到真心实意的欣赏。没有什么比这种真诚更让人心存感激。

宋屿拿起外套起身离开，没走几步却又停下，回头看她，问道:“对了，你刚刚说用银丝在蓝宝石上做掐丝镶嵌，遇到的问题已经解决了吗？”

“还没有，”林青枝有些惭愧，面色微微发红，“银丝太软，我中午做了几种方案设想，都不能避免银本身被造型钳留下痕迹，更不能百分百保证蓝宝石不受损伤。”

“其实你可以换个思路，先掐丝，再镶嵌。”宋屿提醒。

林青枝霎时灵光一闪，还未说话，对方已经推开了竹里馆的玻璃门。

门口的风铃声音渐息，欧立夏走到林青枝身旁，拍了一下似乎是看呆了对方背影的花痴店员：“小青枝，没想到你深藏不露。”他表情严肃，郑重其事。林青枝乍然惊醒，一脸茫然。

“能不能告诉我，你到底是什么时候撩上他的？”欧立夏的表情依旧严肃。

“老板，回头再说，我下午继续请个假！”宋屿刚才的话这一瞬间在林青枝的脑子里“砰”地炸开，来不及解释，她又风风火火地冲出了咖啡馆。看着疯狂摆动的玻璃门和狂响不止的风铃，欧立夏只得边叹气边向被数次惊扰的其他客人一一道歉。

宋屿的话让林青枝思路大开，她终于明白自己的设计瓶颈在哪里。她太拘泥于银丝的质地，眼光总放在直接掐丝镶嵌这一条路上，却从未考虑过先拉丝造型再进行套式镶嵌这个办法。回到家中，林青枝连鞋都来不及脱便直冲设计台。

打开设计台上的射灯，她又仔细看了一遍罗嘉传来的宝石照片，图中的蓝宝石颜色纯净，质地晶莹，被打磨成了标准完美的椭圆形，做套嵌的确再合适不过；再看了一遍甲方的设计要求，希望设计出来的成品能够端庄大方，富有中国风情，她略一思索，全新的设计思路逐渐成形。而后，她将桌上的所有设计稿全部扫到地上，将全新的稿纸铺在了设计台上。待到月上中天，林青枝终于在设计稿上签下了自己的名字，大功告成。

设计稿上，是一个蓝宝石吊坠。银丝翻飞，在椭圆形的艳蓝色蓝宝石上勾勒出了一朵雍容华贵的牡丹图案；然而牡丹却不在椭圆切面，而是妥帖地包裹在侧面的右上角，华美之余还暗含中国传统文化中的高升之意。稍做凝思，林青枝将其命名为《夜海牡丹》。再将设计稿细化了一遍，她刚要扫描，动作却突然顿住。半晌之后，她拿起橡皮将右下角的署名默默擦去。林青枝差一点就忘了，这个设计，并不属于自己。

罗嘉收到邮件提示时，是凌晨 2 点。进入亚瑟之后，她才知道亚瑟的工作节奏有多快，像她这种刚入职的新人，除了自己的设计项目外，还会有无数杂事缠身，如果不是要在宋屿面前留下一个好印象，依她的脾气，她早就甩手走人了。

挣扎着从床上爬起，她满腹起床气地打开休眠中的笔记本，一看邮件内容，立马清醒了。邮件题目是设计稿，邮寄人是“脑洞开到月球上”。罗嘉几乎是迫不及待地下载了附件，一点开，她就被里面的设计吸引了。牡丹图案的银质掐丝镶嵌搭配艳蓝色蓝宝石，丰满却不对称的设计使视觉效果很是惊艳；而且牡丹图案让银丝在蓝宝石面前毫不逊色，互补之余又各有千秋，着实无可置喙。罗嘉对这个设计很满意，却也嫉妒暗生。明明是同班同学，明明自己各方面都比她强太多，可为什么自己就是没有她那样的设计天赋？无论是毕业设计，还是这次的蓝宝石镶嵌项目，对方的设计越是让她感到惊艳，她对对方的厌恶便越是与日俱增。想到这里，她拿起手机，再次拨通了那个电话。

“设计稿已经发你了，还有什么事吗？”对方的声音很平静，但罗嘉还是听出了一丝隐隐的怒意。

罗嘉的嘴角不禁微微翘起，心中暗问：“生气吗？自己的设计稿成了他人嫁衣，一切相关的荣誉与赞美都将奉予他人，这种无力感让你感到生气吗？”

“我很满意你的设计稿，但是你提出的套嵌方法我没做过，我希望你能来实操，让我学会方法。”她慢条斯理地说。

“罗嘉，你是不是有病？”沉默许久，对方终于提高了音量。

“30万的买卖，就不能有点赠品？”罗嘉笑意更胜。有设计天赋又如何？放弃踏入业界就是放弃了与之匹配的所有，到头来，你的设计天赋还不是一无是处。手机里久久没有声音传来，罗嘉以为自己的手机突然没了信号。

“在哪里？”终于，对方再次开口。罗嘉一下没反应过来对方是什么意思。

“在哪里实操？”对方再说一次。

“明天晚上10点钟，我在亚瑟珠宝等你。”罗嘉的语气瞬间轻快起来，带着居高临下的快意。

林青枝挂断电话，猛地将手机高高举起，僵持片刻后又慢慢放下。摔手机？手机多无辜啊，设计稿是自己答应卖的，实操是自己答应做的，关手机什么事呢？只是，真的不甘心。

经由宋屿提示做出来的设计，设计稿给别人就算了，连制作工艺都还要给别人完美复述——从出生到长大成人，自己“孩子”的一切要细心打点好，再转手他人，谁能平静对待？林青枝低头看了眼桌上的设计稿原件，心里百味陈杂。

正当她情绪低落地收拾稿纸时，突然“砰”的一声拍在了桌子上。刚刚她只听到“实操”二字，这会儿平静下来，才回味过来刚才罗嘉话里更重要的一件事。她刚才说的实操地址是亚瑟珠宝？宋屿就是亚瑟珠宝的模特，要是自己真的替罗嘉将这件《夜海牡丹》完成，真的不会节外生枝？想到宋屿，林青枝心里隐隐有些愧疚。明明他给自己的建议是对自己的期许，但自己却将经他建议而设计成的作品卖给了罗嘉，几乎算是变相地辜负了他的期许。不过……设计思路总有撞车的时候，就算罗嘉和自己思路一致，其实也没什么大不了的吧？这么自我安慰着，林青枝默默地将稿纸叠放整齐，收进了抽屉里。

第二天一早，林青枝正常上班，欧立夏见到她时却吓了一大跳。“昨天你不是老早就跑回去了吗，这又是什么情况？”欧立夏盯着她的脸来回看了好几遍，指着她的黑眼圈忍无可忍地道。

“老板，外快不好赚啊。”林青枝笑了笑，眉眼弯弯，仿佛某种靠卖萌为生的国宝级生物。昨晚她被自己的愧疚之心生生地搅扰了一晚上，后半夜硬是没合上过眼。看她这个样子，欧立夏张了张嘴，终究没好意思继续八卦她和宋屿的事。

亚瑟珠宝中国分部，宋屿办公室。

罗嘉将自己的设计稿递向宋屿，眼神自信。

“两个晚上就敢给我送来入职后的首个设计稿，这么多年你是第一个。”宋屿扫了眼她递来的稿纸，并没有伸手接。罗嘉的行为在他看来，无异于自负。亚瑟珠宝作为业界顶尖的珠宝设计公司，能够进入这里的珠宝设计师当然出类拔萃；但罗嘉初来乍到，在公司内的老资历看来不过是个新得不能再新的新人，这样一个菜鸟仅两天就敢上交第一个项目的设计稿，如果不是天赋异禀，那就是极端愚蠢。

罗嘉也不露怯，嘴角笑意更深。宋屿不接，她就将设计稿放在办公桌上，直接推到了他的面前。她看着他，目光灼灼，说道："宋总，还请你先看一看我的设计稿。"

宋屿微微挑眉，片刻之后戴上眼镜，将罗嘉的设计稿翻开。这幅设计稿名为《夜海牡丹》。3克拉大小的蓝宝石做吊坠其实稍显巨大，所以一般很少有设计师会往吊坠的方向考虑，但这幅设计作品却仗着蓝宝石的尺寸优势，在它右上角以银丝掐做牡丹花样，再以缠枝环绕椭圆面一周做装饰和固定，使得吊坠整体雍容贵气，品质卓越。平心而论，这幅设计稿的质量的确很好，完成度高，设计思路也清晰扣题；只是当看到这个作品里掐丝镶嵌的工艺使用了套嵌手法，他的脑海中立时闪过了林青枝的身影。他提醒林青枝不要遵循旧法，罗嘉递交的作品就用了套嵌，这真的只是一个巧合？

"宋总，你觉得这个设计作品如何？"见宋屿看着《夜海牡丹》陷入沉思，罗嘉不失时机地问。

"很好。"宋屿摘下眼镜，给出评价。罗嘉心中一喜。她知道宋屿向来眼光极高，能被他夸赞很好，那一定是他给予了高度评价的佳作。

"我会将这个设计稿交给甲方审核，待到定稿之后你就可以着手制作了。"说到这里，宋屿顿了一下。

"还有什么问题吗？"敏锐地察觉到了他的神色变化，罗嘉不禁出声询问。

"这个设计稿里的牡丹花样采用了3种规格的银丝，其中最细的那种只有0.05mm，你真有把握在实操中实现你的设计理念？"他抬眼看她，语气平静，眼神却异常锐利。

罗嘉浑身一震，目光下意识落在设计稿上，这才发现林青枝的设计竟内含这么高难的制作技巧，心脏不由怦怦直跳。

"请给我一个晚上，我可以证明这个设计稿绝不是纸上谈兵。"但她很快就镇定下来，暗自庆幸自己约好了林青枝，要不然面对宋屿的质疑，她可能真要自乱阵脚。

“那好，我给你一个晚上，这个设计稿先放在我这里。”宋屿重新戴上眼镜，目光转回自己的笔记本，“《夜海牡丹》使用的是套嵌手法，所以我只需要你将牡丹花样做出来。”

“我明白了。”罗嘉知道他这是在下逐客令，轻咬了下嘴唇，随即转身离开。

待到办公室的门重新关上，宋屿再次抬头。也许有时间他应该再去一次竹里馆，问问林青枝向她定制掐丝镶嵌蓝宝石的客人到底是个什么样的人。

林青枝打了个喷嚏，不禁怀疑是哪个竞争对手在背后说自己的坏话。午饭过后，欧立夏考虑到她现在是个有生意的人，于是大度地以一顿饭为要求继续给她放了半天假。于是这会儿她正穿着一件白色长 T 恤大大咧咧地盘坐在自己的设计台前，小心翼翼地用小焊枪焊融一块扇形铜板的表面；她的桌面上，一大堆材料铺陈开来，有已经掐好的铜丝花型，也有刚刚串成半成品的珠链玉坠。

虽然罗嘉的话让她无比气恼，但已经接单的生意还是要做下去的。就算罗嘉进了亚瑟珠宝那又怎么样？堂堂业界前几的亚瑟珠宝还不是要向自己来求教掐丝镶嵌技艺。本来是想借此给自己加油鼓劲的，但林青枝发现这么一想后，自己竟更加沮丧了。她的手机忽然震了一下，是淘宝 App 的信息提醒。林青枝拉开护目镜摘下手套，点开一看，竟是“潇湘月影”发来的消息。

“店长大大，请问我们的订单你有做好了的吗？如果有的话，求先把做好的发过来，邮费我补。”对方言辞急切。

林青枝愣了一下，她立即打开手机上的日历仔细数数日期，从下单到今天，确实是只有 3 天而已。

“你是不是催错人了？”犹豫了一下，林青枝回话。

“大大，就是你没错。”“潇湘月影”打了好几个掩面痛哭的表情。

“只过去 3 天时间，我就是有三头六臂也没这么快啊。”林青枝突然觉得，对方该不会是在耍她玩吧？

“对不起，对不起，主要是我这里确实有点急……要不你做了哪些先给我另开个订单页面，我先付款？”像是很怕她恼怒拒单，没等林青枝回话，对方赶忙又加了一句，“原来订单里的这一部分首饰我会申请退款的，绝对不给你惹麻烦。”

“为什么你就一定要订我店里的全部景泰蓝首饰？就算要做工艺参考，两三个也够了吧？”沉默许久，林青枝终于忍不住问。其实对方的淘宝级别摆在那里，林青枝并不担心她这是恶意下单，只是如果真如对方所说是亚瑟珠宝想和她在景泰蓝的制作工艺上有所合作，那也用不着订这么多首饰吧？

“脑洞开到月球上”的话也道出了周想的心声，要不是宋屿待会儿可能会看聊天记录，她真想赶紧附和。不过宋屿收购设计师作品时用的都是自己的钱，他从未在这方面向公司列过预算，这倒是让周想深感佩服。

“因为我家老大是个做事很严谨的人，他觉得要看一个人的工艺稳定程度，必须要从对方的大多数作品入手，毕竟一两件作品并不能代表对方的真实水准。”周想继续敲字。

看见对方的回复，林青枝在震惊之余，只能叹服。自己这种淘宝店也就算了，毕竟对方就算拍下了店里的所有首饰，充其量也就花几万块；要是赶上那种新锐设计师或业界大师，那花费几百万乃至上千万都是有可能的。只是为了确认对方的工艺平均水准，他就能如此破费，林青枝竟然有点儿想认识一下这位严谨到有些过头的亚瑟珠宝设计师了。但是这个念头刚起，她却又突然想起，罗嘉现在也是亚瑟珠宝的设计师。一想起今晚还要去亚瑟珠宝帮人“做作业”，林青枝就像是被人当头泼了盆冷水。

“所以大大，请问可以先寄一些成品过来吗？”见“脑洞开到月球上”久久没有回应，周想赶忙又问了一遍。

消息声将林青枝的思绪拉回，她看着屏幕，半晌之后终于答应先将已经做好的两件首饰打包寄出。

亚瑟珠宝中国分部，林青枝曾路过很多次，却从未想过自己有朝一日竟然可以走进去。这里是无数中国珠宝设计师梦寐以求的殿堂，能够进入这里就说明跻身国际珠宝设计界已指日可待，这是对设计师作品和能力的双重肯定。

此时夜色已深，道路两侧路灯昏黄，在地上打出一道道浅淡的光圈。夏日的夜晚难得有些凉爽，所以即便临近午夜，路上的行人也不见少。当林青枝散步一样慢悠悠地走到亚瑟珠宝门前时，就见罗嘉早已站在门口，她神色有些不耐烦，可能已等候多时。

“你怎么才来！”还不等她打招呼，罗嘉一眼就从人群中看见了她，于是立即从门口冲下台阶，一双高跟鞋在夜色中踩得嗒嗒作响。

“你说的是 10 点，我明明还提前了 5 分钟。”林青枝拿出手机看了一眼，表情无辜。

罗嘉瞪她一眼，虽然有些恼怒却也无可奈何，只得黑着脸领她走进公司。10 点之后的亚瑟珠宝灯光寥寥，设计师部更是漆黑一片。如果不是有非常紧急的项目，一般情况下设计师们很少选择加班。罗嘉摸索着打开了设计师部的廊灯，林青枝立时被眼前的场景所震惊。这里与其说是公司部门，还不如说是一个个精巧全面的珠宝设计工坊。和一般的珠宝设计公司不同，亚瑟珠宝的设计师办公区域竟然还包含了操作台！设计师部占了公司的一层楼，粗略数来却只分了 20 多个设计师办公区，每个区域里都配有电脑桌、设计台和操作台，每个设计师都能在自己的办公区里独立完成从设计到制作的整个过程，这里堪称是设计师的人间天堂！见林青枝眼睛放光，罗嘉的优越感油然而生。

“看这里的设计师位就知道，能进入亚瑟珠宝的设计师都是精英中的精英。”她走到自己办公区的操作台旁打开工作灯，崭新的设备在无影灯光下一览无余，“在这里，大家可以百分之百地展现才华，也只有这里才是设计师真正的舞台。”

林青枝尚在兴奋中，听到这句话后，嘴角不禁微微勾起一个嘲讽的弧度。

“银丝准备好了吗？”她并没有接罗嘉的话，而是问起了自己交代准备的材料。

罗嘉被她这个突如其来的问题噎了一下，好半天才指向了操作台上的一个盒子：“在这！”

林青枝并不理会她的不满，抽出台下的椅子坐好，随即打开盒子仔细查看起这些粗细不一的银丝。

“这里的银丝我都是按你设计稿上标注的尺寸准备的，根据材料消耗比率，我每样银丝都多备了 10 根左右。”到底仍是同行，一说起设计相关的事，罗嘉不知不觉也认真起来。

“我记得你说我只做掐丝的部分就行，确定不用完成镶嵌？”林青枝再次跟她确认。

“这款设计你用的是套嵌技术，做完掐丝之后我来嵌也没问题。”罗嘉语气笃定。

最开始她担心的就是掐丝镶嵌技术里的掐丝定型环节，她的手不如林青枝稳，所以她怕自己做掐丝会在银丝上留下太多痕迹；但现在既然已经确定是套嵌，那么等林青枝做好掐丝定型之后，单做镶嵌她还是有把握的。

“既然你确定，那就 OK 了。”林青枝一边说着，一边戴上护目镜，开始作业。

纯银的熔点是 960.8 度，在制作银制品时焊枪火焰的温度极高，所以手套、护目镜和防护围裙都是必不可少的。林青枝在操作台工作，罗嘉就拿来了隔壁办公区的护目镜在旁远远观看。《夜海牡丹》的设计亮点是那朵贴服在蓝宝石右上角的掐丝牡丹，如果这朵牡丹掐得生动多姿，那么这个作品就成功了 80%；但如果这朵牡丹掐得呆滞死板，那么这个作品就相当于废了。所以，当罗嘉见林青枝连设计图都不多看几眼就要动手时，忍不住赶紧叫停。

“有什么问题？”林青枝放下焊枪，不解地看向她。

“你不看设计稿就施工，这不是徒增消耗率吗？”罗嘉见她似是满不在乎，不由皱眉。

林青枝闻言，微微一笑：“一个珠宝设计师最重要的素养就是对自己的作品过目不忘，它在我心里，并不在那张纸上。”瞥了一眼设计台上的稿纸，林青枝重新拿起焊枪。

这句话让罗嘉蓦地攥紧了拳头。她这是示威吗？她的意思是这个作品永远不会属于她，还是在嘲讽她并不是一个合格的珠宝设计师？明明现在站在亚瑟珠宝这个舞台上的人是自己，她一个开淘宝网店的三流货色又有什么资格在这里对自己大放厥词？罗嘉在一旁脸色发青，林青枝却根本未曾察觉，因为她的心思已尽数放在了手里的银丝上。

银的延展性很好，用来做掐丝的效果仅次于金。不过比起直接在铜板或珠宝上做掐丝镶嵌，这种先做掐丝定型的方式显然更加考验掐丝技术。林青枝掐出花蕊之后，想了想，决定换个手法。“你这是？”见林青枝突然又放下焊枪，罗嘉面露诧异地问。

“这样掐一节焊一节太麻烦了，容易忘记构图，速度也慢。”林青枝拉开护目镜脱下手套，将焊枪先放到一边，“我先将牡丹的整体造型做好，再进行逐步焊接。”

林青枝不用焊枪，罗嘉便不自觉靠近了许多。银丝本身就很软，将它扭转掐型并不难，但如林青枝这样，行云流水般毫不停顿地将粗细不一的银丝迅速拼出一朵牡丹花型，罗嘉自问根本做不到。牡丹要显得生动，花瓣自然有大有小，线条也需有粗有细；而林青枝不仅将这些问题尽数考虑，甚至连花瓣里的阴影也没有错漏，许多地方她都以极细的银丝剪短叠拼，只一个小时不到，一朵银丝牡丹花就在操作台上完整呈现。

“你掐出的牡丹这么复杂，考虑过镶嵌时翘角的问题吗？”罗嘉心有不甘，忍不住提问。因为是先掐后嵌，而且牡丹的位置又在蓝宝石边沿，如果各段银丝之间熔连不到位，的确很容易在镶嵌过程发生翘角事故。

“只要做好熔连，翘角也不是那么容易发生的。”林青枝重新戴上护目镜，而后朝罗嘉伸出手，“把那只蓝宝石拿来。”

“不用你镶嵌。”罗嘉立即拒绝。

“我只是要看看牡丹花大小是否合适，以及它的位置最终安排在哪里比较合理。”林青枝哭笑不得，这才毕业多久，她就连基本常识都忘记了？听林青枝解释之后，罗嘉面色微赧。她一直对林青枝抱有敌意，故而林青枝说什么她都想反驳；这会儿林青枝问她要蓝宝石，她下意识地觉得对方是要越俎代庖，所以想都没想就一口回绝。

“你等等。”她转向自己的设计台，蹲下来拿出钥匙打开保险柜，取出一个黑色的盒子。

“动作小心点，要是磕了碰了你赔不起。”罗嘉将盒子交给林青枝，不忘交代宝石的贵重。

这是蓝宝石，又不是翡翠，哪有那么容易磕了碰了。林青枝在心里翻了个白眼，手上的动作却也小心翼翼。她将盒子放在操作台上，打开，就见一颗如深海般澄澈鲜艳的蓝宝石正安静地躺在黑色绒布之中，于灯光之下熠熠生辉。

“漂亮吧？”看着这枚纯净无杂质的椭圆形宝石，罗嘉自豪感油然而生。

林青枝赞叹于这颗蓝宝石的色泽和纯度，可是看了半晌之后，心里却也升起一丝疑惑。“罗嘉，这颗蓝宝石是委托方交给你制作的原石？”她犹豫片刻，开口问道。

“不把原石给你，我怎么让你确定牡丹的尺寸？”罗嘉听她这么问，不禁没好气地瞪她一眼。

既然她这么讲，林青枝便也不好再说什么。在她看来，这颗蓝宝石虽然品级优质，但还远达不到价值连城的地步——亚瑟珠宝的私人定制在业内是出了名的价高质优，如果拿一个本身价值还不及定制费贵的宝石来进行加工，是否有些得不偿失？不过这种事也并非绝对，或许这颗蓝宝石对委托人来说有特殊的含义也说不定。想到这儿，林青枝便用擦银布小心地将蓝宝石拿出来，在操作台上比画一阵，确定好牡丹的大小和位置后便将它重新收好，交还给罗嘉。

因为银丝细软，所以熔连就成了件极细致的活计。幸而亚瑟珠宝的设备都是世界顶尖的，微型焊枪在林青枝手中就犹如一支画笔，银丝间的焊接点就是她点下的睛，如果不仔细看的话，几乎都看不到熔连的痕迹。而林青枝的手法越精巧，罗嘉的妒火便越炽盛。她身在业界殿堂却求助于在网上卖便宜货的林青枝，本就觉得有些难堪，再亲眼见证对方的设计天赋和实操技艺，这种难堪就演变成了实实在在的嫉恨。她知道林青枝在珠宝设计方面的天赋她永远无法企及，如果林青枝愿意，转眼就会在业内声名鹊起，轻松凌驾于她之上。

“林青枝。”眼见牡丹即将完成，罗嘉突然出声叫她。

“什么？”全心全意投入焊连作业的林青枝无暇他顾，只随口回道。

“你真的不会进入珠宝设计界？”这句话里带着三分嫉妒，却有七分恐慌。

她知道宋屿是个工作狂，更是个狂热的设计者，他向来中意天赋卓绝的人，只要林青枝出现，他的目光必将永远不会再落在她身上。

“嗯。”林青枝其实并没有听见罗嘉在说什么，只是凭着本能应了一声。罗嘉这才稍稍松了口气。

待到牡丹完成，林青枝放下焊枪，终于能够长吁一口气。灯光之下，一朵银丝牡丹栩栩如生。罗嘉拿擦银布小心翼翼地将它托起，唯恐不小心碰断一根银丝。这朵银丝牡丹直径不过 8mm 左右，线条粗细有致，阴影生动立体，如果不是亲眼所见，她绝不相信这种技艺竟是出自林青枝之手。

“掐丝我搞定了，镶嵌你就自己看着办。”摘下护目镜，褪去手套，林青枝准备鸣金收工。

“真的不会翘角？”银丝虽然延展性好，但这朵牡丹可是要包裹在蓝宝石边沿上的，罗嘉实在担心镶嵌时出意外，到时候她连补都不好补。林青枝看她一眼，无奈地从她手中接过银丝牡丹，就着擦银布直接一掰。

“你干什么！”罗嘉被她的动作惊出一身冷汗，生怕她刚刚才完工的作品就这样无辜夭折。可这一掰之下却没有任何意外产生，牡丹上的每根银丝都完好无损，而牡丹却已弯出了一个弧度。

“我在掐丝时已预留了足够的长度来支持牡丹的弯折，所以除非是你突然用力对折，否则这朵银丝牡丹是绝不可能发生翘角问题的。”林青枝将牡丹交回罗嘉手中，语气里透露出一丝骄傲。

罗嘉看着手里这朵牡丹花，沉默良久，终是用擦银布将它小心包好。

“谢谢。”抛却一切心思杂念，罗嘉承认她在这个设计项目上的确帮了她一个大忙。

林青枝笑了笑，并没有大度地回答一声“没关系”。没有任何一个有尊严的设计师能够心甘情愿地当枪手，就像是没有任何一个作者愿意将自己千辛万苦创作出来的作品署名他人。这声“谢谢”对于作为设计师的她来说，简直是莫大的耻辱。罗嘉也清楚这一点，所以并未期待她的回答。随后她将公司门禁的密码告诉林青枝，示意她可以离开了。

林青枝如蒙大赦，立即头也不回地朝电梯所在的方向走去。在等电梯的时候，她忍不住又回头看了一眼。顶尖的设备、良好的环境和高人一等的起点，这里是她梦寐以求的工作地点。曾经她也踌躇满志，一心想成为世界顶尖的珠宝设计大师，可以将自己最好的作品摆在世界面前，让所有人都能够欣赏到她设计中的真与美。然而现在，她只是一个咖啡馆的小小服务生，永远都不会踏入珠宝设计界。“叮”的一声电梯门打开，她毫不犹豫地走了进去。

# 第三章

# 岔路口的艰难抉择

宋屿一上班，就见罗嘉已经拿着一个盒子站在了他办公室的门口。

“一夜没睡？”看见她妆面下隐隐现出的黑眼圈，宋屿挑眉。

“倒也没有，只是掐丝有点耗时间，后来镶嵌时又出了点小状况，所以才在公司待到了后半夜。”罗嘉有些不好意思，伸手拢了一下耳旁的碎发。

宋屿倒也并不太在意她昨晚的加班行为，只是打开办公室的门示意她跟自己一起进来。

待宋屿坐下，罗嘉立即将手里的盒子放在了他面前。

“刚刚听你说到镶嵌，难道你已经着手蓝宝石的镶嵌了？”比起打开盒子，宋屿更关心罗嘉刚才说的话。

擅自制作定制品是行业大忌，一旦委托人对设计稿不满意，那么擅自制作的成品就相当于毁约，不仅设计师需要自行承担后果，公司的声誉也会因此受损。

“没有，我只是用一颗自购的蓝宝石进行了几次套嵌练习而已。”罗嘉闻言连忙摇头，出言澄清。

宋屿看了她许久，终于还是将盒子拿起托在了手中。盒子里是一朵微型牡丹花。确切地说，应该是一片线条粗细有致、细节精致入微的银丝牡丹。虽然已经从设计稿中看出了这朵牡丹的亮点所在，但是当成品真的呈现眼前，宋屿还是立刻戴上眼镜，目不转睛地仔细打量了很久。论工艺，这朵掐丝牡丹绝不输任何一个优秀的制银工匠。牡丹造型圆润，银丝弯曲处过渡自然，银丝之间的焊连点几乎可以忽略不计，整体性极好；论造型，这朵精巧的微型牡丹正肆意怒放，近处花瓣线条纤细，远处花瓣线条粗圆，阴影设计也恰到好处，整朵花显得生动又不繁复，着实吸睛。

“掐出这朵花，你用了多长时间？”细细看过之后，宋屿抬眼，隔着眼镜看向罗嘉。

“差不多4个小时吧。”回忆了一下林青枝的实际用时，罗嘉保守估计，替自己延长了一倍时间。

宋屿没有说话，将银丝牡丹放回盒子盖好，然后打电话叫周想进办公室。

“通知张睿将那颗蓝宝石取出交给罗嘉，这个项目她完全能够独立完成。”宋屿顿了一下，再次看向罗嘉，“如果设计稿定稿，你最迟几天能出成品？”

“3 天。”罗嘉答得自信满满，心中却是暗自一惊。原来竟真如林青枝所言，自己手中的蓝宝石并不是委托方的原石。可为什么自己毫无察觉，林青枝却能轻易看出？

“设计稿我今天就会送给委托人，待到定稿后你就立即着手制作。”等到周想出去，宋屿突然问，“顺便问一下，你认不认识一个名叫林青枝的姑娘？”

罗嘉表情一僵，眼中闪过一丝慌乱，但很快便恢复镇定。“宋总，我并不认识这个人，你为什么突然这么问？”她嘴角牵起一丝笑容，试探着反问。

“没什么，不认识就算了。”宋屿暗笑自己果真是过于敏感，随即挥手让她离开了办公室。

从宋屿的办公室出来，罗嘉立即快步走进洗手间锁上门，一时间心如擂鼓。乍然听到林青枝的名字，罗嘉只觉自己的大脑里瞬间有什么东西迸裂开来，霎时一片空白。宋屿怎么会知道林青枝的名字？他认识林青枝？他在哪里认识的林青枝？他知道林青枝是学珠宝设计的？林青枝对自己的事真能守口如瓶？他会不会已经察觉到自己的作品其实并不是出自自己之手？无数问题不断涌现，罗嘉只觉头痛欲裂，几乎不能呼吸。

“罗嘉，你在不在里面？”这时，洗手间外突然有同事呼唤。

“我在，有什么事吗？”她赶紧收敛心神，扬声答道。

“睿哥在你办公区等你，你快点出来啊。”同事继续道。

“知道了。”罗嘉深吸一口气，犹豫片刻，终于还是推开了洗手间的门。

“冷静点儿，罗嘉，事情并没有你想象的那么糟糕。”她在心中宽慰自己，也在极力说服自己，“既然宋屿肯将蓝宝石给你，那就说明他信任你的设计和工艺，他并没有将你和林青枝联系在一起——所以从现在起，《夜海牡丹》就是你的作品，与其他任何人都没关系，与林青枝更没关系！”这么想着，罗嘉眼中又重新恢复了神采，她深吸一口气，昂首阔步地朝自己的办公区走去。

快递员将包裹送到亚瑟珠宝的前台后，前台立即便拨通了周想的电话号码。听说包裹到了，周想来不及向宋屿报告便起身一路小跑窜进了电梯，迫不及待地直奔一楼而去。取回包裹，周想坐在办公桌前用裁纸刀小心地划开胶带，两件被泡沫纸包裹严实的首饰就出现在了她的眼前。

这是一个镯子和一支发簪。镯子是黄铜制的宽型镯，镯面内凹，以黄铜丝掐出莲花蝴蝶图案镶嵌其上，再以景泰蓝传统工艺上漆着色，是典型的景泰蓝首饰；发簪则是925纯银制品，其以白铜丝在梭形簪面上掐出孔雀图案，再以点翠工艺装饰孔雀尾羽，簪子款式古典大气，又兼有景泰蓝工艺和点翠工艺之长，就制作工艺来说，确实非常精湛。周想觉得，自己这次真的是押对宝了。还不等她兀自陶醉，宋屿的电话已经打来。

“听说你下去取了个包裹？”他只问了这么一句话，周想立即将手里的东西送进了他办公室。

仔细端详面前的镯子和发簪，宋屿眼中的欣赏溢于言表。看首饰的设计思路和淘宝页面的装修风格，他判断“万千辉光”的店主应该很年轻，至少不可能比他的年纪大，这个年纪的人能够将传统技艺掌握到这种地步实属罕见，更何况设计作品还能兼具个人风格和当下流行元素，作为设计师来说，无疑很优秀。

“其他的首饰什么时候能送到？”宋屿放下首饰，摘下眼镜，抬头看向周想。

“店主说至少还要一个星期，因为她不是专职开网店的，平时还要顾及自己的日常生活。”周想回答。宋屿略微沉吟，将两件首饰收进抽屉。“请她尽快，如果需要加急费，我们付。”他语气笃定，毫不犹豫道。

周想闻言，禁不住多看了他两眼。“有什么问题？”宋屿抬眼看她。

“头儿，看来你是真的很喜欢这位大大的设计和工艺啊。”她由衷感叹。宋屿嘴角微挑，心思不言自明。

竹里馆内，林青枝收拾完最后一张桌子，将杯碟倒入回收桶后擦干净双手，拿出了口袋里的手机。短信提醒旺旺又来了几条消息，中间还夹杂着一条银行汇款。她点开汇款信息，里面是2万元转账，来源是罗嘉。林青枝看了许久后默默翻过去，点开了旺旺消息。消息依然是“潇湘月影”发过来的，对方言辞更加恳切，连加急费都主动提出，她家老板的性子到底是有多急？但吐槽归吐槽，能赚钱她自然也十分乐意；考虑到自己请假太多，实在应该给老板一点心灵补偿，于是林青枝便斟酌着将交货时间缩短一半，报了个还算靠谱的价钱。谁知“潇湘月影”竟毫不犹豫满口答应，转头就让她开个链接好拍加急费，还一再表明愿意提前确认收货。林青枝咂舌，犹豫再三，终于还是按对方的要求开了链接，结果不到一个小时加急费便依约入账。

“老板，我要请假3天，这3天工资可以不用给我发了，我会再给你一点人情补偿。”于是林青枝立即小跑到欧立夏面前，努力眨巴眼睛做无辜状，尽量让自己看起来比较可爱动人。可欧立夏完全不吃这一套，抬手就弹了下她的额头。

“老板，打人不打脸。”额头骤然吃痛，林青枝立时皱眉。

“我看起来像是会克扣员工工资的老板吗？”欧立夏瞪她一眼，随即又勾起嘴角揉揉她的头发，“至于人情补偿，下次替我设计一副独一无二的耳环送女友就行。”

林青枝看向他，眼中流露出感激之色，嘴里却说：“老板，你还是让我给你钱吧，设计专属首饰太麻烦了。”

“快滚。”

3 天完成了 10 副首饰，林青枝只觉得自己眼快瞎了，手也要断了。景泰蓝工艺本来就是个慢工出细活的技术，按她平时的速度，10 副景泰蓝首饰做做停停需要半个月，可这次制作时间突然压缩到了 3 天，到现在她的手指都还在微微发颤。看着桌上一字排开的成品，林青枝满意微笑，甚至带着一丝骄傲。这里的每件作品都倾注了她百分之百的心血，没有任何一件敷衍了事，更没有任何一个细节粗心马虎。她有自信即便他人随意拿起其中一件仔细端详，每个部件的细节误差率都不会超过 0.02mm。伸了个懒腰，捏捏自己已经僵硬的脖颈，林青枝决定起身去洗个脸，然后出门将这些首饰打包邮寄，并顺路吃个早餐。

林青枝抱着装好首饰的纸箱走在去快递公司的路上，一辆电动车从远处迎面而来。她并没有在意，可谁知电动车在经过她身边的时候突然一把抢过她的纸箱，骤然加速。

林青枝愣了片刻立马反应过来，赶紧转身去追。

“站住！那箱子里的东西不值钱！”她一边追，一边喊，焦急之余更怕箱子里的首饰被对方颠簸损坏，即便首饰用的都不是贵金属和宝石，但铜丝珠贝这些也并不结实。但对方就像是没听见一样，车速反而更快。林青枝很快就跑不动了，她缓缓停在路边，粗喘连连。

就在这时，一辆黑色保时捷停在了她身边。

“怎么了？”车窗摇下，竟是宋屿。

原来他正准备开车去竹里馆找她，谁知竟在路上看见她一路狂奔。

“有人……有人抢了我的……我的首饰……”林青枝上气不接下气，说话断断续续。

“上车。”宋屿闻言眼光骤然锐利，立即招呼她上车。还不等她系好安全带，宋屿已经一脚油门踩了出去。

林青枝不是没坐过快车，但像宋屿这样开车的，她真是第一次见。因为电动车已开出一段距离，所以宋屿瞬间就将车速飙到了 80 码；但这是在市区，虽说这个时间段路上的车并不多，但开 80 码也足以让林青枝切身感受到什么叫速度与激情。

“宋先生，你其实不用开这么快……”林青枝死死抓紧扶手，她试图出声劝一劝宋屿，但对方根本充耳不闻。保时捷在车流中穿梭如闪电，不到 5 分钟就如天降神兵般瞬间插到了电动车面前。骑着电动车的小伙子早就被这阵势吓傻了，一手扶着车头，一手抱着箱子，就这么呆呆地坐在电动车上，眼睁睁看着对方从驾驶座上下来，走到自己面前，拿走纸箱。

“滚！”宋屿瞥他一眼，对方立时浑身一哆嗦，调转电动车头夺路而逃。

忍住胃里的翻江倒海颤巍巍地下了车，林青枝一看到宋屿手上的纸箱又瞬间满血复活，冲到他面前小心翼翼地接过了箱子。“宋先生，真是太谢谢你了！”她神情激动，脸颊微微泛红。

“这是你的设计作品？”宋屿见她打开箱子细细检查，于是出声询问。

“嗯，这些都是客人的定制，我刚刚就是打算去快递公司邮寄的，没想到竟然会遇到这种事。”林青枝发现首饰全都完好无损，再次向宋屿表示感谢，“要不是你出手帮忙，我真不知道该怎么办才好，真的非常感谢。”

“不客气，举手之劳。”宋屿嘴角微翘，目光落在了她的纸箱上，“我可以看看你的作品吗？”

“当然可以，还请不要见笑。”林青枝闻言，大方地将纸箱再次递给他。宋屿打开纸箱，眼神立时一变。他迅速将箱子里的首饰都翻看了一遍，脸上表情不断变幻，很是精彩。

“宋先生？”见宋屿陷入沉默，林青枝以为自己的设计对方看不上眼，不免有些窘迫。

“你是‘脑洞开到月球上’？”他突然抬头问她。

“你怎么知道？”林青枝没有心理准备，几乎脱口而出。她记得只告诉过他自己爱好珠宝设计，并没有告诉过他自己在开网店啊，就算她真的说过开网店的事，那他记得的也应该是“万千辉光”这个店名才对。难道？想到这里，林青枝也是脸色一变。但不等她做出反应，宋屿已经抓住她的胳膊将她重新塞回副驾驶座，自己也迅速上车发动了引擎。

“你是‘潇湘月影’？亚瑟珠宝的单是你下的？”好不容易整理好思绪，林青枝终于开口询问。宋屿不说话，专心开车。

“我不是很明白，你不是亚瑟珠宝的模特吗？”林青枝继续问。

“你以为我是亚瑟珠宝的模特？”听到这个问题，宋屿面露诧异。

“难道不是？”林青枝闻言也很诧异，“如果你不是，那外面那些广告牌上的人又是谁？”

宋屿有些想笑，但又觉得不合时宜。他突然有点相信林青枝真的只是个单纯的珠宝设计爱好者了，毕竟她连一些最广为人知的业界情况都不知道——就比如自己，现在应该没人不知道他是业内唯一一个珠宝设计师兼模特的存在。

“所以宋先生，你现在是要带我去哪？”虽然宋屿没有说话，但林青枝可以感受到自己刚才肯定是被嘲笑了，于是她也渐渐有些恼怒。

“亚瑟珠宝中国分部。”宋屿终于回答了她一个问题，亚瑟珠宝中国分部的公司大楼此时也已近在眼前。

林青枝是被宋屿“拖”进公司的。她一手抱着自己的纸箱，一手被宋屿紧紧抓着胳膊，在无数注目礼中被拽进了电梯。宋屿没有按下设计部所在的楼层，而是按下了另外的按钮。

“这些首饰不送去设计部？”虽然不想和罗嘉在这种情况下打照面，但林青枝还是忍不住问。毕竟最开始宋屿定制这批首饰就是为了看看她的实际工艺，所以不是应该直接将它们送去设计部吗？

“要送去设计部，但现在有更重要的事情。”宋屿回答。

林青枝不明白更重要的事情究竟跟她有什么关系，然而电梯一到指定楼层，宋屿又抓起她的胳膊走出了电梯。又是一路的“注目礼”，林青枝在心中叫苦不迭，却在被拖进一个办公室站定后瞬间呆住。如果她没看错，这间办公室好像是……人力资源部？

“Sunny，给她一份聘用合同。”宋屿向办公室里一名身着米白色职业套装的中年女性说道，而后又看向林青枝，“身份证带了吗？”

“带了……不对，你想干什么？”林青枝刚要拿出身份证，却反应过来情况不对，立即警惕地看向宋屿。

“拿出来。”宋屿眯起眼睛，强大的气场立时将林青枝的警惕压进了泥里，她默默地拿出身份证，交到了他手中。

“去复印两份附在合同后。”宋屿接过身份证，转交 Sunny。

“宋总，这可能不太符合设计师聘用流程……”Sunny 接过了身份证，神色却有些犹疑。

“如果理事会对此事有异议的话，我来解释。”见宋屿态度坚决，Sunny 便不再坚持，转身就去复印证件。

“这到底是怎么回事，你到底是谁！”林青枝已经被这一连串的变故彻底搞蒙了。

“恭喜你，从今天开始你就是亚瑟珠宝的正式设计师了。”宋屿微笑，这笑容此时在林青枝眼中已经由赏心悦目变成了噩梦伊始，“让我重新自我介绍一下，我叫宋屿，亚瑟珠宝亚太区的首席设计师，中国分部的名誉理事长，同时也是设计部的总负责人。很高兴认识你，林青枝。”

林青枝坐在回竹里馆的的士上，仍觉身处梦幻，毫不真实。她低头看了眼手上的合同，不知不觉合同已被自己用力攥得皱巴巴的。宋屿接过了她的首饰，但她却没有在合同上签字。毕竟他给她的冲击太大，也太突然，她根本无所适从，更别提深思熟虑后做出决定。

平心而论，手上这纸合同的确是她做梦都想得到的东西。亚瑟珠宝的设备、环境和平台都无可挑剔，换作以前，她肯定会毫不犹豫地签字画押，就算是张卖身契她也认了；可是现在，她不能。她有她的苦衷，她不能只为自己考虑。

的士停在竹里馆门口，她付钱下车，径直走向垃圾桶，准备将手里的合同扔进去。但刚塞一半，她又舍不得了，赶紧抽出来擦干净上面的污迹，将它们小心翼翼地折好后一同带进了竹里馆。

宋屿坐在办公室里，看着桌上的纸箱出神。林青枝是热爱珠宝设计的，他能够从她的言行举止里感觉到她对珠宝设计的炽热情感；林青枝也是有卓绝天赋和技艺的，她的设计别出心裁，能够融众家之长，工艺手法也十分娴熟。所以宋屿不明白，这样一个天生的珠宝设计师，又为什么不愿意进入业界？

珠宝设计师最终还是要跟贵金属和宝石打交道的，每一种金属和宝石的特性都有所不同，如果不能样样触及，那么设计师的生命总有一天会走向终结。没有设计师能够容忍自己的灵感枯竭，更没有设计师能够容忍自己的技艺就此止步，再无上升的空间。

“所以你到底有什么难言之隐，林青枝？”宋屿微微眯起了双眼，心中问道。

就在这时，有人敲门。宋屿回过神，示意对方推门进来，竟是周想。“头儿，虽然工作时间谈八卦不太好，但我有件事很想问问你。”周想满脸堆笑，殷勤地凑到了办公桌前。

宋屿挑眉，没说行，也没说不行，只是静待下文。

“我听 Sunny 姐说今天你将一个送快递的小妹妹拖进了人力资源部，结果把对方吓跑了？”见自己没被上司冷着脸“get out”，周想便大着胆子继续问。

“那 Sunny 有没有跟你说她是为什么吓跑的？”宋屿反问。

“呃，据说是你想签她当设计师？”周想不知道宋屿这个反应对自己来说是福还是祸，只得斟酌字句步步为营，“头儿，我知道你最近很着急见到‘脑洞开到月球上’的那批首饰，可你也不能逮着个快递员就往回拽吧，再说……”

“她就是。”宋屿打断了她即将开始的长篇大论。

“是什么？”周想没明白。

“你说的那个快递小妹妹，就是‘脑洞开到月球上’。”宋屿将纸箱推到了周想的面前。

周想愣住，片刻之后立即开始翻箱子。将里面的首饰挨个看了一遍，她露出难以置信的表情。“‘脑洞开到月球上’竟然是个未成年？！”周想双手捧脸尖声惊叫，已顾不得这样是不是会将自己的妆容擦花。

“不是未成年，她已经年满22周岁。”见下属反应实在夸张，宋屿不得不出言纠正。

“我早就猜她年纪不大，但没想过她竟然比我还小！”周想还是没能从震惊中恢复过来，“22岁就能做出这样的景泰蓝工艺，真是长江后浪推前浪，前浪要死在沙滩上了啊！”

宋屿还没说什么，周想突然又露出了可怜巴巴的神色：“头儿，你把她招进来后千万不要给她升得太快，给我们这些老人留点面子，行吗？”她语气真挚，神色诚恳，眼中还隐隐含着泪光。

“周想，你是我的秘书，不是设计师。”宋屿看了她许久，道出一个事实。

“忘了。”周想“哦”了一声，羞涩微笑。

“不过，她没签字。”无奈地摇摇头，宋屿的目光再次落在纸箱上。

周想不免诧异地问道：“亚瑟珠宝可是很多设计师梦寐以求的顶尖公司，你给她开绿灯她还不同意？”要不是宋屿亲口所说，她都不相信还有这种事。

“她并没有直接拒绝，只是说要再考虑一下。”从纸箱里拿出一支珠钗细细摩挲，宋屿若有所思。

“如果‘脑洞开到月球上’真的能够加入公司，那么我们在景泰蓝工艺制作这方面就一定会有一个质的飞跃。”周想敛去玩笑神色，恢复秘书的职业面目，“我们并没有太多擅长传统工艺的设计师，但现在世界流行的大趋势却是复古，所以委托人也渐渐开始对传统工艺表露出更多的兴趣，这次的掐丝镶嵌蓝宝石项目就是其中一个代表。”

“这也是我急着要将她收入麾下的原因。”宋屿将珠钗放回纸箱，而后将纸箱收到自己桌下，“待会儿你再问一问蓝宝石的委托人，如果他对设计稿没什么意见，那就让罗嘉开始着手镶嵌。”

“好的。”周想点头，刚转身却又像想起了什么似的回头看他，“对了，头儿，那个小妹妹长得好看吗？”宋屿闻言，微微一笑，她瞬间就觉得一股凉气从头顶直冲脚心，立即动作麻利地退出了办公室。

林青枝一天的工作都有些心不在焉，不是上错了饮品，就是打碎了杯子。面对不满的客人，欧立夏只得连连道歉，然后将林青枝叫到了吧台后面。

“小青枝，如果你这几天连续夜班精神不济，可以再休息一天，我不希望你把现在这种状态带进工作。”欧立夏看着神色委顿的林青枝，表情严肃。在工作中他虽不严苛，但却严格。

“对不起，老板。”自知理亏，林青枝低下了头。

“你今天很不对劲，到底发生什么事了？”欧立夏看了她许久，终是叹了口气，放缓语气。

林青枝下意识地摸了下自己的围裙口袋，却并没有将里面的东西掏出来。欧立夏没有放过她的小动作，直接伸手从她口袋里掏出了她没有拿出来的东西。“合同？”打开一看，他不免吃了一惊。

“老板，我没打算跳槽。”怕他误会，林青枝赶紧解释。

对她来说，欧立夏是老板，更是朋友，还是在她最彷徨无助时收留她的恩人，无论什么时候，她都会优先考虑他的感受，尽量不给他添麻烦。

“就算你要跳槽也没关系，咖啡馆招人挺容易的。”欧立夏并不理她的自白，而是继续往下看内容，“这是亚瑟珠宝中国分部的设计师聘用合同？”

林青枝没有说话。

“这份合同不签你等着过清明节啊，赶紧签，赶紧签！”粗略地翻了翻，欧立夏立即开始摸自己的口袋找笔。

“我觉得自己并不适合进亚瑟珠宝。”看着找笔的欧立夏，林青枝犹豫片刻，小声开口。听见她的话，欧立夏停下了动作。“那你适合什么？当咖啡馆服务生？”欧立夏看着她，反问。林青枝咬了咬嘴唇。

“小青枝，从你第一天进入竹里馆时，我就知道你有苦衷。”看着这样的林青枝，欧立夏于心不忍，但有些话必须说，“但活在世上，谁背后又没有几件说不出口的难事？我知道你喜欢珠宝设计，也知道你愿意为珠宝设计付出一切，既然如此，现在有个这么好的机会摆在你面前，你为什么就不能将它牢牢抓住？”

“人总不能只顾自己。”林青枝忍不住反驳。

“你从事珠宝设计会死人吗？”欧立夏反问。

“不会，但……”林青枝张了张口，话说一半却突然停止。但也许日后会拖累亚瑟珠宝，会拖累宋屿，会让很多人本来一帆风顺的生活变得乱七八糟。

“那不就得了。在这世上，不死人就不算事。”欧立夏见她不语，立即盖棺定论。

林青枝还要再说，欧立夏扶住她的肩膀，认真看向她的眼睛：“小青枝，人只能活一回，我们会经历各种各样的遗憾，但我不希望看到你因为无谓的庸人自扰而放弃梦想，以致往后一辈子都后悔难当。”欧立夏的声音压得很低很低，她从他眼中看到了深切的疼痛，不免心中震荡。

这是林青枝从未在欧立夏身上看见过的情感。她来竹里馆这么久，他在员工面前一直都是乐观温柔的幽默老板，她甚至猜想他会不会是个有钱又有情怀的富二代，只是为了兴趣才开的这家咖啡馆。可原来，他的心中竟有这么深沉的心事吗？他眼中的疼痛，又是因什么而起？沉默许久，林青枝终于微微点了点头。“老板，我明白了。”她轻声回答。

欧立夏眼中的深重情感转瞬即逝，他恢复轻松的微笑，再次摸了摸她的脑袋：“今天给你放假，回去好好休息一下，重要决定还是要等头脑清醒之后再做。”欧立夏抬头招呼其他服务生去收拾桌子，而后示意林青枝去换衣服，“走吧，回家路上别忘了去‘仙芙’买几个甜甜圈吃，垃圾食品有助心情愉悦。”仙芙是竹里馆旁一家有名的西点店，他家的甜甜圈远近闻名，到现在为止，还没听说过有谁不喜欢吃的。

欧立夏的好意摆在这里，林青枝便也不再拒绝。她回到更衣间换好衣服，随后走出了竹里馆。

夕阳西下，室外虽然仍旧炎热，但落日余晖已经没了白日正午的咄咄逼人，尚能忍受。

林青枝低着头走在路上，影子在地上被拉成了一条长长的线。欧立夏的话让她深受触动，她知道他说的没错。成为珠宝设计师可能是她毕生的梦想，她原以为它今生再也无法实现，可宋屿却又突然出现在了她的面前。她应该牢牢抓住这个机会不放手，因为这也很可能是她这辈子最后的机会。但是，她下不了决心。外公说过的话从未淡去，叔叔的手术近在眼前，她真的能够在这个时候狠下心来，去追求自己的梦想吗？

不知不觉间，林青枝已经走到了仙芙门前。想起欧立夏的话，她犹豫了一下，最终还是拉开玻璃门走了进去。凉爽的冷气和馥郁的蛋糕香气瞬间将林青枝笼罩其中，她只觉精神为之一振。仙芙很有名，但因为林青枝并不是很喜欢甜食，所以这是她第一次走进店来。只见这家西点店的装潢简单却温馨，米黄色的墙面上悬挂着几幅手绘的西点和咖啡图案，浅黄的木质陈列架上整齐地摆放着各类西点，它们被昏黄的射灯一照，更显饱满甜蜜。

“你好，请问需要点什么？”店里的服务员只有两位，一位站在收银台旁，一位便是面前这位笑容温柔的导购小姐。

“请问甜甜圈在哪里？”她环视一周陈列架，似乎并没有看见仙芙传说中的甜甜圈。

“实在不好意思，今天的甜甜圈已经卖完了。”见林青枝是来买甜甜圈的，导购小姐露出了抱歉的神色。

“没关系。”林青枝连忙摆手示意没事，她本来也只是听了欧立夏的话顺路来看看，买不到也就算了。

她正要离开，刚好有个人拉开门进来，两人猝不及防地撞在了一起。林青枝退开两步定睛一看，这人竟然是宋屿。“宋总？”这偶遇着实太意外，她几乎是一脸惊恐。

宋屿再次反省了一下自己的言行，却实在不明白自己到底哪点让她唯恐避之不及。“你还不是我的员工，叫我宋屿就行。”虽然不甘心，但宋屿到底还是放缓了声音，生怕再让面前这姑娘受到刺激。

林青枝这时也回过神来，自知刚才的反应实在夸张，不禁尴尬地笑了一下。

导购小姐见他们似乎是熟人，于是便笑着对宋屿道：“宋先生，你预订的甜甜圈我们已经替你打包好了，不过这位小姐也是来买甜甜圈的，你也可以考虑割爱哦。”听来，宋屿竟还是仙芙的熟客。

宋屿闻言，立即看向林青枝。林青枝立时摇头如拨浪鼓，正待辩解，导购小姐已经从收银台将打包好的甜甜圈拿过来递向了宋屿。宋屿点头以示感谢，再次看向林青枝：“走吧，我送你回家。”

林青枝刚要说不用，可一对上宋屿那双眼睛，她发现自己什么话都说不出来。于是，她只得灰溜溜地跟在宋屿身后，一块走出了仙芙。

上车后，宋屿并不急着系安全带，而是将西点盒子放在腿上打开，拿出一个甜甜圈递给了林青枝。“宋先生，其实我……”看着递来的甜甜圈，林青枝有些无所适从，她想出言婉拒，但眼角余光却瞥见宋屿面无表情的脸，于是拒绝的话到嘴边打了个转又咽了回去。

“仙芙的甜甜圈远近闻名，没吃过是种损失。”宋屿继续道，甜甜圈稳稳地递到林青枝面前。

看着宋屿面无表情地说出这种话，强烈的反差感一下戳到了林青枝笑点，她忍不住“扑哧”一声笑出来。

宋屿挑眉。虽然不知道对方被什么事情惹笑了，但至少他们之间的尴尬这会儿便一下子烟消云散了。

笑过之后，见甜甜圈还在自己面前，林青枝突然觉得宋屿也没有想象中那么可怕，于是大方地接过甜甜圈，咬了一口。正如欧立夏和宋屿所说，仙芙的甜甜圈果然名不虚传。柔软的口感，适度的甜味，均匀遍布的细砂糖和着从面包里沁出的黄油进入口中，让人倍感身心愉悦，唇齿留香。

"好好吃！"就连林青枝这种对甜食不感兴趣的人，都忍不住惊声赞叹。

见她由衷欣喜，宋屿也微微翘起嘴角。"仙芙开了 5 年，西点款式和味道不断创新变化，只有这款甜甜圈一直是原来的味道，从未改变。"宋屿也拿起一个甜甜圈咬了一口，似乎是在感慨。林青枝"唔"了一声，眼睛却不停地偷瞄宋屿。

"怎么了？"宋屿低头看看自己，发现并没有什么异样。

"只是觉得你跟我想的有点不一样。"美食面前无国界，林青枝的心情渐渐放松下来，说话也没了先前的拘谨。宋屿微抬下颌，表示愿闻其详。

"这么说吧，你看起来有点可怕。"林青枝顿了一下，怕他误会，急忙解释，"不是说你长得可怕，你迷妹很多的，至少连我这种不追星的都知道你。"

"但你却不知道我还是亚瑟珠宝的设计师。"听她主动说起这件事，宋屿临时起意，不免借机调侃。

"我不追星，当然也包括设计师。"林青枝呼吸一窒，面色微红。

"听说梶光夫最近又有一枚新的人像戒指问世。"宋屿话锋一转。

"是的，这枚少女人像钻石戒指在日本的伊斯特拍卖行以 120 万日元的价格成交，折合人民币 7 万多元，算是他近年来水准较高的作品了。"林青枝立即接话，娓娓道来，如数家珍，却蓦地发现宋屿看着她的表情似笑非笑，终于反应过来对方这是在套话。于是话说一半便突然停止，她实在不知道是该继续往下说，还是就此闭上嘴当个鸵鸟。

宋屿觉得她的反应很有趣，但他也知道什么是适可而止，所以并没有再次调侃让她变得更加窘迫。“我知道你喜欢珠宝设计，这一点我在和你谈论你的尾戒时就已经看出来了。”待到慢条斯理地吃完了手里剩下的甜甜圈，宋屿抽出一张纸巾来仔细地擦干净自己的手，“你的设计风格独具特色，工艺手法也出奇娴熟，看得出来你是真的将珠宝设计当作毕生追求在做。”

林青枝不说话，只默默吃着手里的甜甜圈。那天宋屿主动问起她的尾戒时，她的确十分欣喜。很多人从来只注重珠宝首饰的美与不美，却鲜少有人关注它们的设计思路和内涵表达，所以当宋屿谈及她的配色和设计巧思，她几乎都要喜极而泣。这是从学校毕业之后，第一次有人如此认真而诚恳地与她谈论她的作品。

“我不知道你还在犹豫什么，也许你的确有你的顾虑，但如果我是你，所有的顾虑都不及这一次机会。”宋屿看着她，语气渐渐认真。

“宋屿，你不是我。”林青枝停下动作，将还剩一半的甜甜圈慢慢放下。这是她第一次叫宋屿的名字，只是听起来并不友好。宋屿保持着看她的动作不变，静待下文。

“我的确热爱珠宝设计，我甚至曾经想过以此为业，终生奋斗，但不是每个人都能一往无前地追求梦想。亲情、责任、现实等等这些哪个不是变数？世上大多数人，从来身不由己。”林青枝抬头看他，眼里有恼怒，更多却是无可奈何。

“与其用这些所谓的变数来做借口，你倒不如承认是自己懦弱。”宋屿与她对视许久，突然道。

“你说什么？”林青枝一愣。她以为是她听错了，但看宋屿的神色，他竟然真的在鄙视自己？

“难道不是？”宋屿系好安全带，反问。

“只因为我不能自私地只顾自己追求梦想，就算懦弱？”林青枝的嘴角抽了一下，几乎要气笑。她才刚刚对他的印象有所改观，而这句话立刻就让一切重回原点，甚至让她对他的印象更为恶劣了。

“你只是自己没勇气踏出追求梦想的这一步而已，因为你害怕从此之后再无退路。”宋屿发动引擎，目光再不看她，“现在你用这些借口宽慰自己，等以后你江郎才尽再也做不出好作品时，你就可以大言不惭地说，这是别人只重品牌不懂欣赏，而不被欣赏的原因就是你当初因种种借口没有进入业界，没能抓住机会。”

“胡说也要有个限度！”不等话音落下，林青枝已然尖叫。

宋屿猛踩一脚刹车，林青枝差点撞上挡风玻璃。“系好安全带，你家在哪？”宋屿不为所动，看着前面的红绿灯，语气出奇的冷静。

林青枝吓了一跳，也来不及骂人，只赶紧叼起甜甜圈空出手来为自己系好安全带，然后迅速报出一个地址。不知道是不是被戳中了痛处，林青枝狠狠地吃完了剩下的甜甜圈后便一言不发；宋屿也不再开口，本来融洽的氛围瞬间又降至冰点。

宋屿的车终于开到了她家楼下，林青枝赶紧解开安全带下车，似乎生怕和宋屿再多待一秒。

“林青枝。”目送她下车，宋屿突然叫住她。

林青枝回头看他，带着一丝戒备和敌意。

“你和我其实是一路人，你绝不会被那些乱七八糟的借口束缚住手脚。”宋屿的眼神无比认真，他的眸子里透着某种耀眼的光亮。看了他半晌，林青枝转过头去，匆匆上楼。

第四章

# 抓住梦想的尾巴

3天后，蓝宝石的委托人通过邮件反馈消息说很满意《夜海牡丹》的设计，希望能够早日看到成品。宋屿收到邮件后，第一时间便让周想通知罗嘉来一趟自己的办公室。

这是罗嘉进入亚瑟珠宝以来第一个独立负责的项目，她无比兴奋，却又心怀忐忑。在等待委托人回复的这几天里，罗嘉依照张睿的安排去其他设计师的项目里跟班学习，亲眼看见这些堪称大师的设计师前辈们进行实操，她才知道自己在学校里学到的东西只能算入门。

珠宝设计工艺里的许多东西都是在实际操作中逐步积累的，资历越老的设计师技术越娴熟，制作的成品也越趋于完美，她甚至看到身边有人仅凭经验就将受损严重的老坑翡翠手镯描金修补完成，其间都没动手绘制过哪怕一张设计概念示意图。

惊叹之余，她也难免不安。在学校里，她的确是佼佼者，但这种出色更多的是体现在社团活动和学生会自治管理层面，单看专业，她反倒并不算太拔尖。基础课程，她倒是能门门拿A，但一到老师布置原创课题时，她却经常只能拿到B，这也是她一直以来的心病。

有老师曾委婉地表示过她不适合珠宝设计，也许人力资源和公共管理更能发挥她的天赋，可她从不动摇。她是真心喜欢珠宝设计的，因为宋屿，也因为那些璀璨夺目的金银宝石。她希望自己有朝一日能够站在宋屿身边，更希望自己的设计能够得到宋屿的认可，并在世界舞台上绽放出最美的光芒。

但当毕业临近，毕业设计带的压力日渐沉重地袭来，她突然绝望了。看着一地的废稿，她突然就明白过来，自己绝不可能在毕业设计里崭露头角。她终日惶惶，焦躁难耐。这明明该是她向宋屿迈出的第一步，这明明该是她向珠宝设计界展示自我的舞台，可她突然发现，她并没有匹配这个舞台的能力，她无法在这样的舞台上跳出一支精彩绝伦的舞蹈。直到她无意间看到了林青枝的作品，并听见了一通电话。原来林青枝的叔叔罹患血癌，所以她急需一笔数额巨大的救命钱。罗嘉便鬼使神差地将她约了出来，最后与她谈成了一笔心照不宣的交易。最终，罗嘉以惊艳卓绝的毕业设计作品受到整个珠宝设计界的瞩目，而林青枝则以不太出彩的毕业设计成绩低调毕业，销声匿迹。

“委托人已经定稿，你可以着手进行镶嵌了。”

宋屿的话语拉回罗嘉发散的思绪，她立即振奋精神，自信笑容再度攀上嘴角。

“宋总，我不会让你失望的。”罗嘉眉眼弯弯，斗志昂扬。

宋屿点点头，见她要转身离开，突然又叫住了她：“罗嘉。”他一出声，对方便立刻转过身来，“有机会的话，我想亲眼看看你的掐丝手法。”

罗嘉闻言，脸色瞬间一变，但很快又恢复如常。“一定有机会的。”她笑着点点头，而后转身离开他的办公室。

待她将门关上，宋屿拉开桌下的抽屉，将放在里面的纸箱拿了出来。纸箱里是上次林青枝准备邮寄的首饰，还没来得及更进一步打包，只是安静地躺在塑料封口袋里，整齐地码在纸箱内。宋屿将它们从塑料封口袋里拆出来，放在桌上一字排开。

这些首饰里有插梳、发簪、手镯、项链等，样样造型优美，制作精良，但其中最吸引他目光的，还是那枚半只手掌大的半月形苗银插梳。梳背以扇形黄铜片击打錾花，而后以白铜丝依照錾花形状在黄铜片上掐丝镶嵌出并蒂莲图案，最后再按景泰蓝之法上漆着色，成品线条流畅生动，古意盎然，手法颇见大家风范。但这并不是它吸引住宋屿的主要原因。宋屿的目光，自始至终都落在那两朵并蒂莲上。铜丝本就是掐丝镶嵌最初使用的材料，所以制作者在掐这朵并蒂莲时更是得心应手。只见铜丝于黄铜片上弯折有致，或粗或细的线条犹如笔绘，就连阴影这种微小细节对方都不见错漏——这手法，几乎与那朵银丝牡丹一模一样。

从设计到实操，宋屿总能在罗嘉身上看到林青枝的影子。如果一种情况可以用巧合解释，那两种呢？罗嘉真的和林青枝没有一点儿关系吗？或者说，罗嘉的设计作品真的是出自她本人之手？宋屿满腹狐疑，却不动声色。因为原创声誉是设计师的生命，在没有确凿证据的情况下，他永远不会去质疑任何一名设计师。

轻轻摩挲着插梳上的掐丝花纹，宋屿沉吟，眼前又浮现出林青枝接过甜甜圈时的笑脸。

从泼咖啡到被自己拽进人力资源部，乃至于仙芙偶遇，林青枝对他的态度从来是谦逊礼貌却带着距离的，她似乎从未将自己和他摆在过同等位置上，也许在她眼中，他就是位客人，是亚瑟珠宝的顶尖设计师，是一个和她的世界毫无交集的陌生人。而这种克制疏离，却在自己递给她甜甜圈那一刻尽数消散。她第一次在他面前毫无顾忌地笑，那笑容虽谈不上惊艳，却也足以让他柔软了内心。宋屿的嘴角悄悄勾起一个弧度，他的目光亦渐渐温和。

放在桌上的手机忽然响起铃声，宋屿低头，是个陌生号码。

“你好。”他接通电话礼貌应答，对方却迟迟没有开口。就在他以为对方打错准备挂断时，终于有声音自电话那头响起：“如果我同意签合同，你能先给我预支半年的基本工资吗？”林青枝的声音仍然有些迟疑，却已没有了在人力资源部时的那种犹豫不决。

宋屿松了口气，他知道自己总算没有看错人。“预支工资倒没问题，只是这半年之内如果你毫无建树，那么相对来说违约金也是很高的。”他眉眼微弯，仿佛对方正在眼前。

“这样一来不是正合你意，至少江郎才尽时我也没人可赖了。”林青枝显然还对他说过的话耿耿于怀，忍不住以其人之道还治其人之身。宋屿终于笑出声来。“林青枝，亚瑟珠宝欢迎你。”笑过之后，宋屿轻声低语。

“既然你愿意押注，我总不能让你输得太难看。”林青枝顿了一下，继而悄声低语，“还有，谢谢。”

“给你一个星期处理自己的事情够不够？什么时候处理好了，你随时都能来上班。”宋屿的笑容自始至终未曾散去，他这副模样要是被周想等人看到，一定会大声惊呼见了鬼。

挂断电话之后，宋屿心情大好。他将林青枝的首饰小心收好，一一放回纸箱摆放整齐，刚准备放回桌下的抽屉，却又像是想起了什么似的打电话叫来了张睿。

“宋先生，有什么事吗？”张睿推门而入后略感诧异，因为他发现宋屿今天的心情似乎格外的好。

“把这箱首饰拿去我的材料库，记住，放在最里面的陈列架。”宋屿将纸盒推到他面前，仔细叮嘱。

宋屿那间位于公司第 17 层的私人材料库里，各类珠宝首饰和稀有宝石众多，尤以最里面陈列架上的物件最为珍贵。但张睿打开纸箱看了一眼，发现里面的首饰虽然设计独到、制作精良，但使用的材料都很廉价，说是地摊货也不为过——这样的首饰，他竟然要放在最里面的陈列架上？

“拿过去。”宋屿重复一遍，语气不容置疑。张睿见此情形，就知道自己这会儿肯定是多问多错，于是很识相地闭嘴，抱起纸箱就转身走出了办公室。

罗嘉正在镶嵌作业，不经意间抬头，正好看见了从宋屿办公室里走出来的张睿。

张睿怀里抱了个快递纸箱，虽然个头不算大，但在设计部里却很是显眼——因为它是从宋屿办公室里出来的。

“睿哥，头儿是不是又收到什么宝贝了？”果然，不等他走出几步，就有好奇宝宝凑上前去。

“你手上碧玺的项目做完了吗？设计稿画好了吗？上班时间就好好干活，不要像没事人似的到处乱晃。”张睿微笑以对，说话却毫不留情。撞到枪口上的设计师耸耸肩，赶忙溜回自己的办公区老实坐好。张睿又抬眼扫了一周，本来还伸长脖子张望的众人便全部低下了头，做认真工作状。

他微微叹了口气，抱着纸箱继续朝电梯走去。

本来，他一向是很愿意将宋屿收来的设计私物同大家一起欣赏的，毕竟宋屿眼光独到，他收来的设计作品从来数一数二，常常能在公司里收获一致好评；但这些作品再不济也是价值上万的真正珠宝，相比之下，这次纸箱里的东西他是真的觉得有些拿不出手。

他承认，纸箱里的首饰在设计上的确别具匠心，制作工艺方面也的确精湛娴熟，但比起真正的珠宝首饰，这些东西顶多算是过家家；无论实际价值，还是收藏价值，几乎都可忽略不计，他实在不明白宋屿怎么就将这些东西编入了自己的珍贵收藏。不过老板终究是老板，不去干涉老板私事是每一名优秀员工的最基本工作准则，张睿向来牢记在心。

直到张睿走进电梯，罗嘉的目光才从他手里的纸箱上收回。谁也没注意到，她握住焊枪的手此时正越攥越紧，指甲已一点一点嵌进手心。

3 天之后，“夜海牡丹”顺利出货。成品被罗嘉送进会议室，庄重地摆在了宋屿的面前。和他一同检视作品的，还有亚瑟珠宝亚太地区的总负责人，中国分公司理事长展航。

也许是因为常年混迹商场的缘故，和宋屿相比，展航更显平易近人。面对强自镇定实则紧张不已的罗嘉，展航笑着招呼她坐下，而后便戴上手套将“夜海牡丹”轻轻托起。

3 克拉的蓝宝石被银丝牡丹贴合包裹之后，从视觉上看竟显得小巧了不少。展航将吊坠缓缓翻转，每一处镶嵌点都仔细检查，每一个焊连处都细细抚摸，当检视一圈之后，他眼中露出了欣赏的神色。

“听说你是今年的应届毕业生，难得。”将吊坠交给宋屿，展航摘下手套，由衷表示佩服。

“展总过奖了，我只是尽我所能地将设计作品做到最好。”罗嘉见他还算满意，这才松了口气，微微勾起了嘴角。

宋屿却没有说话，只是接过吊坠继续细查。镶嵌没有问题，掐丝也没有问题，但宋屿却发现这朵牡丹就是罗嘉那天拿给自己看的那朵。他当初给罗嘉的蓝宝石是自己的私货，虽然大小形状和委托人那枚差不多，但误差还是存在的；后来他将委托人的蓝宝石交给罗嘉，按理说她就应该依照委托人的原石尺寸重新做一次掐丝造型，可为什么她还是用了第一次做的银丝牡丹？是单纯的图省事吗？宋屿抬眼，目光落在了罗嘉的甜美笑容上。

“你觉得怎么样？”展航并不知道宋屿此时内心的想法，见他抬头，于是便出声询问。

“掐丝造型没有问题，镶嵌也没有问题。”宋屿据实以答，却并没有说好与不好。

“那就可以出货了，恭喜你，罗嘉。”于是，展航微笑着向罗嘉伸出右手。罗嘉立即伸手与他握在一起，眼角余光却始终停留在宋屿身上。他并没有像第一次看她设计稿时那样，说“很好”。

“是因为自己的镶嵌工艺不够好，还是因为他看出了银丝牡丹是原来的那朵？”罗嘉心头瞬间涌出千思万绪，不禁轻咬嘴唇，有些坐立难安。

“既然以景泰蓝工艺为基础的‘夜海牡丹’顺利出货，那我们下一个项目也可以提上日程了。”让张睿将“夜海牡丹”收好带出会议室，展航敛去笑容，露出严肃神色。此次他回中国分部并不单是为了看看罗嘉这个新人的处女作，他还有一个更重要的目的，就是为亚瑟珠宝今年的重磅项目之一挑选设计师。

“你的意思是，想让罗嘉担任那个项目的设计师？”搭档多年，展航一开口，宋屿瞬间就明白了他的意思。

“‘景泰蓝之春’这个项目本来就是要选擅长景泰蓝制作工艺的设计师来担纲，更何况‘春’又有生机盎然、新意勃发的寓意，两相叠加，罗嘉不正是最好的人选吗？”见他像是不太同意，展航不由反问。

“作为亚瑟珠宝今年的两个高定之一，你真打算起用新人？”宋屿挑眉，显然并不赞同，“问过总部那边的意思了吗？别到头来搞砸之后，是你我两人背锅。”

“抱歉，宋总、展总，请问你们在说什么？”作为当事人，罗嘉却在旁听得一头雾水，终于忍不住插了句话。

“是这样的，每年亚瑟珠宝都会定期推出两个高级定制系列，今年的其中之一就是‘景泰蓝之春’。”展航见她提问，倒不吝解释，“当然，‘景泰蓝之春’只是暂定的名字，最终的系列名还是要等设计作品出来后由设计师和公司共同商定。这个系列主要就是以景泰蓝工艺为亮点，着重走复古时尚路线。”

“这么重要的项目，您想提议由我负责？”展航的话她一时难以消化，但重点却是抓住了。亚瑟珠宝的高定系列，是业界内享有盛名的八大顶级品牌高定系列之一。自亚瑟珠宝推出高定系列以来，该系列每年的全球销售额度就稳定保持在2000万美元左右，是稳居系列设计类珠宝全球总销量前三的不败神话。而就是这样一个堪称全球瞩目的设计项目，展航竟打算让她来负责！她真的有能力延续这个业界的不败神话吗？

“你不用太紧张。”看出了罗嘉的惴惴不安，展航微微勾起嘴角，“虽然是亚瑟珠宝的高定系列，但严格来说，‘景泰蓝之春’只是副系列，我们每年的主打高定还是由总部的资深设计师负责，你大可放松心态，就当这次项目是一次练手。”

罗嘉立时睁大了眼睛。这么重要的项目在他看来竟是可以随便放松心态的“练手”？她是第一次见到展航，所以实在搞不清楚面前这位与宋屿年纪相仿的年轻理事长到底是什么想法。

“展航，你想清楚了，‘景泰蓝之春’真要起用新人？”听他说话像是主意已定，但宋屿还是再问了一遍。

“当然，任何领域都应适时注入新鲜血液，尤以设计行业为先。”展航笑容温和，话语却是斩钉截铁。

罗嘉浑身一阵战栗，兴奋与恐惧两种感觉瞬间交织在一起穿透了全身。这无疑是个千载难逢的绝好机会，只要好好抓住，必定能一举成名，自此以后，宋屿肯定会对她另眼相待；但如果失败的话，也许如展航所说，亚瑟珠宝的高定口碑并不会受到什么影响，她的职业生涯也不会因此跌入谷底，但宋屿……罗嘉下意识地看向宋屿，发现他竟也在看她，不免心中一惊，赶紧移开目光。

如果失败的话，宋屿对她的印象大概就再也好不起来了。罗嘉蓦地攥紧了拳头。纵然心有不甘，但此时此刻，她还是想起了林青枝。实在不行，还是找她吧。打定主意之后，罗嘉纷杂的情绪慢慢平静，拳头也渐渐松开。虽然有些对不起她，但自己也并不打算亏待她啊。除了先给她付上几十万定金之外，等系列完成之后自己再将项目报酬分她一半，不，七成总行了吧？本来自己进亚瑟珠宝就不是为了赚钱，就算她讨价还价要八成，自己也不会皱一下眉头。

见罗嘉在旁边一会儿皱眉一会儿微笑，最终又化作胸有成竹的沉默不言，宋屿微微挑眉，却并不戳破。他见展航态度坚决，叹了口气后突然一改初衷："既然你坚持要用新人，我当然没意见，不过在确定设计师人选前，我想让你看个东西。"

"什么东西？"好奇于宋屿突然转变的态度，展航对他说的东西自然表现出了极大兴趣。

"这个。"宋屿从口袋里取出一把苗银插梳，递给了展航。展航只觉眼前一亮，罗嘉却在看清插梳时瞬间白了脸。这把半月形苗银插梳，单看工艺，实属上乘。只见梳背以黄铜片击打錾花，又以白铜丝掐丝镶嵌出并蒂双莲，再以景泰蓝上漆法着色的色彩明艳亮丽，彩面贴服，如果在制作时能够选择如金、银等更为稀有的贵金属材料，那它完全能够跻身高级珠宝行列。而且不知是不是错觉，展航总觉得这把插梳上的并蒂莲和罗嘉"夜海牡丹"上的牡丹有些神似。

"这把插梳你是从哪弄来的？"但比起这种不着边际的联想，展航还是更想知道这把插梳的设计者到底是谁。

"你觉得具有这种设计水准和工艺水平的设计师，是否也能担得起'景泰蓝之春'这个项目？"宋屿没有回答，只是反问。展航一愣，随即了然。

“宋屿，你这是夹带私货。”他不禁微笑摇头，语带调侃。

“这插梳本来就是私货，你一毛钱没出还想充公？”将插梳收回口袋，宋屿按下会议室座机的快捷通话键，“周想，让她进来吧。”

罗嘉的脸色越发苍白，她强自镇定，随宋屿和展航一起扭头看向会议室大门。

门被推开，一个娇小的身影被周想引进门来。与罗嘉相比，这的确是个不太出众的姑娘：微卷的中长发在脑后随意地扎了个丸子，脸上是几近素颜的淡妆，一身浅灰色连衣裙搭配一双深棕色的玛丽珍鞋，双手紧紧抱着胸前的文件夹，显得有些拘谨。反观同样刚入职场的罗嘉，其自信张扬的性格和紧贴时尚的装扮为个人形象增色不少，也更加符合设计师的职业面目。

林青枝抬眼，目光与罗嘉不小心撞在一起，两人立即各自移开目光。这个小动作宋屿看在眼里，他更加肯定罗嘉之前没有说实话。

“她叫林青枝，是我昨天刚刚聘用的设计师，你看的插梳就出自她的手。”宋屿挥手示意林青枝来会议桌前坐下，而后便向展航介绍道。

“林小姐看起来和罗嘉年纪差不多，不会也是今年的应届毕业生吧？”展航点头，随即看向林青枝，打量一阵后问。

“展总，我的确是刚刚大学毕业，所以各方面的经验都还很不足。”听展航这么问，林青枝不免有些尴尬。因为怕引起不必要的麻烦，所以她并没告诉过宋屿自己是哪所大学毕业的，而宋屿也没问，人力资源部也没来找她要东西，于是这件事就此翻了篇。

“看来，总部那些老资历们再不努把力，很快就会被新一代赶下神台了。”好在展航也没打算深究她的学历，略微调侃之后这个话题便被一笔带过。林青枝和罗嘉见状，都不约而同地松了口气。

“刚刚你给我看那把插梳，是想推荐她来负责‘景泰蓝之春’这个项目？”玩笑过后，展航恢复正色。

“其实按我的意思，我更倾向将这个项目用以老带新的方式来做。”宋屿戴上眼镜，拿过手边带来的资料，“虽然这个系列只是高定系列里的副系列，但它每年的盈利也在700万美元左右，要是亏得太多，总部那边的脸色怕是会不好看，所以稳妥一点儿总没错。但你既然坚持要起用新人，我也只好依你的意思办，但这个负责人选，我还是建议再看看。”

“但罗嘉的设计和手艺，你不是已经认可了吗？”展航沉吟片刻，又问。

罗嘉的心猛地一跳，她赶紧看向林青枝，就见对方神色如常，并不像是打算说些什么的样子。“冷静点儿，罗嘉，‘夜海牡丹’就是你的设计！就算林青枝要说也没证据，她根本证明不了‘夜海牡丹’的设计者是她！”罗嘉不断安慰自己，但手心却还是沁出了冷汗。

“我认可罗嘉的设计和手艺，但并不代表我不认可别人的设计和手艺。”宋屿瞥她一眼，目光又扫过林青枝，最后重新落在展航身上，“至少作为新人设计师，在景泰蓝首饰的设计和制作方面，林青枝同样具备独挑大梁的能力。”

看了看罗嘉，又看了看林青枝，对比‘夜海牡丹’和苗银插梳的设计和制作工艺，展航陷入沉思。不知过了多久，他终于叹了口气。

“我明白了。”展航向宋屿点点头，而后看向在座的两位年轻设计师，“宋屿的话很有道理，我也不得不承认你们两位的设计不相伯仲。但‘景泰蓝之春’的负责人只有一位，为公平起见，我想请你们以两周为限各自设计制作一样首饰，主题不限，材料不限，制作方法限定为景泰蓝传统工艺。两周后，我会从亚瑟珠宝请包括宋屿在内的5位顶尖设计师对你们提交的作品予以评定，以最终确定由谁来负责这个项目。”

“同意。”宋屿率先投了肯定票。“同意。”林青枝也无所谓，毕竟她刚进亚瑟珠宝，能获得这个高定项目的负责权自然很好，但如果拿不到，她还能等下次机会。唯有罗嘉面露犹疑之色，没有立刻表态。

“罗嘉，你有问题吗？”见她迟迟不语，展航开口询问。

“对不起，刚刚我走神了，这个提议很好，我完全同意。”像是猛然回神，罗嘉抱歉地笑了笑，连忙表示赞同。

见在座所有人都没有异议，展航便宣布散会，而后单独将宋屿留了下来。

罗嘉和林青枝一前一后走出会议室，两个人不发一语。见她们出来，和罗嘉比较熟悉的设计师立即上前围住罗嘉询问她处女作的检验情况，林青枝见状很识趣地让开了位置，默默走向自己的办公区。将文件夹放在办公桌上，林青枝抬眼看向在人群里笑得开心的罗嘉，心里不禁五味杂陈。她明明这辈子都不想再跟对方有任何交集，可阴差阳错间两人竟成了同事，不仅要共事还要竞争，以后的日子怕是要不好过了。

罗嘉不经意间抬眼，见林青枝正在看她，嘴角笑意瞬间收敛。回答完同事们的种种问题，罗嘉简单地聊了几句后便借机抽身，向林青枝走了过去。“你好，我是罗嘉，听说我们同届，还请多多指教。”她在她身旁站定，伸出右手，笑容甜美，眼神冷厉。

林青枝顿了一下，最终还是站起身来，伸手与她相握，说道：“很高兴认识你，我是林青枝。”她知道罗嘉在担心什么，所以对方的举动她积极配合，只希望不要造成不必要的误会，引来莫名的敌意。

见林青枝很配合，罗嘉松了口气，却又更觉生气。等到对方重新坐下，罗嘉弯腰，借着聊天的模样恶狠狠在她耳边低语：“待会儿来洗手间一趟，我有话跟你说。”

林青枝点头表示知道，罗嘉便笑着站直了身子，朝她挥挥手后转身回到了自己的办公区。

大约半个小时之后，两人便一前一后进了洗手间。等到洗手间没有其他人，罗嘉就一推林青枝，将她逼到了墙角。

“为什么你会在这里？”她本就比林青枝高出半个头，这会儿踩着高跟鞋，更显居高临下。

“罗嘉，我和你的关系止于《夜海牡丹》，除此之外，我好像也没有义务向你报告自己的行踪。”林青枝并不想惹事，但事到临头，她也不想任人欺负。

“《夜海牡丹》是我的设计作品！”听她提起自己刚刚递交的设计作品，罗嘉只觉得某条神经被刺痛，声音立时提高了八度。

“《夜海牡丹》是你的设计作品。”林青枝将这句话复述一遍，同时也将自己的想法一并吐露，“罗嘉，我并不想翻旧账。《夜海牡丹》是你的，《忘川》也是你的，我从没有将它们抢过来的念头。过去的事我们一笔勾销，只是从今往后，我希望我们之间能够恢复正常的竞争关系，就像大学时期那样。”

“不可能。”话音还未落，罗嘉已断然拒绝。林青枝愣住。

“你以为我是怎么进的亚瑟珠宝？你以为我进亚瑟珠宝又是为了什么？”罗嘉瞪她，几乎咬牙切齿，“我好不容易得到他的赏识，好不容易有了能够跻身知名设计师行列的机会，你凭什么说来就来说抢就抢？林青枝，你明明答应过我绝不踏入珠宝设计界半步的！”

罗嘉内心还有很多没有说出口的愤恨：“就因为你的承诺，所以我才放心大胆地呈送了《夜海牡丹》；就因为你的承诺，所以我才能自信地在宋屿面前扬起笑容！可现在，你突然天降亚瑟珠宝，那我要怎么办？只要有你在，宋屿的目光永远都不可能再落到我的身上！”

对于打断她的好事，林青枝确实有些心怀愧疚；但对于“绝不踏入珠宝设计界”这个承诺，林青枝却是一头雾水。自己什么时候说过这种话，她怎么完全不记得？

“我说过这种话吗？”林青枝想了半天，不得不小心翼翼地反问。一直以来，她不愿进入业内的主要原因还是她的外公，她害怕因此拖累叔叔，更害怕连累别人，卷入麻烦；但除此之外，珠宝设计绝对是她毕生梦想，她怎么都不可能做出这样的承诺。

罗嘉猛地退开两步，看向她的眼神越发怨毒：“原来如此，林青枝，我真是小看你了。”她沉默半晌，忽而冷笑连连。

林青枝还想开口，对方却已转身大步走出了洗手间。看着罗嘉怒气冲冲的背影，她追也不是，不追也不是，半晌之后才叹了口气，露出苦笑：“照这个情况看，我应该是跳进黄河都洗不清了。”摇摇头收拾一下心情，她也抬脚走出了洗手间。

展航说竞争作品不限主题，看似简单，其实更难。如果他限定主题，那么林青枝在设计时就能尽量借助主题发散思维，灵感反而来得快；可是主题范围一广，她一时半会儿反倒不知道该从什么地方下手了。毫无头绪地转着手上的铅笔，林青枝不禁举目四望，开始观察起设计部的其他人。

除去在总部进修和出差办公的设计师，现在的设计部加她一起，共有 12 名设计师。在这 12 名设计师中，除了她和罗嘉是刚入行的新人，其他 10 位都是已经在亚瑟珠宝干了至少 3 年以上的老资格，其中不乏在业内已具有一定知名度的优秀设计师，这让林青枝很是兴奋。能够近距离观看这么多优秀设计师的设计和制作工艺，这对她来说绝对比中个 500 万彩票还让人高兴。

林青枝看了半晌，干脆决定放下手里的工作先去各个办公区逛逛，跟其他设计师熟悉一下，顺便也了解了解亚瑟珠宝设计部的一般工作流程。也许是看林青枝是新人，也许是见她笑容温柔，态度诚恳，所以面对林青枝的虚心请教，大家都很乐意暂时放下手里的工作替她答疑解惑。

听了一圈大家的解释，林青枝终于对亚瑟珠宝的定制流程有了个比较直观的了解。她原以为珠宝定制就是委托人和设计师之间的事，一旦有委托人提出设计委托，那么设计师直接接单就好，但实际上却并没有这么简单。在中国分部，当委托人提出委托后，宋屿会先将委托内容过目一遍，而后根据委托人送来的材料和制作要求将项目分配给合适的设计师；但如果有多个设计师同时对某一项目感兴趣，也可同时进行设计创作，再由周想联系委托人将设计稿全部送交审阅，待到委托人最终确定设计稿后再定设计师进行制作。

“这么说，宋屿只负责派任务？”听到这里，林青枝忍不住问。

正在向她解释的女生名叫 Anna，听她叫宋屿的全名，一时间表情很是微妙。林青枝看到她这副表情立马反应过来不妥，于是赶紧咳嗽一声转移话题：“我听说宋总是亚太区的首席设计师，可听你们说了半天却只听出来他是设计部的总负责人，难道他现在不做设计了吗？”

“怎么可能？”Anna 看她的目光还是有些意味深长，但这并不妨碍她继续往下说，“宋总作为首席设计师，在委托人指名、原材料特别贵重和委托人不满意我们所有设计的这 3 种情况下就会出手。换句话说，只要他出手，就一定没有不满意的委托人。”说到这里，Anna 的眼中已然泛起星星，显然是非常崇拜宋屿。

“真的那么厉害？”林青枝十分震惊，却也有点不信。世上客人千千万，哪个设计师能够做到人人满意？

“你知道‘加勒比海之星’吗？”Anna 见她不信，于是反问。林青枝点头。那是一颗 8 克拉的蓝宝石镶钻戒指，蓝宝石戒面被工整地切割出了 16 个面，周身镶钻也是整齐的八面切割；在灯光下，蓝宝石和钻石的光芒能够交织折射出蔚蓝的海洋，是亚瑟珠宝去年的三大奢侈品珠宝之一，现在为英国女王所收藏。

“那‘幻想岛’呢？”Anna 又问。林青枝继续点头。“幻想岛”也是亚瑟珠宝的经典定制之一，它最突出的特点就是，作为吊坠本体的原石并非单一的结晶石，而是紫水晶、红碧玺和绿玉的共生体。一般情况下，结晶石极少会出现不同种类的共生，就算有幸遇到，设计师在设计制作时也会将共生晶体分割开来各自使用；但“幻想岛”在设计上却打破了这一行业规矩，通过切割打磨将 3 种晶体制作成一个晶体，使不同色彩互相补充形成“微景观”，在一枚不足一克拉的小小吊坠上呈现出了如极光般梦幻美丽的景致。这个作品最终被一位意大利富商以 37 万美元的价格拍下，成为当场拍卖会上成交价格最贵的珠宝。

“还有‘红梅白雪’，我想你肯定也知道。”Anna 一边说，一边看向林青枝，后者果然再次点了点头。作为一个传统工艺爱好者，“红梅白雪”是亚瑟珠宝出品的传统工艺类首饰当中她最喜欢的作品之一。作为一套纯银打造的对镯，设计师 Hall 将 6 颗分别重约 0.2 克拉左右的红宝石镶嵌在其中一只镯子上，而后充分运用精巧的雕刻手法和整体留白印象，将两只银镯的镯面连成了一幅完整的水墨画，远远看去就像是一树红梅映照白雪，堪称巧夺天工。这对银镯最后被中东一位小国王子以 70 万美元的天价收入囊中，作为礼物送给了自己的妻子。

“我承认是自己太浅薄，Hall 的确是一位全能型的天才设计师。”林青枝对 Anna 的这几个论据心服口服，因为它们都是出自亚瑟珠宝顶级设计师 Hall 之手。可是她明明问的是宋屿，为什么 Anna 要举 Hall 的例子来反驳她?

Anna 闻言，表情突然怪异无比，她看着林青枝，久久没有说话。

“怎么，难道我记错了？”林青枝被看得一阵心慌，连忙重新回想了一遍三样作品的设计师，的确都是 Hall 无误啊。

“你该不会，”看了她许久，Anna 终于再次开口，“不知道 Hall 就是宋总……吧？”

“原来他是宋总——什么？！”林青枝刚要点头，却突然惊叫出声。

设计部的目光瞬间全都集中在了她身上。林青枝赶紧向周围连连道歉，然后将 Anna 拉低身子，两人躲在隔间玻璃后面继续低语：“你说他就是 Hall？他就是那个年纪轻轻便斩获数个国际知名设计大奖，被业界誉为‘新纪元曙光’的中国籍天才珠宝设计师 Hall？！”

“不是吧，你竟然真的不知道宋总就是 Hall？”Anna 比她更震惊，毕竟来这里的设计师大多数都是冲他来的，可她竟然根本不知道他是谁!

林青枝此刻真想找个地缝钻进去，她终于知道宋屿在车上为什么嘲笑她了。眼睁睁看着鼎鼎大名的 Hall 本尊站在自己面前却不自知，她自己都觉得十分可笑。

见林青枝脸上突然一阵红一阵白，Anna 觉得这里面肯定有戏，于是八卦之魂瞬间熊熊燃烧。

“亲爱的，你都不知道宋总是 Hall，那为什么还会被他拽进亚瑟珠宝啊？”Anna 凑近她，一脸求知欲旺盛的表情。前几天宋屿拽着一个快递小妹冲进人力资源部的事，这几天已经在公司上下传遍了。刚开始有人猜测是快递小妹弄坏了宋屿珍贵的藏品快递，所以这位平日里冷静自持的“冰块”老板才会罕见暴走找人麻烦，但这种猜测很快就不攻自破——谁找快递麻烦是拽进人力资源部的？特别是当这位快递小妹几天后突然摇身一变成了自己的新同事时，大家的好奇心瞬间爆棚。但一来他们和她还不熟，二来他们也不了解宋屿和她之间有什么关系，所以谁都没好意思开口问；这会儿 Anna 借着跟她聊天混了个脸熟的机会，终于问出了所有员工心中的同一个疑问。

“其实到现在我也还有点儿懵。”听 Anna 问起这个，林青枝愣了一下，想了半天也不知道该从何说起，唯一能想起的就是她和他第一次见面时的那杯咖啡，“大概可能是因为，我泼了他一身咖啡？”

这个答案听得 Anna 一头雾水，她还想再问，脑袋却被人用文件夹敲了一下。她抬头，刚要瞪眼，却发现打她的人是周想，立马蔫了。“小想姐。”她嘿嘿一笑，表情无辜。

“上班时间闲聊，你的项目进度怎么样了？设计稿交宋总审了吗？”周想微笑，明明态度和蔼，语气温柔，Anna 却打了个哆嗦。

“对不起，我马上继续干活。”她瞬间挺起腰杆，抓起 2B 铅笔就在草稿纸上运笔如飞。

周想叹了口气，转而看向林青枝，说道：“宋总找你，你赶紧拿上笔记本去他办公室一趟吧。”她的嘴角依然噙着淡淡笑容。

在林青枝看来，这个笑容很是平易近人，她实在不明白 Anna 怎么能吓成那样。

“好的，谢谢小想姐。”但林青枝适应力很强，见 Anna 这么叫，便也跟着叫了一声。

“不用客气，”在她经过身旁时，周想突然拍了下她的肩膀，俏皮地眨眨眼，“店长大大。”

林青枝这才恍然大悟，原来在旺旺上跟她互通消息的人不是宋屿，而是她，林青枝不由更添几分亲切感。

敲开办公室的门，林青枝一眼就看到了正戴着眼镜专心致志看着电脑的宋屿。一想到他就是 Hall，林青枝就觉得脸上阵阵发烫，尴尬得不知道手脚该往哪里放。

宋屿抬头，见她神态忸怩，于是便摘下眼镜合上了电脑，并问道：“第一天上班，不习惯？”宋屿示意她近前坐下，以为她是因为工作环境突然改变而不太适应。

“没有，这里很好，的确是设计师梦寐以求的人间天堂。”林青枝赶紧摇头，但接下来又没了声音。

“那是在设计上遇到了瓶颈？”现在想来，展航刚才的提议对林青枝其实并不公平，毕竟罗嘉在亚瑟珠宝已经工作半月有余，而且又独立完成过设计项目，她在这次竞赛中显然更具优势。

“瓶颈倒没有，只是还没确定设计主题，不过我觉得这个急不来，而且时间也还充裕。”林青枝还是摇头，看在宋屿眼中更觉奇怪。

“那你怎么了？”又打量了她半晌，宋屿终于开门见山。

“我没事啊。”林青枝不解，却突然反应过来他的疑问全部来自自己进门时的表现，脸色不禁更红了。

宋屿觉得还有下文，也不说话，就这样静静地看着她。被看得有些受不了了，林青枝突然“噌”的一下猛然起立，退开一步朝宋屿鞠了个 90 度的躬。

宋屿全然没有心理准备，整个人当场愣住。不知过了多久，宋屿才回过神来，他咳嗽一声打破僵局，莫名其妙地看向面前迟迟不肯抬头的身影：

“林青枝，你这是干什么？”

“对不起，我竟然不知道你就是Hall！”对于这件事，林青枝是真觉得无地自容。

她喜欢Hall的作品，梦想有朝一日可以成为像他那样的设计大师，但她却根本不知道Hall就是宋屿，还将宋屿当成普通的珠宝模特在他面前高谈阔论，班门弄斧，简直丢人至极。

“这又不是什么大不了的事，你用不着这样。”宋屿有些哭笑不得，敲敲桌子示意她抬头，“赶紧坐下，我有正事跟你谈。”

听宋屿这么一说，林青枝才重新坐下，但脸颊还是泛着一层淡淡的红。

对于这件事，宋屿反复斟酌言辞，却还是没想好该怎么开口。刚才在会议室，等到罗嘉和林青枝出去之后，展航便将“夜海牡丹”推到了他面前。以展航的眼光，他当然看得出“夜海牡丹”和苗银插梳的神似之处，所以宋屿对于他的质疑并不意外。

“我想知道这到底是怎么回事。”展航语气平静，眼神却锐利无比。

“第一，林青枝的设计水准和工艺水平我可以担保，因为我有她12件各不相同的设计成品；第二，我对罗嘉抱有一些疑问，但没有证据我不会乱说。”宋屿与他对视，毫不为他的威压所动。

“你为什么不去问问林青枝本人？”展航大概知道宋屿的疑问是什么，因为当林青枝出现在会议室门口时，他也察觉到了罗嘉的异样。

“如果她想说的话早就说了，根本不会等到现在。”宋屿扭头透过单向玻璃看向会议室外，只见林青枝正低调地越过谈笑的众人回到自己的位置，“我倒觉得等她们的设计稿一起出来之后，一切就会真相大白。”

展航盯着他的侧脸，许久之后忽而微笑说道：“我还以为你会倾向罗嘉，毕竟从外貌到性格，她似乎更符合你的一贯审美。”扭头顺着他的目光看去，展航话里话外都是调侃。

“我是在选设计师，不是在挑女朋友。”宋屿瞥他一眼。

“所以，如果挑女朋友的话，你就会毫不犹豫选罗嘉？”难得看到某人对一个姑娘如此上心，展航并不想轻易放过他。

宋屿想说“是”，但脑海里却闪过了林青枝的影子。也许是在她和他聊起珠宝设计时，也许是在他知道她是“脑洞开到月球上”时，也许是在他和她坐在一起吃甜甜圈时，或者更早，是在她泼了他一身咖啡还直言没钱赔偿时，林青枝似乎突然就空降在了他的心上，时不时就从眼前一晃而过体现存在感。见他突然沉吟，展航眼中生出笑意，但很快便一闪而逝。

“不聊这个了，我们回归正题。”咳嗽一声牵回宋屿发散的思绪，展航严肃神色，“林青枝说不说在她，但问不问却在你。依我的意见，我还是希望你能正式地找她谈谈这件事。”

理解展航的顾虑和考量，宋屿略微思索之后，点头同意了他的意见。

“林青枝，我有几件事要问你，希望你能据实以答。”终于，宋屿还是开了口。

“宋总，请讲。”林青枝闻言，面上红潮退去，目光恢复清明。

“你和罗嘉是不是之前就认识？”见她做好准备，他便开始提问。

林青枝眼神微变，但很快就恢复如常：“不，刚刚在会议室，我才第一次见她。”

“罗嘉和你有过生意上的往来吗？”宋屿停顿了一下之后继续问道，但怕林青枝误会自己的意思，他又补充了一句，“我指通过你的淘宝店铺。”

“这我倒没注意过，毕竟店里客人多，我也不会一一去记收货人姓名。”听到这里，林青枝就知道他是对“夜海牡丹”产生了怀疑，为了避免出错，她尽量半真半假地斟酌着回答问题。

宋屿看着她，她也看着宋屿，两人对视良久，谁都没有移开目光。最终，宋屿低头拿起面前摆放的资料，递给林青枝。“这是操作台所有设备的使用说明，如果有不明白的地方，问其他设计师或者问我都可以。”宋屿道。

“谢谢宋总。”亚瑟珠宝中国分部的所有设备都是进口设备，但林青枝却发现这沓使用说明是中英双语版，可见公司对自家设计师的人文关怀的确细致入微。粗略地翻了翻说明，林青枝已然跃跃欲试，她抬头看向宋屿："如果没什么其他事，我可以出去了吗？"

宋屿做了个"请"的手势，她立即起身就往外走。"林青枝。"就在她扶住门把准备开门时，宋屿突然又叫住了她。林青枝回过头来看他。

"你真的不后悔？"宋屿抬起手指敲了敲桌面，话语有些意味深长。有些事在明眼人看来其实早就不言自明，但她既然不愿意说，那他就当什么都不知道，这也算是某种心照不宣。只是他不明白，"夜海牡丹"这么惊艳出彩的设计制作，如果真的出自她之手，她又为什么不能坦然承认？

"比起过去，我更看重未来。"林青枝微微一笑，眼中迸发的自信光彩竟比罗嘉还更胜一筹。

目送林青枝离开，宋屿放松下来靠向椅背。"比起过去，更看重未来吗？"他重复了一遍林青枝的话，嘴角不禁也勾起了一道好看的弧度。他突然非常期待两周后的评审，因为他知道林青枝绝不会让他失望。

# 第五章

# 不自觉地被她吸引

不知不觉，时间已过去 4 天。设计部的所有人都对罗嘉和林青枝会交出什么样的设计作品感到好奇，但大家在这方面却似乎有种天生的默契，所以并没有一个人私下向她们打听过设计进度。

林青枝的状态倒还好，但罗嘉的焦躁却渐渐藏不住了。有相熟的设计师宽慰她不要太钻牛角尖，她微笑着道谢，心中的焦躁却越发严重。只有她自己知道，这种设计竞赛她绝对无法胜过林青枝，只因为迄今为止她最好、最得意的作品，皆是出自林青枝之手。一想到这里，罗嘉便无比嫉恨，以致头痛难耐。

又将一张草稿纸涂黑揉成团扔进纸篓，罗嘉看着已经快满出纸篓的废纸团，干脆起身走去休息区倒了杯咖啡，眼不见心不烦。

咖啡入口，强烈的苦味刺激味蕾，罗嘉终于觉得焦躁难耐的心境稍稍清明了一些。她抬眼看向林青枝的办公区，就见对方此时正戴着耳机在听歌，铅笔在她的右手指尖上轻巧地打着转，一派气定神闲。

不能这样下去。罗嘉又喝了一口咖啡，微微皱起眉。她不能坐以待毙，眼睁睁看着林青枝将属于她的机会夺走；她必须要反击，否则不仅宋屿永远都不会再高看她一眼，她甚至连亚瑟珠宝的一席之地都可能会失去，她必须要想办法反击！

罗嘉的手机铃声突然响起，她拿出来看了一眼，刚想按掉，却突然停下动作。只一瞬间，她竟有了个绝佳的想法。铃声还在响着，她清清嗓子，慢条斯理地接通了电话。

“嘉嘉，你下班没有？”电话里传出一个轻快的男声，他叫罗嘉叫得亲切，显然和她很熟悉。

“快了，有什么事吗？”罗嘉微笑着问。

“我今天刚好在亚瑟珠宝附近，中午一起吃个饭吧。”对方也笑了。

“行，你等我 15 分钟，马上就到下班的点了。”罗嘉看了眼时间，应下邀约。

“好的，那我就在你们公司对面的随意小馆等你。”约好地点，对方便挂断了电话。

将手机重新收回口袋，罗嘉嘴角扬起了一个微妙的弧度。

“林青枝，我不会输的。”她想着，眼中斗志渐渐昂扬，“就算我天赋不及你，我也不会就这样让你抢走我的东西，我们走着瞧！”她猛地握紧了手机。

随意小馆是一家装潢简约的湘菜馆，罗嘉虽然不喜欢湘菜的重口味，但却对这里的一道松鼠鱼情有独钟。推开餐馆的门，罗嘉向收银台说明情况后，便有服务员领着她向店里走去，不多时就找到了她要找的人。

“嘉嘉，这边。”那人一见罗嘉，立即露出了灿烂笑容。

罗嘉挥挥手，同样微笑回应。坐下之后，她抬眼打量对方，发现几年不见，对方竟像是从未改变。依旧是利落的短发和白净的皮肤，左耳上的十字耳钉仍折射着银白的光芒。他永远都是一身休闲运动装打扮，从来活力十足，像个长不大的大男孩。

“你回国这么久，我都没联系过你，你不会生我的气吧？”大男孩提起茶壶给她倒了杯茶，问。

“知道你这位大评论家每天日理万机，我又怎么可能没事找你茬？”罗嘉端起茶杯喝了一口，动作丝毫不见生分。

对方又笑了。倘若有哪个了解时尚界动向、知道时尚评论是怎么一回事的人经过这里，就会惊讶地发现，面前这个一身休闲运动装的大男孩，就是那个让珠宝设计师们又爱又恨的《时尚》杂志专栏作者，程亦飞。

有无数的珠宝设计师因为他的评论而一举出名，也有无数的珠宝设计师因为他的评论而跌至事业的谷底。他的评论从来泾渭分明，一针见血，仿佛他的大脑里只有非黑即白两种思想，绝不存在“中庸”这种第三类评论。

“哪有日理万机，就是这段时间被某珠宝鉴定师硬拖去参加了奥地利的一场拍卖，要不是考虑到对方也是多年的朋友，我早就丢下他回来给你接风了。”程亦飞说得一本正经，罗嘉都要怀疑那位可怜的珠宝鉴定师现在是不是已经开始喷嚏连连了。

“嘉嘉，在亚瑟珠宝工作，你还习惯吗？”玩笑之后，程亦飞看向罗嘉，言辞逐渐恳切。

“挺好的，亚瑟珠宝从管理到员工，我都很适应。”听他问起自己的近况，罗嘉不禁又想起了宋屿的身姿，“宋屿除了是个顶尖的珠宝设计师之外，他同样也是个优秀的老板。”

不知是不是错觉，在听到宋屿的名字时，程亦飞的目光暗了一下。

“我听说你刚刚递交了第一个项目作品，展航和宋屿对你的评价好像都挺高。”话题一转，程亦飞聊起了她刚刚上交并顺利过审的设计作品。

“你的消息这么灵通？我的作品明明都还没交到委托人手上。”罗嘉闻言，面露诧异。要知道泄露公司项目是行业大忌，就算设计稿样式没有流出，但单是消息流出就已经很不得了了。

“不用紧张，我只是有朋友恰巧在你们公司而已，而且这个消息我也没打算到处乱说。”见罗嘉紧张起来，程亦飞赶忙澄清自己的想法和动机。罗嘉默默喝茶。

“等委托人拿到你的定制珠宝后，记得联系我，”程亦飞看着她，眼里带着笑意，“真正优秀的设计师靠的不单是技术，和明星一样，宣传同样必不可少。”听到“宣传”两字，罗嘉再次抬头看他。“说到这个，我的确是要麻烦你替我写个稿子。”罗嘉突然握住他放在桌上的手，神色诚恳道。

“这个不用担心，我相信你的设计水准。”程亦飞浑身一震，手立时僵在原地不敢动弹。

“不是我的定制珠宝，是亚瑟珠宝今年的高定系列。”罗嘉知道他会错了意，于是继续道，“展总看好我的设计风格，希望能由我担纲今年的高定系列之一。”

“这是好事啊！亚瑟珠宝的高定系列每年都是珠宝设计界乃至时尚界万众瞩目的项目，多少设计师挤破脑袋都想挤进这个项目，更不用说成为负责人了。”程亦飞闻言，由衷地为她感到高兴，“恭喜你。”

罗嘉却露出苦笑，丝毫不见喜色。“如果真是这样倒好了，可就在展总准备拍板之际，我却空降了一个竞争对手。”她微微叹气，很是无奈地说。

“竞争对手？”程亦飞不免诧异。据他所知，亚瑟珠宝今年招进的几个新人设计师里就属罗嘉最为出彩，展航又对自己手里的老设计师们了如指掌，他既然向罗嘉提出建议，肯定就是已经打定了主意，又怎么可能突然出现竞争对手。

“具体情况我也不是很了解，只知道对方也是最近特招进亚瑟珠宝的新人。”一想起林青枝，罗嘉便如鲠在喉，“我想拜托你写篇文章，向业界介绍一下这次的高定系列负责人之争，免得有人在竞赛中暗箱操作。”

“你是说，跟你竞争的这个新人，跟亚瑟珠宝高层……跟展航他们之间有猫腻？”程亦飞沉吟半晌，有些怀疑。在亚瑟珠宝设计师竞赛这件事上，至少在中国分部，只有展航和宋屿能够一锤定音。但两人在业内的名声一直很好，亚瑟珠宝内部对他们的评价也很高，如果说他们要暗箱操作自家设计师的竞赛结果，程亦飞是不太相信的。

“我不是这个意思，只是希望这次竞争能够更加公平公开，毕竟是亚瑟珠宝一年一度的重磅项目。”罗嘉连忙摇头，她笑着解释，心里却将程亦飞的话牢牢记下。

“林青枝是宋屿带进的公司，又是宋屿将她提上了‘景泰蓝之春’这个项目，要是两人之间没什么还好，要是有……林青枝，我一定不会放过你！”想到恨处，罗嘉不禁用力咬住了下唇。

这个小动作没有逃过程亦飞的眼睛，他不禁微微皱眉。沉吟半晌，他反握住了罗嘉的手。“我明白了，这个稿子我会尽快出稿，你一定会有场公平的竞赛。”他看着她的眼睛，一字一顿地道。

“谢谢。”见程亦飞应承下自己的请求，罗嘉暗自松了口气，重新露出甜美的微笑。

“这有什么好谢的，我又不是在帮你写推广软文。”程亦飞觉得有些好笑，这对话就像是他在替她暗箱操作一样。

罗嘉但笑不语，随即她便发现自己和程亦飞的手此时竟握在了一起，于是赶忙抽回，面色微微发红。程亦飞眼中有心痛稍纵即逝，但他装作没有注意到这种尴尬局面，转头笑着招呼服务员点菜。

林青枝戴着耳机听了一天的歌，却连半句歌词都没听进去。定不下主题，就无从谈起灵感。她脑子里现在有无数个念头，可选来选去都选不出最称心合意的那一个。这种感觉就像是当初有人跑到她淘宝店铺里下了个要求“古典华丽”的订单，而这个订单除了“古典华丽”外，一个靠谱可行的描写都没有。

林青枝摘下耳机，长吁了一口气。她抬头向罗嘉的办公区看去，现在正值午休时间，对方并不在办公区里。平心而论，林青枝其实并不想和罗嘉争“景泰蓝之春”的负责权。毕竟她进亚瑟珠宝本身对罗嘉来说就是一个刺激，现在又莫名其妙地空降成了对方的竞争对手，以对方那么强烈的自尊心来看，自己以后估计再不会有平静日子过了。只是，当看见宋屿极力向展航推荐自己一试时，她突然就不想再退缩了。

第一次，他给她的建议被她转身送给罗嘉，成就了一枚“夜海牡丹”；第二次，他载她追赶抢匪，拿回了她辛辛苦苦做好的首饰；第三次，他递给她一个甜甜圈，告诉她追寻梦想高于一切；第四次，他将她领进了珠宝设计界的大门，让她有机会站在了梦寐以求的殿堂门前。既然都已经站在了这里，她为什么还要再退？她将《忘川》给了罗嘉，将《夜海牡丹》也给了罗嘉，到如今她终于能够昂首挺胸地站在罗嘉面前，她不会再退了。就算以后的生活会因此不太平，她也认了。想到这里，林青枝的脑海中突然灵光一闪，有个主题在她心中渐渐成型。不想灵感一闪即逝，林青枝赶紧戴上耳机翻开稿纸，奋笔疾书。

不知过了多久，不知扔了多少张稿纸，林青枝眼前终于有了一份设计初稿。这张稿纸上，画着一只宽面银镯。摒弃了薄面錾金和镂空工艺，林青枝将银镯设计成了足料实心，特色仅靠面上的雕花和掐丝镶嵌来体现，但与传统银镯风格不同的是，她在镯面上设计了一个金色太阳图案，太阳中间有一只振翅欲飞的银色三足乌。这种设计在传统银镯中很少见，因为纯金比纯银贵，所以很少会有人在银镯上用纯金点缀。

“三足乌？你到底在想什么？”身后突然响起的声音吓了林青枝一跳，她连忙转身，竟是罗嘉。

“你怎么在这里？”不知道罗嘉来找自己是为了什么，她只好试探着问。

“如果这就是你的设计思路，也许我的确是太过杞人忧天了。”罗嘉并不答话，只是转过身示意她跟自己走，“来一下休息区，我找你有事。”

林青枝迟疑了一下，站起来跟上了她的脚步。罗嘉像往常一样给自己倒了杯咖啡，林青枝则在饮料区来回看了半晌，最终倒了杯柠檬水。两人挑了个靠窗的角落面对面坐下，一时沉默不语，空气好似凝固。罗嘉低头喝咖啡，林青枝的目光则移向窗外。

“我其实很忐忑。”突然，罗嘉开口。林青枝闻言有些惊讶，不禁扭头看向罗嘉。

“我的毕业设计来自你，我的处女作也来自你，我害怕他们终有一日会发现我并没有过人的天赋，我和大多数设计师一样普通、平庸。”此时的罗嘉，表情平静，与之前的焦灼愤怒相去甚远。林青枝不知道她突然说起这些是什么意思，只得沉默以待，静候下文。

“更让我感到害怕的是，你竟然也进入了亚瑟珠宝。”精致的嘴角勾起一抹苦笑，罗嘉挑眉，眼中写满无奈，“你知道我第一眼在会议室里看到你的时候，是什么感觉吗？”林青枝摇摇头。

“大脑一片空白。”罗嘉继续喝了一口咖啡，任由苦涩的香味蔓延整个味蕾，“那一瞬间我的内心崩溃了，有个声音告诉我，我曾引以为自豪的一切都将分崩离析。”

“我从没想过要翻旧账，那些设计是你的就是你的，它们早已和我没有任何关系。”见她这样，林青枝忍不住出声解释。

“那又怎么样？”罗嘉抬眼看她。林青枝一愣。

“你已经进了亚瑟珠宝，它们跟你没有关系又怎么样？”林青枝与对面那双乌黑明亮的眼眸对视，里面依然有着隐隐的怒火，“林青枝，你的存在对我来说，就是一个最大的障碍。”

“你说的障碍指什么？”沉默许久，林青枝问。罗嘉笑笑，并不回答。林青枝低头喝了一口柠檬水，而后抬头，目光直射对方，眼神毫不畏惧。

“你找我来，究竟是想跟我谈什么事情？”看着罗嘉，她轻声问。

“我给你 100 万，现在马上离开亚瑟珠宝。”罗嘉敛去微笑，眼底闪过寒芒。

林青枝一脸错愕。如果她没记错的话，之前的《忘川》和这次的《夜海牡丹》，如果再加上她说的 100 万，罗嘉在短短半年不到的时间里就已经给过她 150 万了。这难道就是传说中的有钱任性？见罗嘉似乎胸有成竹，林青枝笑了一下，反问：“是美元吗？”

对方的脸立时就黑了下来。虽然这位大小姐家里的确有钱，但要一口气拿出 800 多万人民币，也还不太可能。“林青枝你什么意思？”罗嘉瞪着她说道，像是不满她语带嘲讽。

“没别的意思，只是想说我以前卖给你的东西果然还是太廉价了。”林青枝挑眉，像是在说她，也像是在说自己，“有些事情一再退让好像就成了理所当然，不得不说人的记性的确太差。罗嘉，你是不是忘了，我也是谢菲尔德哈勒姆大学珠宝设计专业今年的应届毕业生？”

罗嘉的脸色瞬间变得很难看。自从林青枝将《忘川》卖给她，她好像真的就将对方当成了低人一等的存在，后来知道林青枝毕业后在咖啡馆当服务生，这种感觉便越发强烈。直到现在，她被对方一句话点醒，这才突然记起除了家庭条件之外，她们的起点根本就是一样的。

“你不管你叔叔了吗？”情急之下，罗嘉脱口而出。

“谢谢关心，但我叔叔的治疗费已经够了，后续康复的费用也已经有了着落。”林青枝闻言，扬起嘴角微笑以对，“从今天起，在珠宝设计这条路上，我大概再也不会被金钱打动了。”

看着这样的林青枝，罗嘉的心越来越沉，她咬着嘴唇，眼中怒火灼灼。“你不要逼我。”她一字一顿，咬牙切齿道。

“我从没想过逼你。”林青枝敛去笑容，表情认真，“只是罗嘉，自己的路要靠自己去走，永远寄希望于他人，希望终会破灭。”

罗嘉冷笑着说：“希望终会破灭？林青枝，当初如果不是你同意将《忘川》卖给我，我就不会进入亚瑟珠宝；现在如果不是你突然出现，我早就成了‘景泰蓝之春’的负责人。是你给我希望又将它无情踏碎，归根结底，都是你的错！可现在，你却露出一副悲天悯人的嘴脸，高高在上地教训我？林青枝，你会后悔的！我会让你知道无论你是什么身份，在亚瑟珠宝也好，在宋屿面前也好，你永远没资格跟我争！”将咖啡杯重重地放在桌上，罗嘉起身，头也不回地走出了休息区。

林青枝看着她的背影，微微苦笑。这算是正式宣战了吧？她想。但她并不觉得自己会输，甚至还觉得有百分之百的把握能赢。因为一口气，也因为宋屿的信任。她头一次觉得，怀着这样的心思设计作品，也是一件非常美好的事。

第二天，刚刚被送抵业内各大 BOSS 办公桌上的《时尚》杂志，因为一篇文章引起轩然大波。这篇文章的题目是《亚瑟珠宝高定系列欲起用新人，两大候选美女设计师将在竞争中擦出怎样的火花》，作者赫然就是程亦飞。

宋屿看到这篇文章时，第一反应就是联系公关部草拟舆情应对方案；但展航却制止了他的动作，他拿过杂志翻开来，嘴角慢慢勾起一个愉悦的弧度。知道展航在这方面思维活络，嗅觉灵敏，于是宋屿看向他，静待下文。

“我觉得这篇文章不黑不吹，客观中立，无形中也算是给我们即将推出的高定系列做了个免费广告，效果应该不错。”展航看着文章的内容，不时点头。

“所以，你的意思是？”宋屿继续问。

“干脆以此为契机召开新闻发布会，公布‘景泰蓝之春’的设计概念，顺便以罗嘉和林青枝的负责人之争做噱头，进一步提高时尚界关注度。”展航合上杂志，显然已是胸有成竹。

“公布设计概念？”宋屿先是一愣，随即觉得他这次的剑走偏锋实在有点太偏，“先不说总部那边会不会同意，你又有什么把握她们能在别人使用这个概念之前，设计出像样的东西？”

“人都是你挑的。”展航看向他。

“锅不是我背的。”宋屿没好气地拿过杂志。

“我担心的，倒真不是设计概念被其他公司抢先使用。”见他摘下眼镜，展航正色道。

“我知道，你想尽快召开新闻发布会，是因为程亦飞在文章里写明了‘景泰蓝之春’这个词吧。”将眼镜收好，宋屿也沉下了声音。展航笑而不语。和罗嘉之前担心的情况差不多，但高定系列的设计概念泄露，却是一件比定制单品资料泄露更严重的事。这件事一旦处理不好，很有可能演变成泄露商业机密的重大事故，不仅作为负责人的他们两个要向总部做出解释，整个中国分部的设计师都会因此受到处分。更何况在中国分部当中，与程亦飞关系最近的人就是宋屿。

“谢谢。”知道展航这么做的一部分原因是为了保护自己，宋屿表示感谢。

“都是自己人，客气什么。”展航拍拍他的肩膀，目光又落在了那本杂志上，“但程亦飞这小子，我觉得你还是有必要问问他‘景泰蓝之春’的消息到底是从哪来的，每次都让你这个当表哥的背黑锅，确实有点不厚道了。”

听展航这么说，宋屿抽了下嘴角，极为难得地现出了一丝苦笑。像是知道他们兄弟之间关系不睦，见他露出这副神色，展航也没再说什么，只是再次拍了拍他的肩膀以示安慰，转身走出了他的办公室。

事实上，不只是他们，整个亚瑟珠宝中国分公司的设计部，乃至整个分公司，所有人都因为这本杂志炸开了锅。有人揣测这是公司打出的宣发牌，借由程亦飞的名气为今年的高定系列预热；有人觉得这是因为今年分部招进的新人一个御姐，一个文静，很有卖点，业内正好以此衍生八卦来博眼球；也有人觉得这可能是一起设计概念泄露事件，开始担心总部会不会来人兴师问罪。而作为这篇文章里的两个当事人，罗嘉和林青枝的观感也各有不同。

林青枝觉得莫名其妙，明明只是公司内部的一场技术切磋，怎么一夜之间就成了《时尚》杂志里的热门文章，瞬间万众瞩目？罗嘉却觉得焦急万分，当初她只考虑到对林青枝施压，却根本没想过这属于设计概念泄露；现在惹得宋屿很可能为此承担主要责任，她一下就不知道该如何是好了。

就在这时，展航走出了宋屿的办公室，他立刻就感受到了来自四面八方的灼热目光。然而他并未回应大家的期待，只是将周想叫到面前低语了几句，随即便大步走向电梯。眼见周想也要离开，这时大家终于敢呼啦啦围上去了。

“小想姐，刚刚展总跟你说什么了呀？”有人问。

“小想姐，这是不是我们的宣发新套路？”有人好奇。

“小想姐，最近我们业界太过风平浪静了，他们这些杂志是不是打算学八卦周刊自己搞事情？”有人怀着阴谋论侃侃而谈。

“小想姐……”

接踵而来的问题把周想砸得晕头转向，她终于忍无可忍，拿起桌上的文件夹将面前的脑袋挨个敲了一遍。见此情形，林青枝很是庆幸自己没跟他们一块凑上前去。

“不过就是一场普通的项目竞赛，你们怎么就跟打了鸡血一样？自己的项目能按时交稿吗？交的稿能顺利通过宋总的审验吗？”周想慢慢地扫视了一圈，大家纷纷移开目光，生怕一不小心就跟她的眼睛对视在一起，“自己的事都没搞定，还有脸在这里咋咋呼呼？”见此情形，她便毫不犹豫地给予众人会心一击。

待到设计师们悻悻地作鸟兽散，周想这才走到罗嘉和林青枝面前，将她们叫到了休息区。

“《时尚》杂志上的文章，你们应该都已经看到了，展总的意思是，正好借此机会召开一个新闻发布会，公布‘景泰蓝之春’的设计概念，为今年即将上市的高定系列造势。”周想看着她们，开门见山。

罗嘉闻言，终于松了口气。展航的这个决定很好地化解了宋屿可能遇到的麻烦，她再也不用为担心连累他而惶惶不安。

“可是，这跟我们有什么关系？”和罗嘉不同，林青枝关注的重点是，为什么周想要单独将她们叫出来告诉她们展航的打算。

召开新闻发布会不应该是公关部的事情吗？就算真的需要设计师出席，怎么轮也轮不到她和罗嘉这种进公司一个月都不到的新人吧。

“因为你们是‘景泰蓝之春’项目仅有的两个候选人，所以这场新闻发布会你们也要参加。”面对林青枝的疑问，周想微微一笑，“展总说了，既然《时尚》杂志对你们之间的这场设计竞赛如此感兴趣，那我们不妨就将这场竞赛的舞台再建大一些。”

林青枝一下没反应过来这是什么意思，而罗嘉却已勾起了嘴角。

“小想姐，请你放心，我一定不会让公司丢脸。”她挺直腰身，眼中光彩熠熠，精致妆容下是势在必得的自信。

林青枝却没有说话，她现在满脑子都是“新闻发布会要上台”这个问题。亚瑟珠宝的新闻发布会，毫无疑问，肯定是要上电视的。虽然她心一横进了亚瑟珠宝，但实在还是没有让外公知道的勇气——要是他在亚瑟珠宝的新闻发布会上看到自己，那后果可能会很严重。

“有什么问题吗？”见林青枝听说要参加新闻发布会后脸色骤变，周想不禁问道。

“小想姐，我能不能不参加新闻发布会？”权衡再三，林青枝终是艰难抬头，诚恳地看向周想。

周想愣了一下。按理说，这种露脸的事是很多设计师求都求不来的，毕竟亚瑟珠宝每次召开新闻发布会都是宣布公司的大动作，能参会的人不是地位卓绝，就是实力非凡；而这次，公司破天荒决定为她们这两个新人召开一次新闻发布会，这在分部乃至总部的历史上都是前所未有的，可她这位主角之一现在竟要拒绝参加？

“小青枝，这不是能开玩笑的事。”与她对视半晌，周想慢慢皱起了眉。

林青枝不说话。她当然知道亚瑟珠宝的新闻发布会是大事，但是比起被外公发现自己进入了亚瑟珠宝，她宁愿背着所有人的指责窝在公司一角当个鸵鸟。周想见她沉默，刚要继续劝她，罗嘉却突然开口：“林青枝，大家同为亚瑟珠宝的设计师新人，就算不能一起努力，也请你不要拖我后腿。”她走到林青枝面前站定，因身高有别，态度便显得居高临下。

她不知道林青枝为什么拒绝参加新闻发布会，但她知道，这次的新闻发布会对自己来说绝对是一次最好的宣传。作为这次“景泰蓝之春”项目她唯一的竞争对手，性格平庸、长相普通的林青枝在这种场合就是自己绝佳的陪衬，她决不允许对方一而再再而三地打乱自己的步伐。

“罗嘉，以你的外形和口才，如果新闻发布会上没有我，你绝对会更加引人瞩目。”林青枝抬眼看她，语带微笑。

像是被一眼看穿了心中所想，罗嘉一时语塞。在职场混迹多年，周想早就看见了面前两人之间电光石火的你来我往；只是她不明白，明明她们才认识几天，就算见面时就是竞争关系，也不至于一下子就变得这么水火不容吧？难不成，是因为宋屿？内心的八卦之魂被自己颇有创意的灵光一闪瞬间点燃，周想嘴角勾起一道微小弧度，但很快便恢复如常。

“小青枝，如果你有什么难言之隐，最好亲自向宋总进行说明。一旦公关部那边定下时间，就不是你说不想参加就能不参加的事了。”本来这件事林青枝直接去跟展航说明最好，但周想顿了一下，还是决定将事情揽给宋屿。毕竟，看热闹不嫌事大。

“小想姐，新闻发布会是展总提出的，让她去跟展总报告不是更好吗？”罗嘉闻言，立即提出异议。果然是因为宋屿。周想见罗嘉这种反应，立即就在心里给这件事定了个性。

“虽然新闻发布会是展总提议的，但设计师还是归设计部管，小青枝要是确定不能参加新闻发布会，当然要先向宋总做出情况说明。”周想一本正经地解释道，而后又看向了还在犹豫的林青枝，“你动作最好快一点儿，展总是个雷厉风行的人，他一旦拍板，事情的进展就会像是在坐火箭。”

林青枝闻言，二话不说立即就冲出了休息区。

宋屿正在看程亦飞的文章，门口突然响起急促的敲门声。

“进来。”他摘下眼镜，就见林青枝神色忐忑地推门而入。

一抬头就对上宋屿的目光，林青枝本就没有酝酿好的理由这时更加无从开口。

“有什么事吗？”耐心地看着林青枝磨磨蹭蹭地关上门，磨磨蹭蹭地走到办公桌前，磨磨蹭蹭地捏着衣角左顾右盼，直到她自觉尴尬地停下了所有小动作，宋屿才开口询问。

“宋总，我不能参加亚瑟珠宝的新闻发布会。”欲言又止了三四次，林青枝终于深吸一口气，将心里的决定和盘托出。

“理由。”宋屿既不惊讶也不愤怒，他只是看着她，冷静地要求解释。

林青枝想像当初在应聘竹里馆服务生时面对欧立夏那样胡乱编个理由，但一看到宋屿的眼睛，她那些理由仿佛就全都变成了幼稚可笑的谎话。

“我不想让某个人知道，我现在进入了亚瑟珠宝。”最终，她决定说实话。

“是你的父母？”宋屿问。他见过太多人的天赋被父母的陈腐观念和控制欲望扼杀在摇篮里，而像林青枝这样的应届毕业生，就业方面来自父母的压力最大。只是作为一个成年人，难道她连光明正大地掌控自己的未来都做不到吗？

林青枝闻言，浑身一震。许久之后，她才露出一丝苦笑：“我的父母，已经去世很多年了。”

宋屿只觉呼吸一窒，办公室里的空气瞬间凝结。

不知过去多久，林青枝再次开口，终于打破了压抑的沉默：“宋总，为了我好，也为了公司好，我真的不能参加新闻发布会。”她看着宋屿，言辞恳切，“如你所说，我热爱珠宝设计，既然我已下定决心步入行业，那么我就一定会尽全力将我最好的设计做出来。除此之外，我不想惹麻烦，更不希望给公司添麻烦。”

“你说的某人，是业内的？”宋屿刻意忽略心中愧疚，径直抓住了她话中的重点。她刚才说为了自己好，也为了公司好，这是不是说明她所指的“某人”在业内颇具名望，实力足以动摇亚瑟珠宝的决策和市场？

林青枝没有再接话，她今天说的已经足够多了。宋屿自然明白她的意思，便也不再追问，只是告诉她自己会和展航重新商量新闻发布会的事情。林青枝这才松了口气，道了声“打扰”后转身便要走。

宋屿见状，叫住了她：“对不起。”他的声音很低，听在林青枝耳中却无比清晰。

“没事，倒是不能参加新闻发布会，给你和展总添麻烦了。”她连忙摆手，很不好意思。

“不，我是指你的父母。”他眉头紧蹙，声音更低。

林青枝的动作瞬间停住。她看着宋屿，心中突然升起一丝愤慨，却在爆发之初又烟消云散。他是真心实意地在道歉。她可以从他的眉宇间看到纠结的悔意，也能从他低垂的眼帘里看到诚挚的歉意。他是真的觉得让她回想起这件事情，很抱歉。面对这样的宋屿，林青枝心中忽然升起一种微妙的感觉。

“没关系，其实他们在我很小的时候就已经去世了，所以对我来说，提起他们，也并不是一件太难的事。”她轻轻摇头，语气已恢复如常。

宋屿抬眼看她，见她眼神坦荡，并没有暗藏伤心痛苦之色，这才稍稍安心。待到林青枝离开办公室，宋屿便给展航打了个电话：“你现在有事吗？我想跟你再谈一谈召开新闻发布会的事。”他停顿了一下，继续道，“公布‘景泰蓝之春’的设计概念我举双手赞同，但让罗嘉她们出席发布会这件事，我认为还有待商榷。”

# 第六章

# 天赋异禀就是你的错

最终，公关部拿出的方案是，由展航和宋屿联袂出席新闻发布会正式公布“景泰蓝之春”的设计概念，同时由宋屿说明“景泰蓝之春”项目负责人的竞争方式；但与程亦飞在《时尚》杂志中所写略有不同，宋屿说明的竞争方式里，项目负责人的竞争范围由两人变成了亚瑟珠宝中国分公司的整个设计部，也就是说，只要公司里有其他设计师对该项目感兴趣，都可以在规定时间内提交设计稿，“景泰蓝之春”项目负责人的位置将依照亚瑟珠宝的优良传统，能者居之。

这个方案一公布，设计部里一片静寂。大家你看看我，我看看你，似乎谁都没想到展总和周想说的悄悄话竟会是这个。林青枝见大局已定，心情骤然轻松，可罗嘉显然就没她那种好心情了。

“小想姐，这是怎么回事？”不能质疑公关部的方案，罗嘉只得耐着性子转头去问周想。

“我也不知道，据说是宋总和展总再次商量后，还是觉得让你们两人公开露面不太妥当。”周想也不是很明白，在她看来，显然是罗嘉和林青枝的一对一比拼更具新闻卖点，“于是就改了宣发思路，由二人对决变成了集体竞技。”

罗嘉张了张嘴，最终却什么都没说，只是转过头去狠狠地瞪了林青枝一眼。林青枝只当什么都不知道，继续低头画自己的设计稿。虽然现在距展航规定的期限已不到一周，但其他设计师看看罗嘉，又看看林青枝，显然还是对方案里的最后一句话动心了。比起她们，老资格的设计师们显然对这种无命题作文更加得心应手，他们有人此时已在桌上铺开了稿纸，开始着手构思。

罗嘉看着这个局面，又气又急，却毫无办法。她本来希望在程亦飞公布“景泰蓝之春”项目的竞赛情况后，使用一点非常手段让林青枝在舆论压力下不战而败，由此便能顺利获得项目的负责权；可宋屿突然将竞争方式这么一改，她平白多出了十几个竞争对手——就算费尽心思除掉林青枝，她到最后也极有可能铩羽而归，那她做这些还有什么意义？想到这里，罗嘉不禁再次看向林青枝。

此时的林青枝似乎对设计部内发生的变化毫无察觉，她的眼睛紧盯着自己的稿纸，手腕不停转动，运笔如飞。她的构思已逐渐成形，她的初稿就快完工。看着那个全神贯注伏案疾书的娇小身影，罗嘉猛地攥紧了双手。她恨资质平庸的自己，更恨天赋卓绝的林青枝。为什么林青枝要出现在这里？为什么她就不能安心地当她的咖啡馆服务生，卖她的淘宝廉价货？为什么她要让自己步入梦寐以求的殿堂，却又在自己即将接近神坛上的那个人时猛地将自己拉下，后来者居上？！罗嘉咬着唇，有淡淡的血腥味蔓延开来。

“林青枝，就算这次我得不到这个项目，也会拼尽全力让你从亚瑟珠宝……不，是整个珠宝设计界消失。”

亚瑟珠宝中国分部的新闻发布会如期召开，无数记者赶到现场，程亦飞也作为特邀嘉宾到达现场。他和台上的宋屿不经意间四目相对，很快便各自移开了目光。

发布会由公关部发言人卢楠主持。依照方案，展航将“景泰蓝之春”这一高级定制系列的产生背景和设计概念做了简要介绍。听闻这个系列是亚瑟珠宝为继承发扬中国传统珠宝制作工艺而做的尝试和创新，大家对此纷纷表示赞同，并一致期待该系列的正式问世；就在展航有条不紊地回答记者们关于“景泰蓝之春”的一系列提问时，程亦飞突然举手，从刚刚提问完毕的记者手里接过了话筒。

“贵公司的这个项目有诚意，也有创意，我很欣赏，也很佩服。据我所知，展先生在这个项目上有意起用新人，而贵公司恰有两位新人都颇具实力，不知展先生在项目负责人的挑选上有什么想法？”他开门见山，直接就将众人对项目的注意转向了对项目负责人挑选的注意。

这样明目张胆的挑衅让展航微微挑眉，但他并没有露出不悦，而是笑着将话题转给了旁边的人：“关于设计师的问题，我身边这位才是真正的行家。既然大家对‘景泰蓝之春’项目负责人如此感兴趣，那就请宋屿继续为大家答疑解惑吧。”

宋屿打开话题，目光触及程亦飞，二人间似有火花一闪而过。

“首先，有意起用新人并不代表一定会用新人。众所周知，在业内起用新人肯定是要担风险的，高定系列作为亚瑟珠宝十年如一日的口碑系列，这种风险更是不言而喻，所以是否用新人、怎么用新人，这还是个未知数。”宋屿露出职业化微笑，声音温柔而清晰，“其次，亚瑟珠宝的所有设计项目一向注重能者居之，我们希望呈现给大家的设计作品永远都是我们最好的，这次当然也不例外。虽然不知道程先生的小道消息来自哪里，但我在这里可以很负责地告诉大家，‘景泰蓝之春’的项目负责人，将从中国分部对此感兴趣的所有设计师当中产生，我们最终呈现给世界的，将是对景泰蓝这一中国传统工艺最高的致敬。”宋屿话音落下，立即便赢得了在场众人的热烈掌声。

程亦飞脸色微变，他没想到宋屿竟会给出这样的解释，与他的预想大相径庭。宋屿却不再看他，而是专心面对记者提出的其他问题。

新闻发布会结束后，其他人陆续离开，只有程亦飞坐在位置上一动不动。宋屿看到他，便和展航打了个招呼，走下台去坐在了他的身边。

“没想到时隔一年再次和你见面，竟会是因为这种事。”宋屿放松下来靠向椅背，颇为感慨。

程亦飞没有说话。宋屿见他不说话，便用眼角余光看他，只见对方此时面无表情，看不出半点儿波澜。于是他只得叹了口气，仰头看向会议厅的吊顶。他和程亦飞之间的关系是从什么时候开始变成这样的，他一点儿头绪都没有。程亦飞比他小两岁，大学时期二人同校同系，都是英国创意艺术大学珠宝设计专业的佼佼者；又因为他们从小一块长大，所以虽是表兄弟，但感情比起亲兄弟来也毫不逊色。但不知为什么，宋屿毕业后，程亦飞和他的联系就越来越少，待到程亦飞毕业，二人更是一度断了联系。

后来再次见面时，程亦飞已放弃所学专业投身了记者行列，成为《时尚》杂志珠宝设计评论专栏的专栏记者。

此后，程亦飞专栏里针对宋屿设计作品的文章渐渐多了起来，褒贬各有之，但总体情况却是贬大于褒。这对宋屿来说，并没有什么实质影响，但程亦飞对他却日渐疏远，于是二人间的关系就这样莫名其妙地差了。

“为什么突然变卦？”程亦飞问。

“什么？”宋屿不解其意。

“你们原本的想法，不是起用新人吗？”程亦飞转头看向他，似是有些怒意。

“在回答你的问题之前，我倒是更想知道，你怎么会知道‘景泰蓝之春’。”宋屿看了他半晌，嘴角微挑，眼中却并无笑意，“你也是珠宝设计出身，不会不知道未定型的设计概念流出对公司来说是个什么性质。”

“我当然知道，所以才会在文章里着重点名是你亚瑟珠宝的设计项目。”程亦飞急忙分辩，但心思却依然在刚刚的问题上，“你刚才说，项目负责人将从所有对该项目感兴趣的分部设计师当中产生，那所谓起用新人不是根本没戏了吗！”

宋屿眯起眼睛，嘴角弧度慢慢敛去。被这种眼神看得浑身不自在，程亦飞移开目光。

“你写这篇文章，”过了大概一分钟，程亦飞才再次听见宋屿的声音，“难道是为了罗嘉？”

“谁说的！”就像是被踩了尾巴的猫，程亦飞几乎是从座位上跳起来的。

对方的反应让这个问题不言自明，宋屿不禁伸手揉了揉自己的额角。程亦飞也察觉到自己反应过度，脸上一阵红一阵白，赶紧从座位上翻出去匆匆离开。

“程亦飞！”见他跑得飞快，宋屿站起来大声喊他。

“干什么？”停下脚步回过头去，程亦飞黑着脸，很是不耐烦。

“如果你想追女孩子，换个手法。”与他相比，宋屿却是一脸无奈，似乎哭笑不得，“我觉得罗嘉这种类型的姑娘，可能更喜欢成熟稳重一点儿的男人。”

听宋屿提起罗嘉，程亦飞的表情立刻变了。“宋屿，你别太自以为是。”他冷冷地扔下了一句话，头也不回地大步走开。

待到程亦飞离开，展航这才跳下台走到宋屿身边。

“看样子，不用查是谁泄露的设计概念了。”他转头看向宋屿，询问他的意见。

“既然总部对我们召开新闻发布会的做法没有异议，就暂时先这样吧。”宋屿顿了一下，也看向展航，“我好心给他出主意，他却说我自以为是，什么意思？”

展航噎了一下。这几天周想已经跟他八卦过宋屿、罗嘉和林青枝之间的“三角关系”了，虽然八卦不一定是真的，但他也看得出来罗嘉对宋屿抱有好感；可看宋屿现在这个反应，难道作为当事人，他自己对此却毫无察觉？

宋屿表情渐渐疑惑，显然不知道展航为什么意味深长地看了自己这么久。

“算了，我就当什么都不知道。”展航在心里摇了摇头，继而搭上他的肩膀搂着他往外走：“先回去吧，新闻发布会召开后，我们以后要忙的事情恐怕更多。”

如展航所料，当宋屿在新闻发布会上正式发言后，设计部的氛围变得明显不一样了。大部分设计师手上都有自己的项目，但高定系列的诱惑力实在太大，所以大家不约而同地选择了加班。他们白天专心做自己的项目，晚上则研究展航给出的考核题目。晚上 10 点多，设计部里灯火通明，但却无人说话。每个人都埋首案前，专心致志地面对自己的设计稿。

罗嘉的设计稿仍旧毫无进展。看着又要满出纸篓的废纸团，罗嘉真想将纸篓一脚踢开，发泄发泄心中的焦躁。站起来活动了一下颈椎，罗嘉举目四望，目光不经意间扫过林青枝的办公区，意外地发现她今晚竟然不在。

她下意识地再次四顾，见没有人注意到她的动作，便定了定神，悄悄地走向林青枝的办公区，在她的办公桌前坐了下来。不知是不是因为对现在的环境很放心，林青枝的半成品初稿就这样和众多草稿一起随意地放在桌面上，不遮也不掩，一派光明正大。罗嘉也懒得吐槽她心大了，见仍没有人发现她，索性便先看起她的稿子来。比起前几天看过的草稿，林青枝这版细化初稿显然丰富了许多，很多概念性的设计也已逐渐成形。

说句老实话，银首饰，特别是银镯要设计得足够出彩，很难。作为中国传统首饰当中运用最广泛的贵金属之一，银制品从古至今的设计样式堪称海量；很多设计师费尽千辛万苦设计出来的银首饰，到最后很可能会和某个古代银制品式样撞车，结果前功尽弃，让人忍不住捶胸顿足大呼可惜。但即便如此，林青枝还是选择了银首饰。

林青枝的银镯从设计上来说，很简单。打磨光滑的镯面上以雕刻和掐丝镶嵌为饰，镯面上下两端雕刻海波纹和锦鲤，中间则错落有致地掐丝镶嵌了数朵金丝镂空祥云；祥云之中，一轮光芒万丈的金日正冉冉升起，日中有一只银色三足乌振翅欲飞，栩栩如生。

细化的银镯设计初稿比最开始那版草稿精致10倍，单看这张设计稿罗嘉就知道，无论自己设计出什么，都绝不可能超过林青枝。拿着稿纸的手不受控制地慢慢用力，她不多时就将林青枝的初稿攥出了痕迹。猛然回神，罗嘉赶紧将手里的稿纸抚平，重新放回桌上。

设计部里很安静，只有铅笔划过稿纸的声音。罗嘉坐在林青枝的办公桌前，脸上现出一丝犹豫。本来早就计划好的事临到实施这一刻，她却突然迟疑了。“真的要这么做吗？”她不停地问自己。

她当然不想再看见林青枝，更加不想她以后一直都像现在这样挡在自己面前，可是，真的要这么做吗？一旦计划真的实施，林青枝就将面对舆论的谴责和业界的唾弃，她将再也没有机会回来。罗嘉下意识地双手交握，有些不安地搓着手指。

平心而论，除了讨厌她的设计天赋之外，自己跟她并没有私怨，这么做对她来说，是不是有些过分了？罗嘉抬眼，目光再次落在了林青枝的设计稿上。她突然发现，设计稿的左上角用铅笔随意地给稿件写了个名字——《金乌还巢》。

远古传说中，天有10个太阳，后裔射落其中9个，最后一个跌入东海，历经千辛万苦后终于得以重新振翅，回归天际绽放光芒。由此看来，这只银镯的设计含义不言而喻，她林青枝就是这只曾经跌落东海的三足乌，而今，她是打算振翅还巢了。

罗嘉的纠结霎时烟消云散，取而代之的，是心中熊熊燃起的嫉怒之火。她为林青枝着想，林青枝又什么时候替她想过？她进亚瑟珠宝，将自己应得的瞩目抢占殆尽；她和自己竞争高定系列项目，让宋屿的目光逐渐落在了她身上；自己小心翼翼仔细经营的一切，到头来就被她这样轻而易举地破坏了。而现在，她竟还光明正大地设计了一款银镯，名叫《金乌还巢》！

她是在嘲笑自己吧？嘲笑自己毫无天赋，却仍做着成为顶尖设计师的梦；嘲笑自己毫无天赋，却仍想抓住宋屿的目光；嘲笑自己毫无天赋，却仍希望能用钱将她的天赋收为己用。

林、青、枝！

罗嘉一把拿起桌上的设计初稿，起身就朝复印机走去。她只觉这一刻自己无比清醒。只要林青枝还在亚瑟珠宝，只要她还在珠宝设计界，那自己就永无出头之日。

林青枝莫名打了个冷战。明明是仲夏时节，她却觉得背脊发冷，不知道是不是感冒的征兆。

“小枝，你怎么了？”察觉到她的异样，躺在病床上的男人出声问道。

“叔叔，我没事。”林青枝赶紧回话，而后便继续专心地削苹果。

这是林青枝的叔叔，岳南风进行手术准备的第一天。前几天，她接到医院的通知说岳南风的骨髓配型成功了，对方是北京的一名公务员，已经同意进行骨髓捐赠；在对方进行捐赠准备的这几天，她便也抽空来医院给岳南风护理，一来是为了安慰他，二来则是为了防止他临近手术突然反悔。

“小枝，其实你不用为我做这么多。”看着个头娇小的林青枝，岳南风只觉一阵心酸。

“削苹果而已，小事。”林青枝笑着回应。

“我是说手术。”岳南风叹了口气。自从他得了白血病，公司经营不善倒闭了，妻儿也最终离他而去，到头来身边就只有这么个小侄女一直对他不离不弃。想起自己的巨额医药费全都扛在这个刚刚大学毕业的小姑娘身上，他只觉内心愧疚，对不起她，更对不起早年去世的大哥。

“叔叔，你可是我亲叔叔。”将苹果削好后仔细地切成小块，林青枝贴心地插上牙签递到岳南风面前，“小时候爸妈经常不在家，肯偷偷带我四处疯玩的那个人不就是你嘛。”

听林青枝提起小时候的事，岳南风也难得露出了一丝笑容。那时林青枝还小，父母因为工作繁忙时常加班，所以陪她玩的重任就落在了尚未结婚的岳南风身上。岳南风也没带过孩子，经常就带着林青枝一个小姑娘家到处爬树、掏蚂蚁窝、踩泥坑，常常玩得一身泥跑回家，然后两个人就一起挨训。那个时候，林青枝的父母尚在，外公还很和蔼，叔叔也没有得病，她幸福无比。

“我还记得，有次你看见一个小男孩在开电动车，就非闹着也要开，我付完钱后把你抱进了车里，你却不等我上车就自己把车开跑了。”陷入回忆，岳南风的脸色似乎红润了一些。

“我也记得这件事，”听他提起自己的黑历史，林青枝有些不好意思，但仍是接过话，“后来我吓得够呛，不会开，又慌不择路，结果就把一个站在场边的阿姨给撞了，对方还摔碎了手上的翡翠镯子。”

“后来，这个阿姨就成了你婶婶。”岳南风轻轻勾起嘴角。

林青枝也笑了，而后悄悄让这个话题到此为止。之后的事，就是她和岳南风都不想再回忆起来的事。父母出车祸双双去世，外公哀痛之余将车祸原因归咎于父亲，进而与叔叔家断绝来往；再后来，叔叔意外罹患白血病，公司破产，妻离子散……为了替叔叔治病，林青枝和外公彻底决裂，最终逃出家门，自此离开了相依为命12年的外公。

“小枝，回国后，你还没有回过家吧？”看着眉眼弯弯的林青枝，岳南风突然问。

林青枝脸上的笑容慢慢隐去，陷入沉默。

“他是你外公，你不应该这样对他。”岳南风继续道。

“可他对你见死不救，竟还希望我也不要管你。”见他替外公说话，林青枝不免有些愤愤，“你是我亲叔叔啊，我怎么可能对你不管不顾！”

“你也该考虑一下他的感受，毕竟当年在他看来，是大哥……害死了大嫂。”岳南风停顿了一下，声音渐渐沉下。

“那只是一场意外，一场谁都不愿发生的意外！”林青枝的声音陡然抬高，她愣了一下，随即低下头，露出苦笑，“抱歉，叔叔，我只是不能理解，为什么外公一定要将所有的过错怪在爸爸头上？明明这种事，谁都不希望发生的。”

岳南风见状，用力撑起身子，抬起有些发颤的手摸了摸林青枝的头。林青枝浑身一震，眼角溢出的晶莹瞬间消失无踪。

“叔叔，不用担心，我真的没事。”握住岳南风的手，林青枝眼眶微红，但笑容却很真挚，“现在我最关心的事就是你的手术，只要骨髓移植顺利，你很快就能活蹦乱跳了。”

岳南风笑了笑，没有说话，但看向林青枝的眼中却写满了担心。林青枝一时也不知道该怎么宽慰他，只得更加用力地握紧他的手。就在这时，欧立夏突然出现在了病房门口。

“小青枝，你做人未免也太不厚道了，不吭一声地跳槽也就算了，竟然还理直气壮地让前老板天天给你送外卖。”看着坐在病床边的林青枝，欧立夏又好气又好笑，却仍不忘向床上的岳南风打招呼，“岳先生，你好。”

“欧老板，这几天真是麻烦你了。”见欧立夏手里提着热腾腾的青菜肉末粥，岳南风难免觉得抱歉。这几天林青枝工作繁忙，自然无暇天天给岳南风送饭；但考虑到岳南风现在的身体状况，她想来想去，只好硬着头皮向欧立夏求救。

“岳先生你客气了，这不过是举手之劳。”将岳南风床前的小餐板放下来，欧立夏小心翼翼地将粥放好，把自带的勺子放进了碗里，“不过小青枝，原来你来我咖啡馆应聘只是为了就近照顾叔叔啊。”

“因为医院附近几家在招人的店铺里，你家咖啡馆是待遇最好的。”见欧立夏给自己也分了一碗，林青枝道了声谢，“当然，相比端菜的服务员和洗头发的小妹，我觉得当咖啡馆的服务生怎么样都显得更有格调一些。”

她的话让欧立夏哭笑不得，想了半天却想不出该如何反驳，只得认命地叹了一口气。

“老板你不要难过，我会付钱的。”林青枝见他叹气，连忙一边吃一边说。

“我已经不相信你了，说钱都是虚的，赶紧给我设计首饰才靠谱。”欧立夏瞪她一眼，“说真的，我女朋友下个月就要生日了，你到底能不能顺利完成任务？”

林青枝掏出手机看了一下，距离下个月还有一周，正好可以跟她的竞赛设计错开。于是她没有说话，直接比了个“OK”的手势。见此情形，欧立夏脸色终于好看了一点儿。

看着面前的欧立夏和林青枝，岳南风目光柔和。只有他知道，林青枝为了他和外公决裂后，究竟吃了多少苦。那时她学业尚未完成，人还在英国念书，老人家为了逼她回心转意，便断了她的学费和生活费；但林青枝为人要强，性子也拗，死活都不肯向老人家低头，硬是靠绩优生学费减免和课余时间打工解决了自己的学费和生活费来源。后来，他的病情进一步恶化，她为凑齐他的医药费，更是起早贪黑，最终还将最宝贵的毕业设计转手卖给了他人……为了他，她甚至连自己的梦想都放弃了。从此之后，他就再没见林青枝真心笑过，直到现在，似乎是因为长期处于最低谷的生活终于开始慢慢往上爬的缘故，她脸上的笑容，终于逐渐多了起来。

“叔叔，这几天我可能会更忙，但我一定会尽量抽时间过来看你，只要你不嫌我烦。”林青枝扭头看向岳南风，露出抱歉的神色。

“还是工作要紧，我这里有欧老板帮衬，没事的。”岳南风闻言，笑着安慰道。

“小青枝，我还是那句话，下个月，记住下个月。”欧立夏再次提醒，像是恨不得能耳提面命。

林青枝闻言神色严肃，郑重点头。“看在大家这么熟的分上，折去我叔叔的陪护费和外卖钱，材料我给你用 3A 级托帕石，成本费加设计制作费一起，我给你打 7 折，你看怎么样？”

“……如果不是在你叔叔面前，我已经打断你的狗腿了。”

离递交设计作品的最后时限越来越近，林青枝再次检查了一遍自己的设计定稿，确认所有细节无误之后，准备着手实操。戴上护目镜，林青枝向罗嘉的办公区看了一眼。从医院回来后第二天，她和大家惊讶地发现，罗嘉竟然请假了。据林青枝所知，罗嘉到现在为止都还没定下自己的设计初稿，照这样下去，别说是设计作品会落选，她可能连一个完整的作品都交不出来——这个时候却突然请假，她到底想干什么？

林青枝第一反应就是打电话给她，但手机刚刚拿出，她就停下了动作。这个电话谁打都可以，唯独她不行。罗嘉现在对她似乎已经反感到了极致，她做什么事在对方看来都是冷嘲热讽，为了避免继续刺激对方，她只能什么都不做。想到这里，林青枝便又将手机慢慢地推回了口袋。默默地叹了口气，林青枝继续戴好其他护具，全身心投入到了自己首饰的制作中。

宋屿在办公室里看着众人送来的设计初稿，第一轮便将不合审美的稿子剔出来放在了一边。在他看来，展航虽然说“景泰蓝之春”的竞赛题目不限主题，但作为以景泰蓝制作工艺为卖点的高定系列，设计中至少得有景泰蓝吧？如果连这个题都审不出来，设计稿也就失去了继续细化的必要。看着看着，他的目光又落在了林青枝的设计稿上。她的设计稿，是他同意细化并进行实操的第一个稿子。

天赋这个东西，着实可怕。林青枝几乎一下子就抓住了展航的设计意图。从工艺手法来看，她仗着自己技艺精湛，在设计作品当中大量运用传统技法，如掐丝镶嵌、平雕、上漆等景泰蓝工艺一样都不少；从设计款式上看，银镯的图案样式和色彩搭配都让人感到十分惊艳，民族风情和时尚气息很好地融合在了一起。更难能可贵的是，这款手镯内容虽多，却并不杂乱，林青枝恰到好处地运用了留白技术，巧妙地使云海日之间的关系远近有度，不仅使镯面更显立体，也使图案更见生动。

宋屿抬头，目光穿过单向玻璃，落在了正在埋头实操的林青枝身上。然而，就是这样一个注定要成为珠宝设计师的姑娘，当初却死活不肯签合同，拼命想要将这来之不易的机会弃之不用。想到这里，宋屿的眉宇渐渐舒展，嘴角有一道弧度悄然扬起。

门口骤然响起急促的敲门声，宋屿面上的温柔神色霎时消失无踪。

“进来。”他收回目光，语气如常。

“头儿，我们又有麻烦了。”推门进来的是周想，她手里拿着一本最新的《时尚》杂志，表情异常严肃。

“程亦飞又在散布小道消息？”现在一看见这本杂志，宋屿就觉得有些头痛。

上次从发布会现场分别后，他也曾尝试联系程亦飞，但对方根本不理他，或者说是想尽办法躲着他；总之他找了对方快一个星期，但却连一次面都没有见着。

“我倒宁愿他是在散布小道消息。”周想将杂志翻到一页后摊开放在桌上，推到了宋屿面前。

宋屿有些不解，但还是戴上眼镜拿起了杂志。他只看了一眼内容，脸色立刻就变了。这次程亦飞写的东西显然比“小道消息”严重得多，他竟在文章里指名道姓地说亚瑟珠宝的新人设计师涉嫌抄袭——杂志上还有一张设计稿配图，这张设计稿，显然就是林青枝的《金乌还巢》。

宋屿很是震惊，乍看之下，他只觉得这张设计图与程亦飞提供的对比图的确有七八分相似；但再仔细一看，他立刻就发现了其中的不妥之处。这张设计稿的确是《金乌还巢》，上面也有林青枝的签名，但它和自己手上的这张《金乌还巢》却有细微不同。自己手上这张设计稿，银镯上的每一处微小设计都在贴近主题，从海波纹、锦鲤到祥云，再到金日和三足乌，只要看到它们，就能很容易地联想到这款手镯的名字。但杂志上的这幅设计稿，海波纹成了缠枝牡丹纹，金丝祥云成了金丝蝙蝠，就连金日里的三足乌都成了仙鹤，一一对比后，宋屿简直要被气笑，鬼知道程亦飞到底是从哪里找来的这么一张设计稿。

“先不要将这期杂志发给大家，单这篇文章来看，内容严重失实。”将杂志还给周想后，宋屿摘下眼镜，语气冷冽。

“我也是在看的过程中才发现不对，这会儿恐怕来不及了。”周想苦笑，扭头看向单向玻璃外。顺着她的目光看去，宋屿看见设计师们大多已经停下了手里的工作，开始翻阅杂志。

好不容易将手镯本体打磨完毕，林青枝长吁一口气，摘下护目镜后用力伸了个懒腰。她左右活动了一下脖颈后睁开眼，突然发现大家竟都在看她。见她睁眼，所有人赶紧各自移开目光继续干自己的事。

“Anna，大家这是怎么了？”感觉有些不对，林青枝一推操作台便把椅子滑到了旁边 Anna 的办公区，小声问她。

“没什么。”Anna 笑着摇头，神情似乎有些慌乱。

林青枝还待再问，对方却已找了个借口，匆匆起身离开。她觉得莫名其妙，眼角余光却瞥见有人指着她窃窃私语；她立即扭头看去，对方瞬间就装作没事的样子快步走开。

林青枝忍不住拿出手机看了一眼，10 点 45 分。她打磨手镯明明只花了一个多小时而已，怎么再抬头时，感觉整个世界都不一样了呢？怀着这样的疑惑，林青枝回到了自己的办公区。最新一期的《时尚》杂志不知何时放在了办公桌上，正巧她手镯刚刚打磨完毕，还不能立即雕刻，索性便继续休息一下，翻翻杂志。

宋屿刚冲到她的办公区前，她却已经翻开了程亦飞的专栏。看着《亚瑟新人设计师涉嫌抄袭名家经典》这个题目，扫过那幅已经被改成了四不像的设计稿，林青枝只觉得大脑一片空白，思维瞬间“宕机”。见林青枝突然呆若木鸡，宋屿和周想面面相觑，一时也不知道该怎么办才好。宋屿深吸一口气，准备将林青枝手里的杂志慢慢抽出，对方却猛地一下攥紧了它。

“这上面的设计稿是我的？”她扭头看向宋屿，问。

“乍看之下，的确像是你的。”宋屿犹豫了一下，斟酌着回答。

“改也改得走心一点儿行不行！”林青枝的嘴唇动了动，终于爆发，“我《金乌还巢》这么鲜明的主题，别的不说，它竟把太阳里的三足乌给改成了仙鹤，这是干什么？是肚子饿了想吃烤鹤吗？哪能什么鸟都往太阳里塞！”越说越气，林青枝跳起来就要往外跑。

“你去哪里？”幸好宋屿眼疾手快，一把抓住了她的胳膊。

“去找这个程亦飞，问问他那张设计稿到底是从哪里来的！”林青枝异常愤怒。

其实，她真正担心的并不是设计稿被莫名二改这件事，相比之下，她更担心自己的签名就这样堂而皇之地出现在了《时尚》杂志上。果然是躲得过初一，躲不过十五。此时此刻，林青枝只得在心里默默感慨。

# 第七章

# 也想义无反顾一次

“我和你一起去，正好我也想问问这到底是怎么回事。”沉吟片刻，宋屿决定和她一起前往《时尚》杂志编辑部找程亦飞。

林青枝点点头，两人正要离开，展航来了。

“宋屿，最新的《时尚》杂志你看了没有？”他快速地扫了眼林青枝，看向宋屿。

“看过了。”宋屿、周想和林青枝异口同声，3人不禁互看了一眼。

“你是什么意思？”展航于是接着问。

“这篇文章显然失实，林青枝的初稿现在就在我的桌上，你去翻翻看就知道。程亦飞那里的设计稿和林青枝真正的设计稿存在重大差异，那上面使用的各类设计素材也都是照搬照抄的，与她本来的设计主题完全不符——试问，哪个设计师会做出和自己主题完全不搭边的设计？”听展航问起，宋屿立即将自己看到的东西和盘托出。

“但是你那的设计稿并不能作为林青枝没有抄袭的证据，毕竟设计定稿是在修改中逐渐成形的，她现在的版本没有抄袭，并不能证明她在初期的设计过程中没有借鉴。”展航沉吟片刻，继续道。

“展总，这件事是不是还得由我自己解决？”听他的意思，林青枝觉得自己大概只能完全靠自己了。

“你的设计思路只有你自己知道。既然程亦飞质疑你抄袭，你就将自己的设计概念、思路和整个设计过程串成一个证据链，让他澄清。”展航看着她，慢慢说道。

林青枝微微苦笑。自证清白永远是最憋屈的一件事，无论在什么事上都一样。

“这件事稍后再做，我们现在要先去编辑部找程亦飞。”宋屿再次开口。

“你确定他会见你？”展航反问道。

“他要是不见我，我就立即向编辑部投诉他编造假新闻，造谣生事。”宋屿眯起眼睛，显然他这次是真的很生气。

展航看看他，又看看林青枝，心下一时了然。与旁边的周想互递了一个眼色，展航和她很默契地退到两边，给宋屿和林青枝让出了道：“早去早回，别忘了在路上想一想我们官博上的解释文案要怎么写。”

“要出解释，也是《时尚》杂志官博出，我们再转，抄袭这种子虚乌有的罪名，我们不承认。”回头看他一眼，宋屿拉着林青枝就大步走进了电梯。

一路无话。林青枝在发过脾气之后慢慢冷静，回想起自己刚刚的龇牙咧嘴，突然有点儿无地自容。虽说是因为设计初稿被改，又被污蔑抄袭，但这事毕竟和宋屿等人没有关系，自己竟对着他们大发雷霆，于情于理都很不合适，她不禁脸颊发烫。

“宋总，刚刚对不起。”想到这里，她不由偷偷看向宋屿，小声道歉。

“不用道歉，你的反应在情理之中。”宋屿专心开车，没有一点儿责怪的意思。

宋屿越是这样，她反而越不好意思。回想起来，似乎从遇见宋屿开始，她就一直在给对方添麻烦。泼他一身咖啡，设计受他指点，首饰被抢时他开车帮忙追回，进亚瑟珠宝犹豫不决时他给予当头棒喝……直到现在，自己陷入莫名其妙的抄袭风波，他还是站在自己身边，冷静地支持着自己。这是林青枝在叔叔倒下，选择独自扛起一切之后，第一次感觉到这世上她仍还有人可以依靠。不知不觉间，她的鼻子竟有些发酸。

“其实也不用太担心，毕竟抄袭是件大事，就算程亦飞附上那张被改得面目全非的图，他也只敢用‘疑似’二字，这至少说明他本身也没十足的把握断定你抄袭。”从后视镜里看见林青枝眼眶微红，宋屿以为她是因为自己被诬抄袭而难过，于是开口安慰。

林青枝知道他会错了意，也不解释，只是“嗯”了一声便匆匆转过脸看向窗外，不让他看见自己嘴角悄悄扬起的弧度。

程亦飞并不在编辑部。宋屿向主编询问他的去向，主编摇头表示不知，眼睛却看向了跟在他身后的林青枝。“你是林青枝？”他问。

林青枝愣了一下，点点头。

“都这么大了啊……”他小声嘟囔一句，却在他们听清前迅速咳嗽了几声，“你的设计原稿我也看过，严格来说它只能算是过度借鉴，再者又还没有定稿并制作成品，所以还是谈不上抄袭的。”

“那不是我的设计原稿。”林青枝立即反驳。

“既然确定不是抄袭，那为什么贵杂志还同意程亦飞发稿？”宋屿的重点却在这里。抄袭对设计师来说是口大锅，如果被扣实的话，就要背一辈子。更严重者，还有可能从此退出业界，再也做不了珠宝设计师。

“程亦飞用的是‘疑似’，他是评论家，当然有质疑的权利。”主编看向宋屿，表情严肃，“更何况他的文章内容中立，通篇都是就事论事，我并不觉得有什么不妥。”

宋屿微微皱眉，却不得不承认他说的在理。

“那如果我针对他的文章，将自己的设计概念、构思和成稿定型的全部过程整理好形成材料，贵杂志又是否愿意替我刊登澄清？”林青枝闻言，沉默半晌之后再次开口。

“《时尚》杂志最重视的就是业界各类观点百家齐放，只要你的文章有理有据，我当然乐意刊登澄清。”主编肯定地回答。

林青枝向他道谢后看向宋屿，后者点点头，两人便一起走出了编辑部。目送两个年轻的身影离开，主编拿起桌上的手机拨了一个号码。“林老吗？刚刚我见过你外孙女了，她比我想象中更优秀……”电话接通后，他笑着道。

在回公司的路上，展航打电话来。宋屿按下了耳机上的蓝牙接听，展航的声音非常严肃。

“总部刚刚来了通知，说是在彻底澄清《时尚》杂志上指出的抄袭问题之前，让林青枝暂时在家休息；并且，你要在两个工作日内向总部递交一份关于破格招聘林青枝的详细情况报告。”他顿了一下，声音虽然平静，但却隐隐透着一丝焦虑，“看来，程亦飞这次捅出了个大娄子。”

“他从小到大都爱捅娄子，每次都是我善后，这次也不例外。”比起展航，宋屿倒显得很是云淡风轻，“我们现在刚刚从《时尚》杂志编辑部出来，程亦飞不在。但听主编的意思，他们似乎并不觉得林青枝的设计稿是抄袭，虽然那张设计稿也不是她的。”

“不管怎样，当务之急就是要尽快澄清抄袭嫌疑。”展航那边突然有些嘈杂，像是临时有事，“其他的等你回来再说，先把林青枝送回家吧，她的东西我会让周想收好，等你有空再给她送去。另外，这事要好好跟小姑娘说，让她不要想太多。”

“她是我手底下的人，我当然知道该怎么安慰。”宋屿挂断电话，却迟迟没有再次开口。

林青枝看了眼他的脸色，不太好，想来是因为自己设计稿的缘故，恐怕让他也无辜受到了牵连。

“对不起。”今天自己好像一直在道歉，林青枝觉得有点好笑，却又无可奈何。

“肚子饿不饿？”宋屿突然问。

“好像有点儿。”被他这么一问，林青枝才发现已临近中午，肚子更是不合时宜地叫了几声。宋屿闻言立即挂挡提速，一脚油门就飙出老远。

将车停在仙芙门口，宋屿下车进店，不到两分钟便提出了一盒甜甜圈。上车后将盒子递给林青枝，他继续发动了引擎。15 分钟后，宋屿将车开进了一个高档小区。

等到车在地下停车场停好，林青枝跟着他一同下车，走进电梯。电梯迅速上升，待到钻出地下停车场后视野便豁然开朗。林青枝第一次见高层住宅使用观光电梯的，不免觉得新鲜，忍不住伸着脑袋向下张望。脚下，川流不息的车辆渐渐变成蝼蚁，而整座城市的轮廓逐渐清晰，这是在市区里难得看见的风景。

电梯停在32楼，宋屿按住电梯按钮，示意林青枝先出去。这是一栋回字形公寓楼。跟随宋屿走在米白色的长廊上，林青枝忍不住四下打量。这里的装潢风格很简约，墙上挂着后现代风格的装饰挂画，长廊两侧每隔三四米便有一个白色摆台，台上立着插满花的素胚白瓷花瓶。林青枝经过时，有些意外地发现这些花竟都是真的，花瓣仍挂着新鲜的水露，显然是有人经常更换。没走多久，宋屿便在一扇门前停了下来，他扶住把手，指纹锁应声而开。

“拖鞋在鞋柜里，你随意，我去厨房看看。”宋屿进门换鞋，交代了一句后便径直走向厨房。

林青枝提着甜甜圈换好鞋，她走进玄关，终于确定这是一间单身公寓。将甜甜圈放在茶几上，她好奇地看了一圈周围，目光一下子便被立在客厅一侧的书柜吸引。书柜里有很多珠宝设计经典书籍，其中有不少已经绝版的英文原本，这让她立时双眼放光，恨不能立即将它们借出来仔细翻阅；但更让她注目的，却是书柜顶层陈列的那一排奖杯、证书。这些常人难以企及的荣誉见证了Hall的成长，也昭示了他在珠宝设计界无与伦比的高度。

作为一名中国珠宝设计师，宋屿是中国珠宝设计界当之无愧的骄傲和瑰宝。她眼中怀有无限敬仰，目光渐渐下移，却猝不及防地在书柜里看见了自己的作品。那是周想当时让她提前寄出的两件首饰，没想到宋屿竟然也将它们放进了书柜，林青枝一时手足无措，不禁羞愧难当。

“我冰箱里还有些牛肉和生菜，待会儿就随便炒两个菜凑合一下吧。”这时宋屿从厨房探出头来，见林青枝站在书柜前一动不动，不免有些奇怪，“你怎么了？”

林青枝猛然清醒，急忙转身，红着脸就要往厨房里钻：“好的，我马上过来。”

谁料她还没进门，就被宋屿拦下，并向外推去。

“谁让你炒了，去沙发那坐着，实在饿了就先吃甜甜圈。”宋屿将她推出去后，立即便关上了门。

林青枝呆呆地看着厨房的百叶门，似乎还没反应过来宋屿干了什么。直到肚子再次发出咕咕声，她才红着脸坐回沙发上老老实实地打开纸盒，拿出了一个甜甜圈。咬下一口香甜松软的甜甜圈，林青枝不禁由衷感慨，甜食果然能够使人快乐。刚刚还无比低落的心情，似乎因为这一口香软的甜而瞬间烟消云散，取而代之的，是一种莫名的心安。也许是因为甜甜圈，也许是因为宋屿将她带回了自己家。毕竟比起外面，这样相对封闭的环境更能让林青枝感到安心。

毫无疑问，《时尚》杂志上那篇文章给公司带来了麻烦。作为几十年都没出过一次抄袭事故的亚瑟珠宝，怎么可能容忍自家设计师出现抄袭行为？即便那篇文章里里外外都是“疑似”二字，但这在业界看来也相当于判了死刑，虽不至于“斩立决”这么严重，可时间一久，说不定就成了默认的心照不宣，她将百口莫辩。所以如果真的想在珠宝设计界这条路上走下去，那她就必须抓紧时间自证清白。想到这里，她不由攥紧了拳头。

但正如宋屿感到疑惑的，她也同样感到疑惑：这张设计稿到底是怎么到程亦飞手中的？她坚信自己从没画出过这样的草稿，缠枝牡丹纹也好，寿蝠也好，这些纹案和她的设计主题根本八竿子打不着，她压根连想都没想过；它们更像是某人“为像而像”，故意将所谓被抄袭作品上的素材大量堆砌在她的银镯上，好坐实她抄袭的名声。回想起杂志上那个被抄袭作品的图片，林青枝的表情突然变得很微妙。那是一只景泰蓝双耳窄口花瓶，花纹构图与林青枝的银镯确实有两三分相似。但它却是当代景泰蓝泰斗林语之的传世名作之一，也是景泰蓝名店林景堂现今的镇店之宝。

“就算要抄袭，也不可能抄袭这种业界闻名的作品吧，又不是有病。”林青枝不免叹了口气。

宋屿的动作很快，不到10分钟，两道菜便已端出厨房。看着桌上的小炒牛肉和蒜蓉生菜，林青枝抬头看向正从容不迫解下围裙的宋屿，一脸崇拜。

“大神，你的人生简直犯规啊。”她眼里几乎要冒光。

“就因为我会做饭？”宋屿挑眉。

“会做饭、长得帅，珠宝设计能力还站在业界顶峰，单看这些设定，你难道还不犯规？”林青枝掰着手指，数得一本正经。

“那是因为我把别人用来打《王者荣耀》和聚会K歌的时间全都花在了刻苦学习上，你还真以为有天上掉馅饼的设定？”宋屿瞥她一眼，随后为她盛了碗饭，“快吃吧，吃完之后我送你回家。今天也累一天了，下午就好好在家休息。”

林青枝闻言，身体一僵。沉默地接过宋屿递来的米饭，林青枝拿起筷子，举到一半时却又慢慢放下。“我是不是被开除了？”她微微苦笑着问。

“你以为我是吃饱了撑的，跟你签雇佣合同就是为了付你违约金？”宋屿看着她，面色如常。

“可那篇文章……”其实林青枝已经做好了心理准备，就算亚瑟珠宝要开除她，她也认了，毕竟抄袭这口黑锅太大，哪家公司都不希望自己沾边。

“只要不是你做的，就昂首挺胸去面对，我是你的上司，我绝不会抛弃麾下任何一名设计师。”宋屿也放下了手里的筷子，认真看着林青枝的眼睛，目光灼灼，清澈坚定。

林青枝只觉心中有一种说不清道不明的情愫悄然破土，而后疯长，瞬间便将一切酸甜苦辣纠缠在一处，开出了朵滋味曼妙的小花。

“吃饭吧。”宋屿再次招呼。

“好。”这次，林青枝安心地拿起了筷子。

吃过午饭，宋屿将林青枝送回住所。林青枝和他道别后并没有回家休息，而是转身去了竹里馆。

刚过正午，咖啡馆里的人并不多，欧立夏一眼就看到了推门而入的林青枝。不等她开口，欧立夏已率先问道：“你没事吧？”

林青枝愣了一下，目光下移，果然在吧台上看到了一本《时尚》。

“老板，我没事，那幅设计稿不是我的。”林青枝顿了一下，有些无可奈何，“至少，很大一部分不是我的。”

“以你的水平，我当然不相信你会抄袭。”欧立夏神色凝重，好像很为林青枝担忧，“但抄袭是个过于严厉的指责，你既然说设计稿不是你的，能想办法澄清吗？”

“我已经去过编辑部了，主编说只要我将设计概念、构思和细化定型的整个过程整理成资料交给他们，他们愿意为我刊登澄清。”林青枝勉力挤出一丝微笑。

欧立夏看了她许久，转身走到咖啡研磨器前，打开一罐咖啡豆倒了进去。

林青枝发现那是他珍藏的特级曼特宁，不由咂舌：“老板，这都是钱啊！”

“闭嘴！”见自己难得贡献出来的珍藏品却换来对方这种反应，欧立夏不禁恼羞成怒。林青枝赶忙噤声。

就见咖啡豆被研磨器慢慢打磨成细腻的粉末，浓香透过空气钻入鼻翼，她忍不住深深地吸了口气。而后，便见欧立夏将咖啡壶和咖啡杯用烧好的开水烫了一道，将咖啡粉倒入壶中，热水冲入并盖好了盖子。一分钟后，他将压力器压下，一杯浓香四溢的咖啡便端到了林青枝面前。看着面前这杯咖啡，林青枝表情很复杂。见她不端咖啡也不说话，欧立夏便盯着她，同样一言不发。

“老板，”不知过了多久，林青枝终于艰难开口，“先说好，这杯咖啡我不付钱的。”

“不要你付钱！”欧立夏的嘴角抽了一下，好半天才接过话来。

苦涩却香浓的丝滑滚过舌尖，胃里微烫，思维却越见清醒。将咖啡杯重新放在桌上，林青枝叹了口气。“老板，说不定再过不久我又要回来打扰你了。”她看向欧立夏，半是玩笑半是认真地道。

“如果是因为抄袭这件事的话，我不同意。”对方却不看她，继续擦拭手里的玻璃杯。

“只是说不定而已。”林青枝连忙解释，“我很喜欢亚瑟珠宝，不到万不得已，肯定不会离开的。”虽然入职只有半个月不到的时间，但她真的已经喜欢上了亚瑟珠宝。设备先进，环境良好，设计师们技艺卓绝又平易近人，就连展航和宋屿这样的高层都没有架子，能在这样的一个公司里做自己喜欢的珠宝设计，她真的很开心。她只是有点儿后悔，为什么自己不能早点儿踏出这一步。要是能够早点儿踏出这一步，也许就不会发生现在这么多的事情了。

“没有万不得已，这是你自己选择的路，跪着也要走下去。”欧立夏却不给她留任何退路，大有“嫁出去的女儿泼出去的水”的意思，完全绝了她回来当服务生的念头。

“太过分了吧，走错路换条道都不行？”林青枝一脸惊恐。

“硬要说走错道，当咖啡馆服务生才是。”欧立夏说得理直气壮，全然不顾身后其他员工哀怨的目光。林青枝被逗笑了，心中的阴霾瞬间散去不少，于是她低头又喝了口咖啡，原本苦涩的滋味里似乎渗出了一丝微微的甜。

咖啡馆的玻璃门被推开，风铃再次清脆作响。大家抬眼看去，只见店里进来了一位拄着拐杖的老者，虽是鹤发苍苍，但一袭唐装却是整洁干净，自有一派大家风度。他的身后，一名身穿黑色西装的年轻男子正轻轻关上门，显然刚才替老人推开门的人就是他。

欧立夏笑着道了声“欢迎光临”，门口的服务生刚要将二人引入卡座，老人却径直走向了吧台。他在林青枝面前停下，看着她，许久不发一语。

见此情形，欧立夏有些疑惑不解，他下意识地看向了林青枝；而林青枝此时的表情也十分复杂，似乎是想笑，又像是想哭。

“你瘦了。”不知过了多久，老者突然轻叹一声。

林青枝瞬间就红了眼眶。但她强忍住了几乎就要夺眶而出的泪水，勉力露出一丝微笑："哪有，我早上称体重的时候明明还胖了 2 斤。老板，我们有事要谈，借你的 VIP 包间用一下。"后半句，是对欧立夏说的。

"3 号维也纳包厢，过去吧。"知道林青枝不想多说，欧立夏便也不多问，直接给他们指了个地方。

林青枝道了声谢，随即便起身领着老者和黑衣男子朝店内走去。林青枝和老者进入了包厢，而黑衣男子则站在了门外。

待到四下无人后，老者突然举起拐杖敲了下林青枝的脑袋，看似用力，但落得却很轻。

"哪有你这样的！"林青枝骤然吃痛，立即捂着脑门退开两步。

"你个不肖子孙，竟然真的一年半多音信全无，怕是要气死我才甘心？"老者冷哼一声，刚才进门时的大家气度尽数散去，此时看来，便与邻家老爷爷一样。此时若是展航、宋屿等人在场，哪怕是罗嘉，恐怕都会对这位老者的言行大感吃惊。因为林青枝面前的这位老者不是别人，正是景泰蓝界的当代泰斗，林景堂的现任当家，林语之。

"还不是因为你不让我管叔叔，"林青枝顿了一下，神色渐渐平静，"那是我亲叔叔。"

林语之沉默。半晌之后，他再次开口："我听说，他的治疗费和后期康复费你都凑齐了？"

"嗯。"林青枝闷闷地答了一声。

林语之闻言，面上的表情抖动了一下。他断了她的学费和生活费，本是希望她能服个软，可谁知她竟那么要强，就算身在异乡没有一分钱也不肯向他低头，硬是咬着牙一边上学一边给岳南风凑医药费。也不知道他岳家到底上辈子积了什么德，自己赔了个女儿不算，看样子竟还要再赔上一个外孙女。想到这一年多来林青枝受过的苦，他不免悲从中来，突然大步向前将自己这个外孙女抱在了怀里。

"孩子，你受苦了。"他声音嘶哑，甚至还带着一丝颤抖，其中心酸、心痛不言而喻。

感受到了久违的温暖，林青枝的泪水终于夺眶而出，她忍不住抱着林语之呜咽起来。

“外公，我真的好想你。”此时此刻，林青枝终于又变回了那个被大家宠爱呵护着的小公主。

抱着外公哭了好一阵，林青枝终于慢慢平复。林语之抽来纸巾替她擦脸，她不好意思地将纸巾接过，迅速擦干了脸上的泪痕。

“我不让你管岳南风，也是气话。”林语之拉开一张椅子坐下，眉目间升起一丝伤感，“当年你父母出事，我既伤心又愤怒，所以才会一气之下将所有过错全都归咎在你父亲身上，进而与岳家断绝了来往。但后来，我气的却是岳家竟真的对你不管不顾，就像你不存在一样。不说你早已去世的爷爷奶奶，就是岳南风，他这个做叔叔的，在你读小学后又来看过你几次？”

“不是你不让他们来看我的吗？”这件事上，林青枝觉得叔叔他们有点儿冤。

“我不让他们来他们就不来，我让他们去死他们去吗？”老者显然对此很有意见，现在说来都还觉得有些生气。林青枝耸耸肩，知道和他争论这个也没有结果，索性不说话。

“岳南风的手术临近，我就不去看他了，免得他不安心，我也生气。”说到岳南风，老者像是想起了什么，“等手术结束后，我会跟医院打招呼，将他转去滨海疗养院，你替他攒下的那些康复费就自己收着吧，一个女孩子家家，要花钱的地方不少。”滨海疗养院是市里条件最好的康复疗养院，林青枝东拼西凑攒下的那些疗养费，恐怕还不够在那里住上半个月。

“外公，你怎么知道叔叔要手术了？”比起这个提议，林青枝觉得这点才更奇怪。

“你以为北京的那个骨髓捐赠者是哪里来的？”林语之不答反问。林青枝一下子就明白了。

“外公，你就不能坦率一点儿？”她有些哭笑不得，却又倍感温暖。因为她突然发现，自己一直埋怨着的外公其实并非真的冷酷无情，他只是内心骄傲，又不善表达。

“这次来，我就是想跟你好好谈谈。”听她这么说，林语之顿了一下，大家风范再次显现。知道他要开始说正事，林青枝便也收敛玩笑之意，微微挺直腰杆。

“回林景堂吧。”林语之看着她，语气严肃，“我年纪已经大了，当家之位早就到了该交接的时候。”

林青枝睁大了眼睛。这句话太具冲击力，她一时间不知该做何反应。

“小枝，你将接替我成为林景堂的下一任当家。”林语之继续道。

这次林青枝总算听明白了，瞬间一脸的难以置信。“我不同意。”过了好半天，她霍然起立，从牙缝里挤出了4个字。

接手林景堂？开什么玩笑！作为一家传统景泰蓝工艺店，林景堂只出品传统景泰蓝制品——换句话说，就是坚持传统，绝不创新，老祖宗规矩大于天；但林青枝从小就是个喜欢新奇玩意儿的人，她热爱珠宝设计也是因为可以在设计过程中，不断尝试各种创意和技法，这就是她的乐趣所在。试问，这样的她与林景堂又要怎么兼容？

“小枝，这不是你同不同意的问题。林景堂当家从来都是一代传一代，我是第14代，你就是第15代，林家的祖传工艺不能在我这里断了传承。”没有生气，也没有呵斥，林语之的神态安详，却不怒自威。林青枝呼吸一窒，但她很快调整好情绪，重新坐下。

“外公，我的梦想是当一名珠宝设计师，所以当年才会那么拼命地考进谢菲尔德哈勒姆大学珠宝设计专业。事实上我现在也已经在亚瑟珠宝上班了，我觉得自己很适合这份工作。”她看向林语之，神态诚恳，语带撒娇。

“适合到被人质疑作品抄袭？”林语之丝毫不为所动，甚至反过来戳她痛处。林青枝表情一僵，不免有些讪讪。

“《时尚》杂志的主编罗哲和我是老朋友，他收到那篇稿子后第一时间给我打了电话。”林语之瞥她一眼，不置可否，“抄什么不好，竟然抄我的缠枝牡丹双耳瓶。”

“我没有抄，那个稿子压根就不是我画的！”见林语之说起这件事，林青枝便气不打一处来。

别人也就算了，他这个当事人竟然也质疑她的人品？他可是她外公啊，难道他还不清楚自己这个外孙女是个什么样的人？

“但签名是你。”林语之继续道。

“外公，你觉得我能设计出这么个四不像？”林青枝觉得，今天她说不定会被自己外公气死。

见自家外孙女已然气急败坏，林语之的面皮抖动了一下，最后大笑出声。

“你当然设计不出来这种东西。”笑过之后林语之叹了口气，“《金乌还巢》的主题竟然使用缠枝牡丹、寿蝠和仙鹤，你的水平要是这个样子，我才不这样苦口婆心地逼你接管林景堂。”

“要不，你就当我水平是这个样子？”犹豫了一下，林青枝小声道。

林语之慢慢敛去笑意，一脸意味深长。

“不对啊，你既然知道这个设计稿不是我的，为什么不让罗哲撤稿？”林青枝回过味来，立马觉得不对。

他知道这篇稿子，也知道设计稿不是她画的，那他为什么不直接替她澄清？难道他觉得自家外孙女莫名其妙地背上抄袭的黑锅很有趣？

“这篇稿子就是我让罗哲刊出的。”林语之语不惊人死不休，林青枝闻言，眼睛都要瞪出眼眶来。

“所以小枝，你现在有两个选择：一是主动从亚瑟珠宝辞职，和我回林景堂，我立刻就让《时尚》杂志出澄清通稿，还你清白；二是将抄袭的黑锅一背到底，最后被亚瑟珠宝辞退，灰溜溜地离开珠宝设计行业。”林语之伸出两只手指在林青枝面前晃了晃，显然势在必得。

“外公，我到底是不是你亲生的外孙女？”林青枝忍不住问。

“你当然是，而且还是唯一的。”林语之郑重回答。

林青枝一下不知该说什么好。

“小枝，我需要你，林景堂也需要你，回来吧。”见她沉默不语，林语之再次开口。

看着面前白发苍苍、满脸皱纹的老人，林青枝的心软了。她嗫嚅地张嘴，应承的话已经到了嘴边，但半晌之后终又咽了回去。因为她突然想起了宋屿。那天宋屿将她送到楼下时说的话，此时依然萦绕耳旁。他说她懦弱，说她将自己不敢追梦的原因全都归咎于外界，却单单看不见自己的软弱和胆小；那时她很生气，但静下心来想想，她却发现他说的并没有错。她口口声声说热爱珠宝设计，却始终做不到为梦想放弃一切，所以在进入亚瑟珠宝时才需要宋屿推她一把；然而现在，她身边没有人了。

面对林语之的殷切目光，林青枝深吸了一口气。既然已经打定主意在珠宝设计这条路上走下去，她就不想再半途而废。更何况，还有宋屿。再抬眼时，林青枝目光灼灼，语气坚定道：“我不回去。”

林语之脸色立时一变。“你想就这样背着抄袭的名声，被赶出珠宝设计界？”他沉下声音，皱起眉头道。

“我会马上着手整理证明材料，身正不怕影子斜，我就不信我还自证不了清白了。”林青枝丝毫不为所动。

“你信不信我联系亚瑟珠宝总部，现在就开除你？”林语之声音更沉，显然是真的生气了。

“那我们各退一步，我回林景堂，你让我着手景泰蓝工艺制品改革。”外公威严在上，林青枝到底不敢硬抗，只得试着折个中。

“不行，传统就是传统，怎么能随意改革？”林语之毫不犹豫地拒绝了她的提议。

林青枝暗自松了口气，面上却很是恼怒：“那就没的谈。你让亚瑟珠宝开除我，我也不回林景堂，大不了继续当这里的咖啡馆服务生。”既然他知道叔叔在哪家医院，那他就肯定也知道自己之前在这家咖啡馆打工，要不然他不可能找到这里。

林语之猛地用拐杖捶了一下地，指着她半天说不出话来；林青枝只当看不见，目光四处游离，却偏偏不落在自家外公身上。最终，林语之气势汹汹地转身，推开门后，头也不回地大步离去。见他离开，林青枝长长地呼出一口气，显然是放下了重担。这一次，她终于为自己的选择坚持到底。

欧立夏在吧台目送神秘老者带着黑衣男子气急败坏地离开，不免开始有些担心包厢里的林青枝。他正要招呼人进去看看，却见林青枝紧跟着走了出来。

“老板，我有事先走了。”她匆匆和欧立夏打了个招呼，眼见着就要往外冲。

“你没事吧？”欧立夏问。这个时候店里客人少，环境比较安静，刚刚林青枝的哭声隐隐从包厢里传了出来。

“我没事，那是我外公。”她已经快到门口。

欧立夏刚要点头，却突然觉得不对：“你外公？”

林青枝点头，人已经冲出了咖啡馆——就算她已经做好了心理准备，但可以争取的她还是要努力争取一下的，万一外公心软了呢？如果撒娇管用的话，谁还要针锋相对自讨苦吃啊！

# 第八章

# 把一切都交给他

宋屿从周想那里接过林青枝的东西，决定先给她送过去。但就在开车经过竹里馆时，他看见林青枝正在店门口和一位老者据理力争着什么，二人身旁还站着一名像是保镖的黑衣男子。

宋屿减慢车速，刚要停车，却突然发现那名老人似曾相识。待到仔细定睛一看，他这才发现这位老人不是别人，正是当代景泰蓝泰斗，林景堂的第 14 代当家——林语之。只是这样一位声名赫赫、德高望重的老前辈，又为什么会在烈烈炎日之下，站在咖啡馆门前同一个小姑娘争论不休？

就在这时，两人像是彻底谈崩了，林语之像是非常生气，他转身快步离开，黑衣男子亦紧随其后。林青枝向前追了两步，但最终还是停下来，叹了口气。她刚打算回家，却在不经意间与宋屿四目相对。

“宋屿？！”惊吓之余，她连“宋总”都不叫了。

“我是来给你送东西的。上车，我顺便送你回家。”宋屿倒是很镇定，指了指自己的副驾驶座。

系好安全带，林青枝只觉这一辈子都没现在这么紧张过。宋屿挂挡的时候，她浑身一震；宋屿踩油门的时候，她也浑身一震；就连宋屿想伸手去拿放在她面前的太阳镜，她都像是要跳起来。见她反应这么大，宋屿忍不住再次反省，自己到底哪一点这么吓人？

“刚才那位老先生是林语之吧。”宋屿突然开口，明明是疑问句式，但用的却是陈述语气。

“是的。”林青枝回答，声音细若蚊蝇。

“你不想参加新闻发布会，就是不想让他知道你进入了亚瑟珠宝？”宋屿继续道。

“嗯。”林青枝的声音更小。

“所以，你到底是什么人？”这次，宋屿从后视镜看向了她。

林青枝嘴唇动了动，并没有出声。此时她心中天人交战，实在不知道应不应该告诉他自己和林语之的关系。宋屿一边开车，一边抽空看她，见她神色犹豫不决，也不急着逼她，只是将车速放慢了一些。

不安地捏着手指，林青枝时不时偷看宋屿，见他面色平静，不见喜怒，于是心中犹豫更甚。平心而论，她的确想向宋屿和盘托出，因为宋屿对她来说已是意义非凡；但就现在的情况来看，如果她真的坦白一切，那么宋屿作为亚瑟珠宝中国分部的名誉理事长，将她从公司开除才是最明智的选择。

毕竟林语之在珠宝设计领域也算举足轻重，他的一言一行在一定程度上影响着业内风向，亚瑟珠宝如果要为了一个微不足道的她和他撕破脸皮，确实不是明智之举。

可宋屿破例给她打开了一扇门，她不希望什么都还没做，就从这扇门里被赶出去。

“林青枝，我希望你明白，不管有什么难言之隐，我都衷心希望你能留在亚瑟珠宝。”不知不觉已开到林青枝家门口，宋屿停车，扭头看向了副驾驶座上的人。

“说什么都不开除我？”见他神色认真，目光如灼，林青枝脱口而出。

“除了原则性问题，说什么都不开除你。”像是早就料到她会这么问，宋屿胸有成竹。

林青枝默然，她拧着身上的安全带，半天都没有解开。

“林语之是我外公。”不知过了多久，林青枝终于开口。

虽然早有心理准备，但宋屿还是吃了一惊。他怎么都想不到，面前这个在咖啡馆当服务生、在淘宝开手作店的小姑娘，竟然会是林景堂当家的外孙女。按以前的说法，林家算是个世家门第。林景堂的不传秘法经百年传承，早已成为景泰蓝界的旗帜；作为一家市场估值至少一个亿的百年老店，林青枝作为林语之的外孙女竟过着这样的生活，怎能不叫人大跌眼镜？可回过头来仔细想想，宋屿却又觉得林青枝有这样的身份也在情理之中，至少这样，就能解释为什么林青枝年纪轻轻便会有一身娴熟的景泰蓝制作手艺，堪称大家。

见宋屿一脸震惊，林青枝不禁面露赧色。“之前我和外公意见不合闹矛盾，他切断了我的经济来源，我则一怒之下离家出走。”将重点隐去，林青枝简单地交代了一下前因后果。

“那他刚才来找你，是因为矛盾消除了？”回想起刚才两人的模样，宋屿觉得自己这句话说得很违心。

“不，我们之间的矛盾更大了。”见宋屿问起，林青枝又头痛起来，“外公想让我回去继承家业，但我想继续留在亚瑟珠宝上班，在这个问题上，我们互不相让，所以他才会那么生气。”

“看来，林老挺看重你这个外孙女。”没想到林青枝竟有可能成为林景堂的第 15 代当家，宋屿啧啧称奇。

“那是因为，外公只有我了。”林青枝闻言，沉吟半晌，突然轻轻地叹了口气。

细细想来，林语之的一生其实很坎坷。他年轻时才华横溢，风流不羁，在上海举办个人展，意外邂逅未来妻子，两人婚后情深恩爱，成就了业界一段佳话；但好景不长，在女儿 15 岁时，他的妻子便患病去世，于是林语之立志终身不娶，独自一人将女儿教养长大。女儿林梦继承了他的才能和妻子的样貌，20 岁出头便成了景泰蓝界风头无二的优秀新人；可正当她事业蒸蒸日上之际，却突然与一名房地产商人相爱，二人在林语之的反对声中迅速结为连理。对于女婿岳南云，林语之一向不满，但这种不满却在外孙女林青枝出生时稍稍淡去。然而正当林语之试着接受女婿，决定同女儿一家共享天伦之乐时，林梦和岳南云却在去新楼盘开幕剪彩的路上遭遇车祸，永远地离开了他。那个时候，林语之 56 岁，林青枝 5 岁。从此之后，林语之的世界里就只剩下林青枝了。

宋屿一时间不知该说什么好。

车里的空气有些沉闷，林青枝觉得眼角酸涩，正要伸手去揉，一只温暖的大手却已先一步覆上她的眼睛。修长的手指轻轻抚过她的眼角，触觉温热，带着体贴的温度。

“对不起。”宋屿的声音很低很低，带着无奈的叹息。

林青枝的心脏怦怦乱跳，她不知是该先将宋屿的手推开，还是先安抚他的自责，只得僵在座位上，一动也不敢动。

“如果我是你，我同样不知该如何选择。”宋屿的声音再次响起，“一边是垂垂老矣的外公，一边是毕生追逐的梦想，两边根本难分轻重，更别谈加以取舍。”

“你不是应该支持我追求梦想吗？”林青枝苦笑。她踏出这一步是因为他，可当她遇到阻力就快止步不前时，他却又来拖她后腿？

“私心而论，我肯定支持你追求梦想，甚至恨不得让你直接担纲‘景泰蓝之春’项目负责人。”听林青枝这么说，他也勾起了嘴角，“但是，我并不能替你选择。”

“是要成全老人家的心意，回去接管林景堂，成为第 15 代当家，还是要留在亚瑟珠宝，一步一步向珠宝设计的顶级境界进发，全都在你。”

林青枝忍不住在心里大骂宋屿狡猾。本来就是解不了的难题，他兜了一圈又扔回给自己，说到底还是什么都没有解决。但不知为何，林青枝却突然想起了宋屿将她拖去人力资源部的那一幕。在那一刻，其实有一瞬间，她心花怒放。

“你不想我回林景堂，是吗？”她推开宋屿的手，转头看向他。

“是。”宋屿坦然以答。见她设计出《金乌还巢》，他心中惊艳，更觉惊喜。曾经陨落的神鸟重新振翅高飞，肯定会在本属于它的天空中绽放出更耀眼的光芒；林青枝借此自喻，既昭示了她从此将一往无前的勇气，也表达了她准备大展拳脚的决心。这样的林青枝便如银镯上的那只三足乌，光芒耀眼，动人心魄。所以，他怎么可能舍得让她离开？但他却不能替她做出选择。毕竟这是她的人生，她有权为自己负责。

听到肯定的回答，林青枝的神色渐渐平静，眼中亦泛起淡淡笑意。她听见了内心枷锁破碎的声音。这么长久的烦恼纠结，她终于在这一刻放下，彻底下定了决心。

“那我就不走了。”她靠回椅背，像是瞬间卸下了肩上重担。

没想到她竟然这么快就做出决定，宋屿一时没能反应过来。“你想好了？”待到回过神，他立即追问。

“当然。”没了心理负担，林青枝的语气也轻快起来，“我喜欢的本来就是珠宝设计，与其被赶鸭子上架似的回到林景堂，还不如待在亚瑟珠宝专心上班提升自我。”虽然对不起外公，但这次她决定追随本心，再也不被其他事情烦扰。

宋屿忍不住来回打量她好几遍，见她是真的做出了决定，不禁也悄悄松了口气。其实到现在他都没有想好，如果林青枝决定要回林景堂，自己该如何反应。

“不过留不留得下来也不是我说了算的，当务之急还是要赶紧整理自证材料，一定要赶在外公动作前将‘疑似抄袭’这口锅摘了！”想到这里，林青枝又瞬间挺直了腰板。

“赶在林老动作前？他要干什么？”宋屿见她突然这么紧张，很是不解。

“《时尚》杂志刊出的那篇文，其实是我外公的杰作。”对于这件事，林青枝现在想来简直哭笑不得，“主编是他的熟人，收到这篇文章后第一时间便联系了他；他明明知道我根本不可能设计出这种东西，却还是授意主编将文章编辑刊发。而他之所以这么做，只是想逼我离开亚瑟珠宝，最好退出整个珠宝设计界，然后回家安安心心地当个老古董。”

乍闻真相，宋屿瞬间无语。他一直以为林青枝面前的这个坑是程亦飞挖的，却没想到到头来这个坑却是她亲外公挖的；这样劝人回家的方法，也是第一次见。但不得不说，这的确是个办法。

“如果罗哲是林老的朋友，那你的自证材料恐怕刊登无望。”宋屿思索片刻，觉得他们当初的想法恐怕太天真，“要是你不愿回家，林老应该会想方设法坐实你的抄袭，进而让你在业内待不下去，哪会轻易给你自证清白的机会。”

“有时候，我真觉得自己不是亲生的。”林青枝见自己能想到的唯一办法也不见希望，刚刚卸掉的重担仿佛又压在了肩上。

“与其自证，不如他证。”比起林青枝的满脸愁云，宋屿却显得从容不迫，“交给我吧，这几天你就在家好好休息。”

林青枝不知道他要干什么，刚想再问，但一对上他的眼睛便闭上了嘴，解开安全带乖乖下车。宋屿那双眼睛于她，胜过千言万语。

罗嘉躺在床上刷微博，见《时尚》杂志和亚瑟珠宝两个官方账号下群情激愤，议论纷纷，眼中不禁笑意盎然。如今亚瑟珠宝迟迟不发声明，林青枝也被停职在家，她的目的几乎已经达到。待到林青枝被亚瑟珠宝正式开除，“疑似抄袭”被舆论彻底坐实，她就能神清气爽地重新回到公司，微笑着向担心她的同事们报个平安，以示感谢了。

回想起程亦飞那篇文章，罗嘉其实也有些惊讶于事情的顺利。为了让林青枝的设计稿与被抄袭作品更为接近，罗嘉不惜以被抄袭作品的大量元素填充替换设计稿细节，完全无视原本的设计主题；程亦飞拿到设计稿后，也曾对这种文不对题的设计表示怀疑，但最终还是被她草草糊弄了过去。她本以为这篇稿子会在主编那里遇到麻烦，于是早早就拜托一位朋友做好了打招呼的准备；可谁知这篇文章却顺利通过，看情况，主编对它竟还颇为赞同。后面的事便如她所料，“疑似抄袭”的帽子顺利地扣在了林青枝头上，这只刚想振翅高飞的菜鸟一个跟头彻底栽进了泥里。

“活该。”漫不经心地翻看着微博下的评论，罗嘉轻轻吐出了两个字。如果不是她硬要跟自己争，又怎么会落到这一步？就算她改变主意想要入行，去哪家公司不行，偏偏要进亚瑟珠宝？而且还要恬不知耻地插在她和宋屿之间，让她进退不得，倍显难堪。这种人就活该跌入泥地，永世不得翻身。

放在枕边的手机突然响起，是程亦飞。“程大记者。”罗嘉接听电话，声音轻快，带着笑意。

“嘉嘉，你还有林青枝其他的设计手稿吗？”程亦飞却没她那么惬意，声音里透着凝重。

“没有了，给你那张我还是趁她不备悄悄偷出来的。”罗嘉愣了一下，显然不明白他为什么突然这么问，“怎么了？”

“林青枝涉嫌抄袭的设计作品只有一张初稿孤证，严格说来，我那篇文章是站不住脚的。”程亦飞的声音很低，罗嘉能够想象出他在电话那头眉头紧锁的模样，“如果她的确是抄袭，我希望能用更完善的证据来证明。”

罗嘉的内心怦怦狂跳。她深吸一口气镇定心神，再出声时，声音里透着一丝无奈：“可是大记者，你的报道已经出来好几天了，林青枝要是机警的话，早该处理完所有的设计手稿，我就算想拿也不可能拿得到了。”

程亦飞那边陷入沉默。

“亦飞，到底出什么事了？”罗嘉心头升起一丝不祥的预感，她直觉事情可能没有按照她的预期顺利进行。

“今天早上我得到消息，亚瑟珠宝中国分部已向 IOAO 递交了仲裁申请，要求权威鉴定《金乌还巢》的设计是否属于抄袭。”半晌之后，程亦飞道。

罗嘉猛地睁大了眼睛。IOAO 的全称是 International Original Arbitration Organization（国际原创仲裁机构），专供在原创性方面存在质疑的作品提请仲裁鉴定。该机构注册在案的鉴定师几乎全是各个行业的顶尖人物，所以仲裁结果非常具有权威性，能被行业信服。但另一方面，又因为它的公正性和绝对权威性，所以申请仲裁的费用也是相当昂贵，不到万不得已的地步，很少有人会向该机构提起仲裁申请。可公司现在竟为林青枝向 IOAO 提请了仲裁申请？就为了她这么一个名不见经传的业界新人？

“你确定他们真的向 IOAO 申请了仲裁？”罗嘉难以置信，“她那一张破设计稿，值 20 万美元？公司疯了吗！”

“不是亚瑟珠宝出的钱，”程亦飞微微苦笑，不知是为她，还是为自己，

“是宋屿。他以私人名义向IOAO递交的申请，仲裁费用由他个人承担。”

罗嘉脑海里“轰”的一声，霎时空白。程亦飞的话，印证了她最担心的事实。到头来，还是林青枝入了他的眼。她甚至还没有当着他的面完成过一样设计作品，他就已经愿意为她向IOAO提请原创仲裁，哪怕为此一掷20万美金，都在所不惜！他为什么就不担心她是真的抄袭？难道在他眼中，林青枝就这么值得信任？凭什么！

见罗嘉久久不语，程亦飞怕她胡思乱想，于是继续出言安慰：“嘉嘉，你要相信IOAO的权威鉴定，公道自在人心。”

“我怎么能相信！”罗嘉陡然尖叫。林青枝的所有设计稿原件都在她自己手上，若是她将设计稿全部递交IOAO审查，IOAO很快就能得出“程亦飞手上的设计原稿是他人伪造”这一结论；就算宋屿不追究这张伪造设计稿的来源，等到林青枝澄清后她就只得硬着头皮回到公司，向他递交一份对她来说像是噩梦一般的设计稿。

“嘉嘉，你没事吧？”对于罗嘉的反应，程亦飞不免心生怀疑。其实当罗嘉将那一张设计稿交给他并哭诉林青枝的抄袭行为时，他心中是有疑虑的。其一是罗嘉说林青枝的作品名叫《金乌还巢》，但设计稿中却都是些与主题风马牛不相及的元素；其二则是她拿来的设计手稿仅有一张，上面虽有署名，但作为质疑抄袭的证据来说还是太过单薄。怎奈罗嘉一说起这幅设计稿便泫然欲泣，从设计抄袭说到工作打压，闪烁的泪光让程亦飞于心不忍，也心怀不忿。于是，凭借对罗嘉的信任和对抄袭的痛恨，程亦飞一篇通稿成文，不费吹灰之力便刊在了专栏之上。但冷静下来后，他便觉得这么做也是不妥。直到听说宋屿将《金乌还巢》递交IOAO申请仲裁，他开始隐约觉得这次自己恐怕是栽了跟头。

“我觉得好不公平。”罗嘉咬牙，眼中沁出泪水，“明明都是她的错，她怎么能全身而退？宋屿怎么就一而再再而三地给她机会！”

“你觉得IOAO会得出林青枝没有抄袭的结论？”程亦飞怀疑更甚。

罗嘉浑身一震，这才惊觉自己说漏了嘴。

“当然。我要是林青枝，肯定早已将自己的设计稿从头到尾改了一遍，怎么还可能拿着被指抄袭的初稿递交 IOAO。”她连忙定了定神，为刚才的话做出解释。

“重新设计，她时间够吗？”程亦飞的问题让罗嘉越发焦躁，但她却不能大发雷霆。

“亦飞，你不相信我吗？”深吸一口气，罗嘉沉声问。

“我相信你，所以才更想知道实情。”程亦飞并不让她转移话题。他心里有罗嘉，但更有评论员的职业道德。如果罗嘉提供的真是假手稿，他一定会公开承认自己的失职，并向亚瑟珠宝道歉。

罗嘉咬着嘴唇，半晌之后才一字一顿地道：“我给你的设计稿就是林青枝的原稿，我唯一做错的，就是当时没多拿几张。”还有一句话在罗嘉心里，罗嘉没有说出口：“我唯一做错的，就是当时没能再多临摹一些手稿！”

“我明白了。”

程亦飞挂断电话。他说过他相信罗嘉，所以罗嘉告诉他的，他便认可为真相。既然认可，那他就会继续质疑林青枝的抄袭行为，直到 IOAO 给出仲裁结果。

一周之后，IOAO 关于林青枝《金乌还巢》涉嫌抄袭林语之缠枝牡丹双耳瓶的仲裁有了结果。根据亚瑟珠宝递交的资料，结合林青枝以往的设计作品和本次设计的设计主题，IOAO 最终得出了“因该作品最终设计定稿与缠枝牡丹双耳瓶相似度不足 20%，并不构成抄袭”的结论。

此结论一出，舆论哗然，尤以网上反应最为强烈。一部分网友开始质疑《时尚》杂志专栏文章的专业性，不免对程亦飞的撰稿目的进行揣测；一部分网友则怀疑 IOAO 的公正性，觉得亚瑟珠宝是否为了保护品牌而暗中同 IOAO 做了交易；但更多的人却是为林青枝兼具传统美感与时尚气息的设计所倾倒，更有人因此发现林青枝就是淘宝店“万千辉光”的店主“脑洞开到月球上”，吓得林青枝不得不暂时关门歇业，这也让众人始料未及。

《时尚》杂志应亚瑟珠宝要求刊登了 IOAO 的仲裁结果，在家休息了将近两周的林青枝终于再次回归设计部。

“小青枝，这段时间难为你了。”周想一见她，便上前给了她一个拥抱。

“谢谢小想姐。”林青枝回以拥抱，眼含笑意，鼻尖泛酸。

安慰性地拍了拍她的后背，周想松手后退开一步，让她可以直面宋屿。

“欢迎回来。”宋屿微笑，这笑容如冬雪消融，春风化雨，瞬间便叫林青枝红了眼睛。

她以为，他说的将一切都交给他，不过是为她斡旋于亚瑟珠宝内部，却没想到他竟会以私人名义将《金乌还巢》提交 IOAO，宁愿花费 20 万美元，也要为她求得一个公平公正公开的清白。这样一个人，怎能不让她心动神折？

“宋总，谢谢。”克制住心潮澎湃，她鞠躬，带着近乎谦卑的诚恳。

作为林青枝，她感谢他的帮助；作为设计师，她感激他的信任。原创声誉于设计师来说就是生命，而他，救了她的命。也许真是因为那杯冒失的咖啡，上天终于给予了她未曾料想的好运。

宋屿伸手将她扶起，扫了一眼四周，因她出现而响起的窃窃私语瞬间止息。

“周想，帮她把东西放回工作区，你来一下我办公室。”宋屿交代完周想，转而看向林青枝。

“好的。”周想点头，林青枝却不明所以，但她还是快步跟上了宋屿的脚步。

关上办公室的门，林青枝不经意间透过单向玻璃看向外面，只见同事之间交头接耳，不时悄悄指向宋屿的办公室，表情复杂而微妙。这时她才后知后觉，明白宋屿叫她进办公室只是不想她毫无心理准备地回到办公区，徒增尴尬。

“看来，IOAO 的权威性也并不深入人心。”看了半天，林青枝突发感慨。

“IOAO 的权威性毋庸置疑，但流言蜚语却不是单靠权威就能止息的。”宋屿对这样的情形并未感觉惊讶，他示意林青枝来办公桌前坐下，“虽然《金乌还巢》顺利洗刷了抄袭嫌疑，但林老仍向总部提出了严正抗议。为免节外生枝，总部决定禁止你以《金乌还巢》参与‘景泰蓝之春’的项目竞赛，所以你必须赶在最终评审前赶制出新的作品。”不算因抄袭事件停止项目竞赛的那段时间，加上今天，距离项目竞赛评审日期的最后期限也只剩不到 5 天了。

“我可以不参加了吗？”林青枝想了想，小声问。这次抄袭风波让她心有余悸，天知道她那位亲爱的外公还会想出什么法子给她使绊，比起立在风口浪尖当靶子，她更愿意安静地待在设计部一角做普通项目。

“你想默认抄袭？”宋屿不置可否，只一句话就把她的想法摁死在了萌芽状态。前脚刚被 IOAO 洗清抄袭污名，后脚就退出“景泰蓝之春”项目竞赛，她这么做简直就是给好事之徒上赶着制造闹事借口。想清楚其中利害关系，林青枝决定放弃挣扎，回去安安心心地构思新作品。

见林青枝一脸忧愁苦闷，宋屿嘴角微挑，从抽屉里拿出一个檀木盒放在桌上，推到了她的面前。林青枝回过神来，看着突然出现在眼前的木盒，一脸茫然。

“打开看看。”宋屿道。

林青枝拿过木盒，小心翼翼地打开。木盒内里衬着黑色的丝绒布，丝绒布上，安静地躺着一只宽面银镯。水波纹装饰着银面两端，深蓝漆料远看如粼粼波光，波光中红白锦鲤跳跃，于金色日光之中熠熠生辉；一轮旭日东升于湛蓝海面，旭日之中，金乌振翅，朝气蓬勃。

林青枝看着这只镯子半天说不出话来，她没想到宋屿竟会将她的设计稿制作完成。

“我对景泰蓝工艺不熟悉，光做掐丝镶嵌就花了两天，还以为会赶不上。”宋屿微笑，像是说一件再平常不过的事情，“虽然《金乌还巢》不能当作项目竞赛作品，但这个设计却甚合我意，就算留个纪念吧。”

宋屿不熟悉景泰蓝工艺，却能在两天时间里完成银镯上含金量这么高的掐丝镶嵌，还能将上漆做得如此完美，林青枝突然觉得自惭形秽，更觉得他招人做景泰蓝项目简直就是为了让他人自取其辱。

“你都能做成这样，为什么还硬要拉我入伙？”想到这里，她下意识地脱口而出，话音未落又赶紧捂住嘴巴，涨得脸色绯红。

“林青枝啊林青枝，你说话怎么不过脑子！人家明明好心将你的设计稿精心制作完成，你到头来还要质疑人家的动机？”

见她表情瞬息百变，宋屿只觉得无比有趣，也不接话，只静静地看着她，目光越见柔和。

林青枝慌乱抬眼，正对上那一双柔情满溢的眼睛，心中百转千回竟霎时消失无踪，化作一片空白。怦然心动，不外如是。

“头儿，这里有个——”敲门声骤然响起，周想刚刚推门，就知道自己来得不是时候。

宋屿的目光一下子恢复如常，林青枝则手忙脚乱地将木盒揽入怀中，虽然慌乱，但动作却很是小心翼翼，如捧一尊至宝。

看了眼面色红润的林青枝，又看了眼面无表情的宋屿，周想真恨自己干吗非要在这个时候推门，搞得现在进退不得，尴尬无比。

“要不，我等下再进来？”沉默几秒钟，周想试探性地小声问。

“什么事？”宋屿却不给她从头再来的机会。

林青枝赶紧起身，向宋屿打了个招呼后便急匆匆地往外冲；在她经过自己身边时，周想眼尖地瞧见了她怀里抱着的木盒。

“再看眼珠子就要掉下来了。”不等她细想，宋屿的声音便让她瞬间切回了工作模式。

林青枝回到办公区，心跳依然快如擂鼓。她将紧紧抱在怀里的木盒小心地放在桌上，再次打开，里面的银镯一如艳阳，光芒耀眼，也燥热了她的心房。这只银镯诞生于她的设计，却在宋屿手中完整，从某种程度上说，它就是他们的共同作品。独一无二的，只属于他们的作品。

林青枝将银镯拿起端详，嘴角悄然勾起一个温柔的弧度。从认识到现在，好像都是他在给予。给予她谅解，给予她机会，给予她勇气，给予她无比的信任和这只细心打造的镯子。他一步一步将她从艰辛生活的旋涡中拉出，让她下定了追梦的决心，她又怎能不予回报？

仔细摩挲着镯面上的掐丝花纹，片刻之后，她将它收好，在办公桌上铺开了稿纸。这次她一定会拿下“景泰蓝之春”的负责权，就算不为自己，也为宋屿的一片苦心。他认可了她，他选定了她，他为她付出的一切，她都铭记在心。所以，她必定回应他，以一名设计师的尊严和骄傲。

罗嘉的病假终于到期，加上临近“景泰蓝之春”项目竞赛的最终评审日期，她不得不硬着头皮回公司上班，准备递交设计稿。向关心自己的同事回以感谢的微笑，罗嘉的目光扫过林青枝的办公区，眼见那个熟悉的身影仍旧坐在原位，眼角便忍不住抽了一下。

她还在这里。罗嘉慢慢攥紧了双手。自己费尽心思策划了这样一出抄袭大戏，可她仍然还在这里。程亦飞的文章在 IOAO 面前犹如儿戏，自己那张“原稿”在林青枝的大量举证面前尽显苍白，虽然网上现在仍有质疑，但毫无疑问，大多数人已认可了 IOAO 的判定——林青枝的抄袭嫌疑已经澄清。就算林老向亚瑟珠宝总部提出抗议又怎么样？总部最终也只是禁止林青枝使用《金乌还巢》参加项目竞赛，至于其他，再没有提。她料想中的一切都没有发生。林青枝依然端坐在她身旁的办公区里奋笔疾书，她就像是做了一次竹篮打水的无用功，过程大费周章，结果却是什么都没有改变。

“罗嘉。”就在这时，她听见有人喊她。罗嘉扭头看去，是周想。

“小想姐。”隐去心中愤愤，罗嘉微笑，露出最亲切的神色。

“虽然生病刚好就要画设计稿很辛苦，但你还是要记得将初稿交给宋总哦，毕竟大家对你都抱有非常高的期待。”见她脸色不好，周想以为是因为刚刚痊愈身体不适，便给她打气。

听到周想的鼓励，罗嘉的脸色却更白了。只有她自己知道，这种“期待”对她来说有多么重逾千钧。“谢谢小想姐，我明白。”沉默半晌，罗嘉挤出一句话后便逃也似的回到了自己的办公区。

当罗嘉的设计初稿交到宋屿面前时，对方不着痕迹地皱了皱眉。这微小的变化没有躲过罗嘉的眼睛，她咬住嘴唇，勉力定下心神，让自己不致当场崩溃。

如果要用一个词来形容罗嘉这次递交的设计稿，宋屿只能想到“天差地别”。和《夜海牡丹》一样，罗嘉这次递交的设计稿也是一枚吊坠，取名《五色雨》。《五色雨》的主体是黄绿色猫眼石，猫眼石被打磨成了雨滴的形状。周身镶嵌一圈金丝，金丝底端以掐丝镶嵌工艺向猫眼石上延伸出花枝，花枝上点缀碎钻和碧玺，远远看去，猫眼石上五彩斑斓。

严格来说，这种设计整体效果也算中上，但却将猫眼石本身的特点尽数掩盖。猫眼石本就因为特殊的反光效果著称于世，设计师在设计猫眼石首饰时，大都会尽可能地利用这种效果进行发挥，以期使首饰更具特色；但罗嘉却在猫眼石上镶嵌了其他晶体，这些晶体的反光打乱了猫眼石的自带特效，“猫眼”特点无从凸显，档次自然降低不少。如果使用10分制评分，《夜海牡丹》大概能够拿到8分，而《五色雨》却最多只能拿到5分。

“去做吧，希望你的成品能比这个设计稿效果更好。”宋屿看了一阵之后，摘下眼镜，将稿件递还罗嘉。

“宋总，是我的设计不够好吗？”接过自己的设计稿，罗嘉神色略显焦灼。

“你这次的设计作品最多算是中上水准，我希望你能够在实操中对它有进一步改进。”宋屿并不回答她的问题，只是看着她道。

“哪些地方需要改进？”罗嘉几乎脱口而出。

宋屿没有说话，只是看着她的目光有了些微变化。身为设计师，作为项目竞赛作品，在临近项目竞赛最终评审之时，她竟开口向拟任评委之一的自己求教作品改进方法？罗嘉自觉说错了话，尴尬地向宋屿道了声“再见”，转身快步走出了办公室。

回到自己的办公区，罗嘉面如火烧，几乎无地自容。她递交的设计作品是大学时期唯一一次拿过A的作业，为了项目竞赛，她特意在原设计稿里加入了掐丝镶嵌工艺，可谁知这并没有获得宋屿的青睐；刚刚得到评价时，自己又一时心急问起改进方法，显然犯了项目竞赛大忌，看宋屿的神色，她知道自己在他心目中的印象瞬间一落千丈。

设计失利，自乱阵脚，罗嘉也不知道怎么会变成这样。她茫茫然举目四看，目光最终还是落在了林青枝身上。此时此刻，林青枝于她来说，就是一个醒不来的噩梦，无论她如何挣扎，对方都紧追不舍。罗嘉忍不住闭上眼睛，靠向椅背。

评审当日，展航和宋屿都担任评委，其余3位评委则由总部方面指派设计师担任，评审由法国米兰国际时尚频道进行专题直播。最终，林青枝的新作品自10件终选作品当中脱颖而出。

失去《金乌还巢》，林青枝重新设计了一款名为《追蝶》的景泰蓝吊坠。这枚吊坠摒弃了一切流行元素，彻底回归传统，由陶瓷、铜丝和漆彩构成了一幅精致生动的双蝶舞花图。只见长方形的陶瓷上铺就了一层暖黄漆底，漆上两只铜丝勾勒的彩蝶在百花丛中翩跹飞舞，它们的翅膀色彩斑斓，与颜色清淡的红紫白花丛形成了鲜明对比；陶瓷底端打了一个小洞，五色丝线缠成的细绳穿过小洞串了一只火红的珊瑚珠，珠子下面流苏摇曳。

“景泰蓝之春”系列本就以景泰蓝为主打特色，林青枝在《追蝶》中展现出来的景泰蓝制作工艺可谓出类拔萃；加上之前《金乌还巢》的独特设计风格，包括展航和宋屿在内，5位评委一致投票给了林青枝。

这个结果在宋屿的意料之中，却在业界的意料之外。上次新闻发布会后，所有人的目光都聚焦在了罗嘉这个样貌出众、举止得体的年轻新人身上；加上林青枝后来又一度爆出涉嫌抄袭，业界对罗嘉的关注度日益升高，很多人都在期待她的设计能为亚瑟珠宝乃至整个珠宝设计界带来新气象。所以谁都没有想到，她竟会在项目竞赛中输给林青枝。

结果公布后，评委组将入选终审的10件作品尽数展出。仔细看过10件作品之后，大家更是失望地发现，罗嘉输给林青枝甚至谈不上“惜败”——因为林青枝的《追蝶》比之《五色雨》，无论主题、立意、造型，还是制作工艺上，都要更胜几筹，就算是外行，也能轻易看出两件首饰谁更好看。自此，林青枝当仁不让地成了“景泰蓝之春”项目的负责人，公司不再给她安排其他项目，让她能够专心致志地构思系列。

# 第九章

# 这一刻彻底沦陷

评审结果出来没多久，程亦飞就给罗嘉打了电话。“亦飞。”电话接通后，罗嘉轻轻叫了一声他的名字，言语里带着重重的鼻音。

程亦飞心中一痛，知道她是刚刚哭过。“不过是一次项目竞赛而已，别往心里去，谁都有发挥失常的时候。”程亦飞安慰她，语气诚恳而真挚。

“这个系列，明明应该是我的！”听他这么说，罗嘉心中一颤，不禁沉声咬牙。

“不要难过，以后还有机会的。”程亦飞沉默片刻，继续安慰。其实在评审结果出来后，他也仔细研究了一遍罗嘉和林青枝的设计作品。平心而论，林青枝的作品确实技高一筹，她的整体造型和制作手艺都在罗嘉之上，他实在想不通这样一个设计师为什么还会想到抄袭。

“没有机会了，只要有林青枝在，我永远都没有机会！”罗嘉陡然尖叫，声音里透着难以抑制的怒气，像是在拼命宣泄内心的愤恨。

程亦飞一愣，显然没料到罗嘉的反应会这么大。罗嘉也意识到了自己的失态，她深吸一口气，不再说话。听见手机里传来的呼吸声，程亦飞眉头越发拧紧，他刚要出声，罗嘉却又开口了：“宋屿对我的印象，恐怕也因为这次项目竞赛一落千丈了。”她的话让程亦飞心中一凛，他刚到嘴边的话语瞬间便又咽了回去。说到底，还是为了宋屿。程亦飞不免苦笑。

“亦飞，你一定要帮帮我。我不想就这样被林青枝踩一辈子，她根本没有设计师的职业道德！”罗嘉咬牙，决心与林青枝一搏到底，“一个抄袭者，凭什么在亚瑟珠宝要风得风要雨得雨？一个抄袭者，又有什么资格在业界崭露头角！”

“嘉嘉，我们没有证据。”许久之后，程亦飞低声道。

“我会找到证据的，亦飞，我只希望你能够坚定地站在我这一边。”罗嘉声音急促，言辞恳切，程亦飞隔着电话都能想象出她焦灼的神色。他本不应对此许下承诺，因为他是一名评论者，他需要站在最公允的角度审视一切；但面对罗嘉的恳求，他却仍是应了声。得到程亦飞的应允，罗嘉松了口气，语气终于稍稍轻松了些。

“亦飞，谢谢你愿意无条件地相信我。现在除了你，我也不知道还能找谁倾诉这些了。”罗嘉轻轻勾起嘴角，轻声软语，字字撞进程亦飞心里。

“嘉嘉，如果你需要帮助，随时都可以给我打电话。”程亦飞见她心情已经平复，嘴角也不自觉跟着扬起一丝微笑。

“我知道，谢谢。”罗嘉顿了一下，像是想起了什么，忽而也弯了眉眼，“对了，程大记者，我似乎还欠你一顿好饭，今天晚上有空吗？”

程亦飞的眼睛立时亮了。

“只要是你约的，我随时都有空。”他终于笑了起来。这是他心中的白月光，也是他手心的红玫瑰。自始至终，他的目光都追随着她，他愿意为她竭尽所能。只希望有朝一日，占据她内心的那个人，能够是他。

接手“景泰蓝之春”系列项目之后，林青枝才知道自己还是太年轻了。所谓“系列”，就不是设计师想设计什么就设计什么了——耳钉、耳环、项链、吊坠、手镯、戒指，乃至发饰、胸针、臂环、脚链，她需要设计一套“完整”的首饰，她的灵感必须运用到所有的首饰中，让它们交相呼应、相映成趣。林青枝先依照获得的灵感设计出了一条项链，然后再顺着这个灵感设计出了一对耳环，在准备着手设计戒指时，她终于还是崩溃了。

“宋屿，救命！”晚上 11 点，林青枝哀号着敲响了宋屿办公室的门。

作为亚瑟珠宝亚太区的首席设计师兼中国分部设计部负责人，宋屿毫无悬念地成了“景泰蓝之春”项目的监督者和协助者。身为一名顶尖设计师，宋屿的态度无疑是严肃而几近严苛的。纵如林青枝这种天赋为他所高度肯定的人，在设计系列作品时每一张设计初稿都被他督促改稿不下 5 遍，久而久之，林青枝对他的称呼最终便从倍感尊重的“宋总”变成了气急败坏的“宋屿”。

“我早就说过，你那个设计灵感用作系列不行。”宋屿眼都没抬，目光依然落在自己的笔记本上，“太阳花元素在项链和耳环上尚且能够玩出新意，但是一旦运用在戒指上，就很难不落俗套，你是不是不管怎么画都觉得自己的设计在哪看过？”

“这已经是第三套了，再这么下去我真的会疯。”林青枝坐在宋屿面前趴在桌子上，气若游丝。项目设计已经进行了两周，这两周里林青枝面对宋屿时的心情已越发轻松，举止也更加随便；但为了避免引起公司里其他人的恐慌和反感，林青枝也只在两人独处时才会这么放肆。

“这 3 套做小系列都不错，我先替你留着。”宋屿终于瞥了她一眼。

“你能不能先拍板这 3 套小系列，好让我早点拿些提成？”林青枝立即坐直身子。

然而宋屿并不理她，敲打键盘的手速更快。键盘声“嗒嗒”作响，宋屿的眼镜片上反射出屏幕的荧光，折射出温暖的黄光。见他神色专注，林青枝的目光渐渐柔和，她不禁抬手撑住下巴，静静地看他。

为了“景泰蓝之春”项目，她和宋屿如今几乎天天加班，两个人独处的时间自然日渐增多。她开始有很多时间可以这样看他，可她却发现无论怎么看，似乎都看不够。越是了解宋屿，她就发现自己越喜欢他。他是长相英俊的模特，是天赋卓绝的设计师，是严苛却富有人情的上司，是整个中国分部设计人高山仰止的不倾玉山；她喜欢他对待工作的狂热和专注，也喜欢他热爱甜食的小反差萌，更喜欢他下厨时的熟练利落，这样一个人，如果不是亲眼所见，她恐怕会觉得他只是某个小姑娘幻想出来的一个人。可他的确是真实存在的，就在自己眼前，近得触手可及。

她这么想着，竟真情不自禁地伸出了手。就在她的手快要碰触到他的额发时，宋屿突然抬眼，与她四目相对。林青枝还没反应过来，肚子就响起了“咕噜”声。四周静谧，反衬得这个声音格外响亮。林青枝的脸上瞬间一阵红一阵白，伸出的手更是僵在半空，收也不是，不收也不是；宋屿看了眼她的手，又看了眼她的脸，也不说话，眼神中透着一丝意味深长。

不知这样僵持了多久，林青枝终于厚起脸皮收回手，装作什么事都没发生一样起身，准备回去工作；但她刚一起立，宋屿就抓住了她的手。

“干、干什么？”感觉到手上骤然传来的温热，林青枝差点语无伦次。

“吃晚饭了吗？”比起林青枝的如临大敌，宋屿却是面色如常。林青枝下意识地摇摇头。

于是宋屿松手，拉开抽屉将一个双层饭盒拿出，放在桌上。他慢条斯理地打开饭盒，糖醋排骨、咖喱鸡和蔬菜沙拉瞬间就让林青枝咽了咽口水。

“一起？”他看向林青枝的眼中含着笑意，而对方早已摩拳擦掌开始四处找“作案工具”。

设计稿被放到一边，林青枝找来一张过期报纸铺在桌上，宋屿又拿出两个碗，两人便就着两盒好菜开始吃宵夜。如果不是害怕其他人的八卦，林青枝真想将这一桌饭菜拍照发朋友圈，炫一炫自己的星级宵夜。

心满意足地扒着饭，林青枝的目光又不自觉移向了那沓设计稿。两周过去了，她的系列设计进展缓慢，她其实已经有些浮躁。一直以来，她在设计上从未遭遇瓶颈，哪怕灵感偶有卡壳，睡一觉起来也是思路通畅，从未遇到过现在这种彻夜难眠的情况。

系列设计远比单品设计更消耗灵感，她即便能够敏锐地捕捉脑海中的那些闪光点，却没有足够的想法促使它们变成一个个富有新意，独立存在，又具有关联性的“整体”。

宋屿抬眼看她，见她颦眉低目，眼睛盯在设计稿上久久不曾移开，立即便明白了她的不安，安慰道：“不要太着急，你有足够的时间试验自己的灵感。”放下筷子，宋屿的声音拉回了林青枝的目光，“你要记住，一名优秀的珠宝设计师最忌在设计过程中急功近利，不能静下心来的话，就很难体会到自己内心深处的灵感。”

“这个道理我也知道，但现在已经过去了半个月，而我仍然毫无头绪。”林青枝苦笑，“亚瑟珠宝的高定系列要求必须有 5 件以上相互关联的设计单品成套出现，我根本做不到。”

“如果，我同意让你降低其中一两件单品的设计标准呢？”宋屿看了她半晌，忽然问。

“不可能。设计作品一旦出手，就会打上设计师的烙印，这是设计师肩负的荣誉与责任。我绝不会因为设计不出来就乱画一气，毕竟珠玉在前，名声在外。”林青枝虽然惊讶于他会说出这种话，但还是正色以答。

宋屿闻言，嘴角微挑，显然觉得她的回答在意料之中。

“既然如此，那就出去看看。闭门造车终究灵感有限，不如去看看广阔的世界，也许会有转机。”见林青枝也已放下碗筷，他便一边收拾一边道。

林青枝显然没反应过来他说的出去看看是指什么，还要再问，手机却响了。是欧立夏。

“林青枝，我的东西！”刚刚接通电话，一声怒吼便从电话里传出，连宋屿都听得一清二楚。

“老板，我记得，我当然记得！”林青枝暗道一声“糟糕”，连忙急声回应。

但其实，因为“景泰蓝之春”项目的设计难度超乎她的想象，这些日子里她一门心思都在琢磨这个，根本就忘了自己还答应过替欧立夏他女朋友设计首饰这件事。

“记得个鬼，我女朋友这个周末就过生日了，东西呢？”欧立夏声音低沉，咬牙切齿，显然在强忍心中的怒火。

林青枝自知理亏，也不辩解，只“嘿嘿”赔笑。宋屿以嘴型询问她发生了什么，她轻轻摇头，示意没事。

“我不管，你答应的，我也预告了女朋友，要是周末看不见东西，嘿嘿。”见林青枝只一个劲傻笑，欧立夏哭笑不得，只好装作恶狠狠地回了她一句“嘿嘿”。

“老板，东西我一定准时送达，保证老板娘满意。”林青枝就坡下驴，赶紧接话。

得到肯定回答，欧立夏这才将话题转移到正经事上：“小青枝，前几天我去看了岳先生，他状态不错。康复中心的环境很好，如果不是在开店，我也想去住一阵子。”受林青枝所托，欧立夏一有空就会去看岳南风。一来是能陪他聊聊天，二来也是看看他的恢复情况到底怎样。

“老板，你要是哪天被老板娘打折了腿，我一定替你去那里订间房。”林青枝半开玩笑，心里却仍记挂着叔叔的情况，“医生怎么说？”

“医生说他积极配合康复治疗，恢复得很快，估计再过一个月就能正常出院了。”欧立夏顿了一下，声音渐渐有了笑意，“岳先生说，他出院后想请你带男朋友给他过过目。”

林青枝霎时脸色涨红，几乎是从椅子上跳了起来。“谁说我有男朋友了！”她忍不住大叫，宋屿立即回头看她。四目相对，林青枝真想就地找个地缝钻进去。

“不是我说的。”欧立夏迅速撇清关系，但声音里透出的笑意却越见清晰，“不过小青枝啊，每次你去看岳先生，谈起某人时的表情真是……那个词怎么说，眼角含春？嗯，反正是桃花满面，明眼人都能从中看出点儿端倪。”

欧立夏的声音不大，但在晚上的办公室里却是清晰可闻。林青枝尴尬地捂住手机，几乎掩耳盗铃般地期望着宋屿什么都没听见。宋屿也很配合她，继续淡定地收拾碗筷；但从他微微耸动的肩膀可以看出，他也许什么都听见了，正在尽量忍住笑。

“好了我还有事，挂了！”林青枝脸上着实挂不住，急忙对着手机低语。

“我的东西，记得我的东西。”欧立夏抓紧时间再次提醒。

终于挂断电话，林青枝偷看宋屿，几次欲言又止，不知该怎么解释刚刚的“闹剧”；宋屿却反应自然，将碗筷和饭盒拿去洗净擦干收好，回身将桌上的残羹用报纸一卷，表情丝毫未变。林青枝看他许久，松了口气，却又有点不甘。明明欧立夏的声音那么清楚，他为什么却毫无反应？结果到头来，只有自己慌张纠结不知所措吗？

宋屿收拾停当，一抬眼便看见林青枝在愤愤不平，微微鼓起的脸颊让他不禁嘴角微挑。

“我刚刚听见，你有男朋友了？”他坏心顿起，突然出声问道。

“我没有！”林青枝连忙大叫。

见宋屿眼里笑意堆砌，她猛地反应过来对方是在故意逗她。林青枝刚要发作，宋屿却又开了口："下个星期你跟我一起出趟差，我们去荷兰。"他看着她，像是看穿了她心中的所有小秘密，"去找你的灵感。但在此之前，我会协助你先完成你老板的设计。"

"原来你都听见了！"林青枝指着他的鼻子，指尖都在发抖。

宋屿终于忍不住笑出了声，换来林青枝一阵气急败坏地跺脚。

眼见周末在即，林青枝绞尽脑汁，终于在稿纸上画出了一对耳环。这对耳环以铂金打造，主体是咖啡豆形状，咖啡豆上镶嵌了一圈直径不足0.02mm、打磨成正圆形的紫水晶，下方则以铂金细线串9颗打磨成立体正方形的碎钻垂直坠下；而咖啡豆后方，刻着欧立夏和他女友顾湘湘的花式首字母。

宋屿看到这张设计稿，第一反应就是指着那枚咖啡豆问："这是什么？"

"咖啡豆。"林青枝以为是自己画得太抽象，瞥了一眼后答道。

"理由。"宋屿又仔细看了一遍，不由挑眉。

在珠宝设计里，以食材作元素的并不是没有，其中也不乏流行经典；但作为一款专属珠宝，还是一款男人送给自己女友的专属珠宝，这种设计也未免太不走心。

"我老板是咖啡店老板，他的生活里除了咖啡就是老板娘，这种设计我觉得很适合。"宋屿嫌弃的表情太明显，林青枝皱了皱鼻子，很是不满。

宋屿揉了揉额角，说道："你的设计本身没问题，但你老板要是拿着这个去送女友，问题就会很大。"叹了口气，宋屿在她的稿件旁边寥寥数笔勾勒出一个新的耳环，"既然是送女朋友的专属首饰，那么浪漫主题自然要大于纪念主题。在制作专属首饰时你要记住，专属首饰的设计重点在其实际用途和佩戴者的性格习惯，两者兼顾为最佳，但只取其一也可以。"

话音落下，就见林青枝笔下的咖啡豆成了两朵偎依在一起的紫菀花，花蕊是蓝宝石，花瓣则以紫水晶雕刻造型，外围镶嵌了一圈铂金细线。林青枝看了半天，突然想起蓝宝石是9月的生辰石，而紫菀花则是9月27日的生辰花——宋屿将这两种元素运用于耳环之中，她要是顾湘湘，收到这份礼物一定会感动得无以复加。

“生辰石就算了，为什么你能够把生辰花记得这么详细？”感慨之余，林青枝忍不住问道。

“因为书到用时方恨少。”宋屿看她一眼，嘴角勾起一个浅浅的弧度，颇为意味深长。

林青枝知道他是在揶揄自己系列设计遇到瓶颈的事，虽然心有不甘，但却不得不服气，毕竟宋屿在珠宝设计上的投入确实非她能及。至少现在，非她能及。

“着手做吧，做好之后我陪你去送。”宋屿不再逗她，将设计稿递还，“蓝宝石我会提供，其他材料你就自己想办法。”

“这怎么行，蓝宝石我会自己去买的！”林青枝吃了一惊，连忙摆手拒绝，毕竟宋屿的收藏都非同一般，他就算愿意白送，她也不敢白要——所谓，拿人手短。

“这个时候你去哪里买配得上这个设计的蓝宝石？”宋屿瞥她一眼，像是恨铁不成钢，“你是设计师，设计师就要对自己的作品负责。”

林青枝刚想说自己以前的作品不都是“便宜货”，但见宋屿一脸严肃，她就知道面前这位顶级设计师的吹毛求疵症又犯了。比起自己，他更注重设计与制作材料之间的交相呼应；宋屿在这一点上体现出来的严谨和偏执，林青枝真是既害怕又佩服。

“宋总，由你提供这颗蓝宝石，我怕是10年都凑不够买宝石的钱还你。”林青枝忍不住叹了口气，非常伤感。

“10年不够，那就一辈子。”宋屿闻言，眉眼微弯，像是听到了什么有趣的事。

林青枝的心脏瞬间漏跳一拍。这句话意义太过微妙，要是不看前文，她几乎要以为他这是在变相求婚。

“快去拿吧，找不到就让张睿帮你。”像是不知道自己的话引起了多大误会，宋屿再次开口，“严格来说，这个设计算是你的私活，我会当作什么都不知道，你自己也不要张扬。记住，公司是明令禁止设计师私下接收项目的。”

“不商用也不行？”林青枝忍不住问。

“回去好好看一眼合同。”宋屿被她问得哭笑不得，只得提醒她。

林青枝嘿嘿一笑，有些不好意思。在和亚瑟珠宝签订聘用合同之后，她的确一眼都没看过合同内容。

欧立夏引颈以盼，望眼欲穿，经过几天度日如年的煎熬之后，终于在周五晚上等来了林青枝的电话。

“首饰已经做好了，明天给你送过去，你在哪里替老板娘庆生？”还不等他开口，林青枝已率先抢问。欧立夏的性格她知道，这件首饰她拖了这么久，又临到顾湘湘生日才给他打电话，这会儿要是让他先开口，她就没机会说话了。

“明天晚上我和湘湘先去吃饭，吃过饭后就去世纪广场的星河 KTV，我准备在她吹蜡烛时把礼物亮出来。”虽然被林青枝的问题噎了一下，但听说首饰已经做好，欧立夏还是高兴万分。

“行，那明天我早点去星河附近等着，你过来就给我打电话。”林青枝回道。

“要不，我现在就去你那拿？”欧立夏想了想，觉得东西在自己手上还是更靠谱一点儿。

“老板，给条活路，我要睡觉了……”林青枝闻言，忍不住掩面叹息。

这几天宋屿为了让她晚上能够“安心”做耳环，白天几乎是往死里虐她，她画系列设计草图的速度都快要赶不上他一票否决的速度；很多觉得她和宋屿关系特殊的同事也忍不住对她心生恻隐，私下感叹和宋总这类精英高层的关系果然还是不要太“特殊”的好。这会儿她好不容易做完耳环，只想赶紧倒头就睡，什么都不想。

“那行，我明天给你电话，谢谢啊。”欧立夏也不强求，道了声“谢”便挂断电话。

林青枝长舒一口气，目光落在操作台上那一副躺在铂金细屑中的耳环。就见紫水晶和蓝宝石切割镶拼而成的紫菀花，上面的薄灰虽然还未拭去，但在灯光的照射下已是熠熠生辉。

她轻扬嘴角，眼中尽是欣赏之色。这大概算是她和宋屿共同完成的第二个作品。前有《夜海牡丹》，后有这副耳环，她和宋屿在珠宝设计上就像“天生有缘”，总能相互碰撞出不同寻常的灵感火花，她由衷喜欢这种感觉。如果这就是爱，那她也许已经心有所属。

宋屿想起自己的设计稿没有拿，半夜折回办公室，正好看到了已然趴在操作台上睡着的林青枝。她的睫毛在灯光之下轻颤，反射出动人的微光。

宋屿先是一愣，而后目光渐渐柔和，走到她身旁脱下外套轻轻地披在她的肩上。林青枝动了一下，却并没有醒来。她的手边，一副耳环正安静地躺在黑绒底布的首饰盒里，于灯光下闪烁着璀璨的光芒。

替她将操作台的灯调到最暗，宋屿索性靠坐在操作台旁，端详她的睡颜。如展航所说，单论样貌，林青枝确实不是他喜欢的类型。长相不算特别好看，身材也没什么出众的地方，整个人拎上大街完全就是一个普通得不能再普通的人，宋屿从不觉得自己会看上这么一个女人。只是，与那些女人相比，她实在是太特别。她的天赋，她的执着，她对珠宝设计的由衷热爱让她在他的世界里熠熠生辉。几乎不用刻意注目，她就已经吸引住了他所有目光。他知道，自己这一辈子，也许就只能遇到这一个林青枝。嘴角微翘，宋屿温柔的目光里渐有了然之色。

周六晚上，和顾湘湘吃过晚饭后，欧立夏找了个借口溜出餐厅，并给林青枝打了个电话。林青枝依约出现，带着他日思夜想的首饰盒和意料之外的“拖油瓶”——宋屿。

“他怎么会在这里？”欧立夏将林青枝扯到一边，边偷瞄他边问。

“只是顺路。”林青枝也不知道该怎么答，支吾之间只能找了个自己都不信的借口。

欧立夏狐疑地打量了她半晌，突然露出一种高深莫测的笑容。林青枝被他笑得有些发毛，赶紧将首饰盒塞到他手里：“还不快回去，小心被老板娘看出问题。”

“我能先看看吗？”欧立夏问。

“老板，这本来就是你的，想看就看。”林青枝挑眉。

得到首肯，欧立夏便迫不及待地打开了首饰盒，就见一副蓝宝石花型耳环正缀在黑色的绒布之中，光华烂漫，宛若星辰。

“小青枝，这也太贵重了！”欧立夏咂舌，他没有想到林青枝竟会替他设计出这样一副耳环。花蕊之中镶嵌的两颗蓝宝石颜色深邃，品质纯粹，就算欧立夏不懂宝石，也看得出这样品相的蓝宝石肯定价值不菲。

“先别说这个，你还是赶紧回去吧。”林青枝说这话时偷偷看了眼宋屿，慷他人之慨时，难免心虚。

欧立夏心想也是，于是便先道了谢，准备回头再找时间和林青枝好好谈谈这蓝宝石耳环的事情。

目送对方匆匆离开，林青枝的肩膀终于放松下来，长长地吁了一口气。

“这件事情终于告一段落了。”她用力伸了个懒腰，无比轻松。

“看起来，你还挺在意这位老板。”宋屿眯起眼睛，语带调侃。

“才没有！”林青枝赶忙反驳，却又觉得自己反应过头，难免有些不好意思，“只是老板在我最潦倒的时候给予过我不少帮助，我在咖啡馆打工时他也很关照我，我当然希望他和老板娘能有情人终成眷属。”

“你不会觉得难过吗？”见她反应强烈，宋屿眼中渐有笑意。

“都说不是那种在意了！”林青枝知道他是故意调侃，却还是不免气极。

宋屿还待再说，餐厅里却突然传来一阵喧哗。林青枝二人下意识地朝那个方向看去，就见一个身着白色长裙的身影跌跌撞撞地从餐厅里跑了出来；她不小心撞到林青枝，二人不经意间四目相对，林青枝见她眼妆晕开，显然已是泪水盈眶。还不等林青枝做出反应，对方已冲下台阶，拦下一辆的士迅速离开。

“你没事吧？”见身边的人被撞后愣愣地看着女子离开的方向，宋屿不禁有些担心。

林青枝蓦然回神，拔腿就朝餐厅跑去。

“到底怎么了？”宋屿不明所以，只得跟着追上去。

“刚刚那个人是老板娘啊！”林青枝的声音急促起来。

冲进餐厅林青枝立即举目四望，很快就在窃窃私语的人群中，发现了坐在卡座里的欧立夏。此时的欧立夏被浇了一头红酒，发梢仍在滴着酒液，而白色的衬衣也已被染成紫红色，看起来狼狈至极。林青枝赶紧向站在旁边不知所措的服务员要了条干净的白毛巾，快步上前将毛巾盖在了他头上。被林青枝的举动惊醒，欧立夏苦笑着开始擦拭身上的红酒。

“抱歉，让你们看笑话了。”他的笑容依旧温和，而此时此刻却显得异常扎眼。

“老板，出什么事了？”林青枝眼角余光扫见了桌上的耳环，首饰盒不知被谁打翻，它们躺在桌上，同样很是狼狈。

难道是自己和宋屿的设计触怒了顾湘湘？可是不应该啊，就算她不喜欢他们设计的款式，但上面的珠宝可是货真价实的，欧立夏如此有诚意，她怎么还能发这么大的火甩门而去？

欧立夏闻言，只是苦笑，并不说话。宋屿看见了他眼中的苦涩，刚想提醒林青枝不该问的别问，但对方却已然心直口快地道出了心中所想：“老板，虽然我到店里的时间不长，但你对老板娘的好我们都有目共睹，她怎么能这么对你？”林青枝愤愤不平，甚至转身要走，“不行，我一定要去问问她凭什么这么对你！”

幸好宋屿眼疾手快，一把抓住了她的胳膊。

“你抓着我干什么？”林青枝瞪他。

“你去问有什么用，要问也该是他去问。”宋屿言简意赅，目光移向欧立夏。

欧立夏沉默地擦干身上的酒渍，示意他们坐下来。

“小青枝，谢谢你为我设计这副耳环，也感谢你和宋先生今天将它们送过来给我。但现在，它们对我来说已经没有用了。”见林青枝欲言又止，欧立夏很感激，但目光却更落寞，“小青枝，还记不记得我之前跟你说过，‘不要庸人自扰放弃梦想，以免日后后悔难当’？”

林青枝下意识地点了点头，她还记得欧立夏说这番话时眼中流露出的痛苦。

“这么多年，我欠湘湘的，实在太多。”欧立夏闭上了眼。

5 年前，欧立夏和顾湘湘刚刚大学毕业。顾湘湘学的专业是美术花艺，她的梦想就是开一间花店，能够为更多的人展示花艺之美；而计算机专业的欧立夏却狂热地爱着咖啡，希望能够开一家属于自己的咖啡馆。那个时候，两个刚毕业的年轻人都没什么积蓄，为了能够支持欧立夏的梦想，顾湘湘放弃了一家待遇优渥的知名花艺店，随他离开家乡来到这里，并用能够借到的所有钱开了竹里馆。

咖啡馆日见起色，欧立夏和顾湘湘也越来越忙，生活日益变好，但他们之间的问题也日益凸显。在经营上，他们时常会因为意见发生分歧而吵架，久而久之，二人的关系便越见疏离；顾湘湘意识到这样下去不行，于是主动退出竹里馆，自己找了一份文员的工作朝九晚五地上下班。

起先欧立夏并未在意，只当是顾湘湘为了二人和睦而主动做出妥协，可日子一长，他就发现，她变得鲜少露出笑容。他在她的抽屉里发现了抗抑郁的药物，他想和她坐下来好好谈谈，却被她声嘶力竭地哭着指责。

他终于知道顾湘湘为他舍弃自己的梦想，这对她来说是一件多么痛苦的事情。于是欧立夏开始对顾湘湘无微不至地包容，她想要的他极力满足，她不想要的他绝不去做，他想让她知道，就算她没有实现梦想，但至少她的身边还有他。这是他欠她的。

“那刚才？”听到这里，林青枝忍不住出声问道。

欧立夏说的她都信，他对顾湘湘的好在咖啡馆尽人皆知，这也是他们还没结婚，大家却都叫顾湘湘“老板娘”的缘故。她找不出欧立夏有任何能够让顾湘湘发火的原因，所以她不明白为什么他们过生日吃顿饭都会搞成这个样子。

“紫菀花是她最喜欢的花，因为这是她的生辰花。”欧立夏将桌上的耳环捡起擦拭干净，小心地放回首饰盒内，“我以为她看到这副耳环会心花怒放，却不曾想，它们反而勾起了她心中埋藏最深的遗憾和委屈。”

欧立夏永远不会忘记刚才那一幕。顾湘湘的神色从高兴到惊讶，而后迅速化作满腔愤怒，她质问他是不是嘲笑自己放弃了毕生的追求，质问他是不是看到现在朝九晚五泯然众人的自己感到很轻蔑，她的泪水很快充满眼眶，他这才知道，原来她对他的恨意竟已如此深重。

“这又不是你的错！”林青枝觉得，欧立夏在这件事上简直太无辜了。

放弃梦想跟别人有什么关系？自己不去努力争取，难道还想自己要的东西投怀送抱？

“小青枝，换成是你，如果没有在宋先生的赏识下进入亚瑟珠宝，以致从此与珠宝设计界无缘，你日后会不会怨恨让你被迫放弃梦想的人？”欧立夏抬头看她，表情认真。

林青枝张了张口，却没有声音，不免一时语塞。她也不知道。当初她不肯进入珠宝设计界，是因为外公和叔叔两个人：他们一个威胁她回家继承家业，一个需要她的悉心照顾，可是当她抛开一切接受宋屿的邀请进入亚瑟珠宝时，她才发现，原来任何阻碍都不能磨灭她对珠宝设计的热情。可如果没有遇到宋屿，她会怎么样呢？她真的不会因为看见罗嘉在珠宝设计的道路上越走越远而心生嫉妒？她真的不会因为自己无缘珠宝设计而厌憎外公？她真的不会因为自己要照顾叔叔而心生怨恨？她真的不知道。

宋屿感受到她沉默的异样，不动声色地用手扶住了她的后背。手心的温暖突然自后背传来，林青枝浑身一震，心情渐渐安定。

欧立夏看着他们两人，突然心下了然。“这副耳环，你们收回去吧。”将首饰盒推到林青枝二人面前，他平静地说。

“老板，你还是去哄哄老板娘吧，为这种事……我觉得不值得。”林青枝想说“分手”，但觉得太不吉利，于是赶紧改口。

欧立夏笑了笑，却并没有收回首饰盒。“宋先生，请你好好照顾小青枝。我这个店员虽然看起来处事老练，但其实很多时候心思很单纯。”他看向宋屿，语重心长地叮嘱。

“我会的。”宋屿知道他已看穿了自己的心思，索性坦荡回答。

林青枝觉得他这种说法让人有种嫁女儿的错觉，怕宋屿误会，赶紧转移话题：“如果你觉得你自己不好去跟老板娘解释，要不我去？”

“谢谢，但是不用了。”欧立夏起身，在众人好奇的目光审视中很是淡定，“小青枝，好好干珠宝设计师吧，期待有朝一日能够在市面上看见你的作品，然后我就可以自豪地向大家介绍说，这名设计师曾是我店里的一个小小服务生。”

不留给林青枝说话的机会，欧立夏已经大步走出了餐厅。目送他离开，过了许久，林青枝低头看向桌上的首饰盒，心里突然有些难过。她以为自己的设计从来只会给别人带来惊喜，却没想到有一天它们竟会成为伤人的凶器，让别人心灰意冷。

宋屿将她的头轻柔地按在自己肩膀上，而后安慰性地轻拍她的后背。

“我设计的珠宝竟然让老板和老板娘大吵了一架，这对我来说真是个不小的打击。”宋屿的肩膀很宽阔，林青枝靠在上面，倍感安心。

“我们的设计没有问题，问题其实是你老板娘的心结。”宋屿的声音很轻，温柔而低回，带着一丝缱绻的味道，“人这一生会遇到很多选择，关于感情，关于追求，关于梦想；但最重要的是，做出选择之后能够一往无前，永不后悔。”

“我觉得我做不到。”林青枝犹豫片刻，微微苦笑，“如果，我是说如果，如果没有你，我真的选择了放弃珠宝设计，也许日后也会像老板娘那样，突然有一天遇到某个契机就彻底暴发了。”

“不会的。”不等她话音落下，宋屿却斩钉截铁地道。林青枝一下子愣住。

“有我在，你不会有这种时候。”宋屿顿了一下，继续道，“后悔的时候。”

林青枝睁大了眼睛，彼时心动的感觉在此刻无比清晰地再次涌现，她知道，从这一刻起，自己恐怕已经彻底沦陷。“嗯。”她低低地回应了一声，放松地闭上了眼。

# 第十章

# 希望你像我爱你一样爱我

早上来到设计部，罗嘉下意识看向林青枝的办公区，只见那里的每一张桌子上都铺满了画废的稿纸，显然设计者已经陷入苦思。

罗嘉嘴角微挑，幸灾乐祸之余，也庆幸自己没能真的脱颖而出。她小看了高定系列设计的严苛程度，纵如林青枝，短短半个月里的废稿都多达100多张，要是换成自己，恐怕宋屿看向自己的目光就不单单是失望了。想起宋屿看着自己《五色雨》时露出的表情，罗嘉便忍不住咬唇。还是让他失望了。那时他的目光仿佛透过《五色雨》看进了她的内心深处，她所极力隐藏的似乎在那一瞬间全都无所遁形。这让她无比惶恐，原本的自信与骄傲荡然无存。

“小心！”突然，有人惊呼一声，不等她反应过来，自己和对方都被撞得倒退了好几步。

回过神来，罗嘉这才发现和自己撞在一起的人是抱着高高一沓文件的周想。

“小想姐，你这是干什么，怎么也不叫大家帮忙？”罗嘉连忙蹲下来帮她捡文件夹，一边捡一边问。

“因为这些都是宋总的设计项目，我是想搬去展总那里放一阵。”周想笑着道，“毕竟都是未完成的草稿，这么多也塞不进保险柜，放他那里保险一些。”作为一名业内知名的顶尖设计师，宋屿的设计手稿即便是未完成状态，在业内也是价值不菲。

“宋总要出远门？”罗嘉觉得有些不可思议，明明高定系列现在正在紧张地设计中，他身为监督者竟要在这个时候离开？

“没办法，小青枝的设计遇到了瓶颈。”周想见她问起，不禁叹了口气，“高定系列对新人来说果然还是太难了，虽说这个系列对公司来说并不是最重要的，但口碑还是要保证的呀。”

“这么说，宋总是打算去请外援？”罗嘉闻言，眼睛一亮。

她终于也还是没能让他刮目相看，真是太好了。

“当然不是，宋总是要带小青枝出去采风。”周想愣了一下，随即笑着摇头，“毕竟‘景泰蓝之春’的动静太大了，要是现在临时换人，亚瑟珠宝可能会沦为业内的年度笑柄。”

罗嘉蓦地睁大眼睛。“小想姐，你是说，宋总要带林青枝出去……采风？”罗嘉顿了一下，再次确认。

“为了‘景泰蓝之春’这个项目能够顺利完成，这也是工作需要。”周想收好了所有的文件夹，向她道了声“谢”，便继续朝电梯走去。

罗嘉却站在原地，久久没有迈开脚步。“林青枝，你这个贱人！”不知过了多久，她忽然咬牙切齿，愤愤然回到了自己的办公区。

说是采风，宋屿却是轻装上阵，没有带一支铅笔和一张稿纸。反观林青枝，她几乎把所有能带上的画材都塞进了行李箱，行李箱里的画材比自己的私人用品都重。两人在机场会合，面对彼此的行李箱面面相觑，显然都不能理解对方。

“你这是要干什么，搬家？”宋屿看着林青枝身后半人高的行李箱，嘴角微微地抽了一下。

“我还想问你呢，出门采风你什么都不带？”林青枝也是一脸震惊，因为对方的行李箱还没自己的一半大。

宋屿看了她半晌，最终叹了口气。

“走吧。”带都带了，他还能说什么？

“你不会是料定我会带所有的东西，所以你就什么都不带吧？”林青枝突然产生怀疑。

“走吧。”宋屿哭笑不得，只得再次催促。享有“花之国”美誉的荷兰，毫无疑问是采风的绝佳之选。这里的人文和花海让人赏心悦目，能够激发人的无限灵感。

“为什么选这里？”暖阳、微风和蔚蓝的天空，无一不让林青枝心情愉悦。

“那副耳环让我受到了启发。”宋屿戴上墨镜，示意林青枝紧跟自己，

“其他的，就靠你自己感悟了。”

林青枝见他嘴角带笑，显然是胸有成竹，暗道一声“狡猾”；但她的目光很快便被随处可见的花所吸引，拖着行李箱快步跟上宋屿的脚步。

荷兰的景色很美，即便艳阳普照，林青枝也能在花田里一坐几个小时。看着阳光下汗水划过脸颊却依然全神贯注挥笔写生的林青枝，宋屿目露欣慰。到荷兰的这几天，林青枝的心境明显渐渐平静下来。他不给她任何建议，任由她自己挑选写生的地方，他只是安静地跟在她左右，不时替她拿一拿画材。林青枝一天至少要在外面待上 10 个小时，除了吃饭，她几乎一刻都不放开画笔。风车、花海、天空、飞鸟、多彩的建筑、热情的居民、新奇的美食，她能看到的，几乎都在她笔下成了型。有时候，宋屿都有些嫉妒她的画笔，因为它被她握着的时间，远比他和她在一起说话的时间还要久得多。

最后一朵郁金香绘制完毕，林青枝看着自己的画稿，不免生出疑惑。她承认，这几天的写生的确让她本来焦躁难耐的心情渐渐平复，这里每一种景色都很漂亮：风景，静物，人像，她画得专注又开心，就像是回到了学生时代的课堂。可是，这有什么用呢？

宋屿带她出来采风，是希望她能借此找到设计“景泰蓝之春”这个系列的灵感；然而几天过去，除了随身携带的稿纸逐渐减少之外，她的脑子里竟连半点儿灵感都没有出现。要是说之前在办公室里是因为思考过度而灵感全无，那么现在她就是因为太过放松而脑子放空，依旧还是灵感全无。

“宋屿，我觉得这么下去不是办法。”扭头看向在一旁安静看书的某人，林青枝可怜兮兮道。

宋屿抬眼看她，见她脸颊上的汗水悄然流过脖颈，一下就浸湿了她浅蓝色的衣领。

“有什么问题？”他合上书，抽出一张纸巾站起身来递给她。

“我这几天看了很多东西，也画了很多东西，但对于‘景泰蓝之春’

的设计，我还是一点儿头绪都没有。”林青枝皱眉，像是在努力回想自己的感觉，“这里的风景很好，店里的饰品也很有地域特色，我喜欢它们，却并不觉得它们和我的项目有什么必然联系。”

“你真的这么觉得？”宋屿微微挑眉，像是对她的结论很不满意。

“我承认，景泰蓝工艺跟国际接轨很有必要，但我真的设计不出来这种过于混搭的风格。”一想到要在铜板或宝石上掐丝镶嵌郁金香和风车，林青枝就觉得自己的审美大概会直接爆炸。

虽然她不喜欢林语之的墨守成规，但完全跳脱传统谈创新，她一样做不出来。

“这里的花好看吗？”宋屿凝视她许久，忽然扭头看向她面前的大片郁金香花田。

“嗯，郁金香很漂亮，其他的花也长势很好。”林青枝不知道他为什么突然这么问，却还是如实回答。因为地理位置的关系，荷兰常年四季如春。所以这里全年繁花盛开，不只是世界闻名的郁金香，其他花卉同样也绚烂盛开。

“我带你来荷兰，就是因为这个时候只有荷兰才能看见这么多花。”宋屿继续道，“最能体现春天风采的，不就是花吗？”

林青枝忽然灵光一闪，道：“你的意思是，我写生的目标其实应该是花？”她讷讷地问，却在话音落下时心中豁然开朗。

“我说过，那副耳环让我受到启发。”宋屿的嘴角微微勾起一点儿弧度，他在她的眼中看到了领悟，“‘景泰蓝之春’本来就是双关语，一者是指景泰蓝的春天，意为传统工艺再绽光芒；一者是指创新与‘发芽’，意为通过创新设计使景泰蓝焕发出新的光彩。”

“而花卉既有发芽绽放的意象，又连接着景泰蓝的传统工艺和现代的时尚设计，以花为主题，最能体现景泰蓝的前世今生。”林青枝心中澎湃，灵感如雨后春笋，接连不断地破土而出，“毕竟在传统景泰蓝工艺中，诸如牡丹、菊花等花卉图纹几乎占据半壁江山，而在现代设计中，玫瑰、铃兰等花形也备受设计师们的喜爱。”

“有想法了？”宋屿闻言，笑意更深。他知道在珠宝设计上，她与他最是默契。

“我们回去吧！”林青枝霍然起立，兴奋得眼睛发亮。

宋屿点头，毫不意外，就像是一直都在等着她这句话一样。

收好画材和画具，二人正要离开，林青枝却突然叫住了宋屿。

“等一下，我有话说。”她牵住他的衣角，声如蚊蝇，语气却很坚定。

“怎么了？”宋屿回头看她。林青枝张嘴，语速极快，宋屿一个字都没听清。

“你说什么？”他以为她是不舒服，于是转过身，低下头来仔细看她。

此时林青枝的脸已经红透，就连耳根都泛起粉红色。她抬头，见宋屿眼中倒映着自己略显窘迫的脸，神色有些慌张，但还是捏紧了拳头。“宋屿，我喜欢你！”她终于鼓起勇气，大声对他说。

宋屿愣了一下，见她脸颊通红，眼角都快憋出泪来，忍不住笑出声来。

“你笑什么？”见他竟然笑出了声，林青枝眼泪真的要出来了。他这是在嘲笑她自不量力吗？虽然她长得不是太好看，身材也是一般般，但比起别人也不算太差啊，他凭什么这么笑她？正要生气，林青枝却突然感觉到有人搂住了自己的腰，自己一下子就被带进了一个宽阔的胸膛。

“好，我知道了。”宋屿仍在笑，声音依旧低低的，带着暖人心脾的温柔，“可是，单单喜欢还不够。”

“你还想怎么样？”林青枝下意识地问，问过之后，立马就想找个地缝钻进去。

这种对话就像是她在上杆子投怀送抱，她也是有尊严的好吗！

“我希望你爱我，就像是我爱你一样。”宋屿继续道。

“谁要爱……哎？”乍听之下，林青枝只觉得他厚颜无耻，明明她已经说过喜欢，他竟还要求她说爱；可是听完后半句，她却突然反应过来他是什么意思。

“你是说？”林青枝靠在他的胸前，声音微颤，一动都不敢动。

“林青枝，我爱你。”宋屿在她耳旁轻语，声音缓慢，字字清晰。林青枝只觉心中某种情愫在此时此刻一下子炸开。感受到怀中人的僵直，宋屿垂下眸子，收敛的笑意挂在嘴角久久不散。他没想到先告白的人会是林青枝，更没想到自己有一天会迫不及待地对一个人说出“我爱你”。但林青枝是不同的。他欣赏她的天赋，喜欢她对珠宝设计的热爱，他在她的身上看见了自己的影子，却也在她身上看到了与自己完全相反的处世之道。她骄傲却不自负，虽有天赋，却没有不合时宜的优越感，看似软弱，但又极有原则，他第一次对一个人这么感兴趣，也是第一次这么想让一个人待在自己身边。他知道，自己已经在林青枝面前陷了下去，毫无预兆，但心甘情愿。

“宋屿，你刚刚说什么？”不知过了多久，林青枝突然小声问道。宋屿的声音其实很清楚，她每一个字都听得真真切切，但她还是忍不住问。她不敢相信自己的告白竟然这么容易就得到了回应，而且对方的感情似乎还要比自己更深切。

“不用怀疑你听到的，我爱你，出自真心，发自肺腑。”宋屿将下巴轻轻靠在她的头上，伸手摸摸她的头发，“只是我没想到，这层窗户纸到最后竟然是你先捅破的。”

“谁叫你不早说！”林青枝只觉得脸都快要烧起来。

原来她和他都不是单相思，原来他们早已两情相悦。那么多共同伏案桌前的日日夜夜，想来那种说不清道不明的情愫早已在彼此间相互感染，最终如涓涓细流汇成一处，化成了必须宣之于口的浓烈情感。宋屿将手圈得更紧了一些，林青枝听见他强而有力的心跳声，藏不住的笑意终于自眼中绽放。喜欢一个人，不是自作多情，真好。

回到公司，林青枝将带回的手信分发同事。可是除了罗嘉，其他人的神色都有些不自然。

林青枝敏锐地察觉到氛围不对，刚想私下去问问 Anna，却被罗嘉拉住了胳膊。

“林青枝，听说你之前在咖啡馆打工？”罗嘉语气亲切，问出来的问题却并不友好。

“怎么了？”林青枝不答反问。

罗嘉显然话中有话，在搞清楚她的意图之前，自己不回答任何问题才是上策。

“没什么，就是好奇你一个咖啡馆的服务生，到底是通过什么办法进入亚瑟珠宝设计部的。”罗嘉嘴角噙着微笑，表情很是无辜，“当然，我没有别的意思，只是大家都是同事，我们都希望你可以坦诚相待。”

“不知道你的‘坦诚相待’是什么意思？”林青枝也微笑，这种程度的排挤她见得多了，不过水来土掩而已，“既然要坦诚相待，你为什么不给大家好好介绍一下你的《忘川》？我听说那可是索罗贝尔设计新人奖的提名作品，你好像还因此成了获此奖项提名的最年轻设计师吧。”

听林青枝在这种场合提起《忘川》，罗嘉瞬间就变了脸色。但她很快咳嗽一声调整情绪，极力不让自己被林青枝带偏话题：“众所周知，能进入亚瑟珠宝的设计师都是很优秀的设计师，我们不能容忍有人因裙带关系进入亚瑟，更不能容忍有不学无术的人和我们平起平坐。”

林青枝发现她说话时用的是“我们”，显然她不在的时候罗嘉已经使大家统一了思想。

“罗嘉，你说的‘不学无术’是指什么？学历吗？”见她没有出声，林青枝笑了，“如果设计师只看重学历，那有多少出色的设计师会被埋没，又有多少优秀的设计作品会明珠蒙尘？退一万步讲，即便我不学无术，可在‘景泰蓝之春’项目竞赛中获胜的那个人，却是我。”

“青枝，你这么说有点儿过分了。”见包括罗嘉在内的许多设计师都因为这句话变了脸色，旁边的 Anna 忍不住小声劝她。

“说不定是因为宋总偏私呢？”不知是谁小声嘟囔了一句，在安静的设计部里却是异常清晰。

林青枝没有说话，她扫了眼四周，锐利的目光竟让所有人都心下一凛。“你们在宋屿手下干了这么多年，到今天竟还觉得他是个会偏私的人？”林青枝冷笑一声，说出的话让一部分人低下了头，“如果宋屿要偏私，他完全可以不同意进行项目竞赛，直接将‘景泰蓝之春’给我不就好了。”

“那是因为这个项目展总原本是属意我的！”罗嘉忍不住大声道。

“那么最后展总将票投给了谁？”林青枝斜她一眼。罗嘉语塞。

“我不知道你们是怎么想的，也不知道你们想干什么，但我是不是靠裙带关系上位，是不是真的不学无术，希望你们可以用自己的眼睛仔细看看。”林青枝深吸一口气，将手里剩下的一些手信交给了 Anna，“如果你们是对我的设计有意见，那就当面提出来，我一定虚心听取；但如果你们只是对我某种臆想的身份和学历怀有敌意，我只能说，我对亚瑟珠宝设计师的素质很失望。”

“林青枝！”罗嘉尖叫一声，林青枝却头也不抬地转身回到了自己的办公区。

一时间，设计部里的众人面面相觑，原本的一腔愤愤不平瞬间没了使劲的方向；呆立良久之后，大家只得默默地回到自己的办公区里，继续工作。

透过单向玻璃看完全过程的宋屿，笑着重新戴上了眼镜。

“我还以为她会哭呢。”周想站在他身旁，一脸惊讶，啧啧称奇。

也许是为了罗嘉，也许是因为上次的评论被 IOAO 判定不实而心有不甘，在宋屿携林青枝外出采风之际，程亦飞又在《时尚》杂志上发表了一篇评论文章。

这篇文章的题目是《草根设计师，亚瑟珠宝的神奇新人》，周想看到它的第一反应就是《时尚》已经疯了，怎么连攻击设计师的文章都能发出来；但她仔细一读，却又发现程亦飞并没有在文章里写什么出格的话，反而还客观地评价了她获得“景泰蓝之春”项目竞赛第一名的作品《追蝶》。

开始的时候，周想以为这篇文章是程亦飞的道歉之作，毕竟他之前有关“涉嫌抄袭”的评论让亚瑟珠宝、宋屿和林青枝都焦头烂额，林青枝更险些因此被业内封杀；直到她感受到了设计部里越来越不一样的氛围，她才终于明白过来程亦飞想干什么。

他在文章里刻意强调林青枝曾经的服务员身份，又有意无意地指出她是被宋屿单独破格录取，这种“特殊”让设计部里的其他设计师渐渐产生了想法，再经由罗嘉时不时地敲边鼓进行煽动，设计部里很快就弥漫开对林青枝的敌意。这种局面让周想很着急，但以她的身份又不好站出来说话，只得将这个情况报告给宋屿，希望他能有所动作。但出乎她的意料，宋屿听到这个情况后却只是轻轻一笑，完全没有要出面干涉的意思。

“小青枝可是你拉进亚瑟珠宝的，出现这种情况你不管？”平心而论，周想很喜欢林青枝这个小姑娘，她不希望她在设计部里就这样莫名其妙地被孤立。

“她可没你想象的那么懦弱，”宋屿的目光移向单向玻璃，看着正在给同事们发放手信的林青枝，嘴角露出意味深长的笑容，“周想，她并不是一个需要保护的人。”

“头儿，关于罗嘉，你怎么看？”见众人都回到了自己的办公区，只有罗嘉还站在原地一动不动，周想扭头看向宋屿。

“如果她不做出格的事，就不管她。”宋屿眯起眼睛，目光凛然，“珠宝设计界也是一个弱肉强食的世界，她如果没有真本事，自然很快就会被淘汰。”

“和这样一个人对面而坐，小青枝很可怜啊。”周想还是担心林青枝会吃亏。

“可怜吗？”宋屿的目光再次落到林青枝身上，后者已然在桌上铺开稿纸，提笔作画，神态自若，“等哪天她真的哭了，我再出面干涉也不迟。”

见自家上司突然露出意味不明的笑容，周想一时分辨不出他到底是在开玩笑还是认真的，不禁打了个哆嗦。她突然有种预感，说不定宋屿和林青枝已经有一腿了。

专注于设计的林青枝，丝毫不觉时间流逝。等她重新抬头，四周已经完全暗下，只有她的办公区还亮着昏暗的光。她不禁低头看了眼手机，竟然已是凌晨两点。

“画完了？”一个声音突然自头顶响起，林青枝吓了一跳，她连忙抬头，发现竟是宋屿。

“你怎么在这里？”她脱口而出。

“女朋友都还没下班，我怎么能自己先走？”宋屿眉眼微弯，林青枝看得面热心跳。她突然想起，他们的确已经确定关系了。

“正好，你快看看我的新设计稿。”林青枝咳嗽一声，将自己画了一天一夜的设计稿摞在一起递给他。

“初稿已经出来了？”虽然知道林青枝在荷兰肯定收获了灵感，但她在一天时间里就将初稿全部画出，这还是出乎宋屿的意料。

“也不算初稿，算是细化了的草稿吧。”林青枝“嘿嘿”一笑，眼里透着无比的期待，“这套系列共12件作品，包含发箍、项链、耳环、戒指、手镯和胸针，要是这套设计稿还不行，我就要引咎辞职了。”

“看来这次你很自信。”宋屿接过稿纸，见她一副跃跃欲试的期待神色，不禁想要调侃一下。

“当然！”被宋屿一票否决上百次，林青枝就盼着这一次能够彻底扬眉吐气。

宋屿稍稍收敛笑意，拿着她的设计稿从旁边抽来一张椅子，在她身边坐下。

这套设计稿是以花卉为主题的。如林青枝所说，设计稿中包含6个首饰种类，每个种类都有2张设计稿，而每张设计稿都是不同的花卉主题。梅花、桃花、莲花、菊花、牡丹、木棉……宋屿突然发现，这12种花卉竟是对应了中国传统中的12月花，可谓心思精巧。

“你说‘景泰蓝之春’是意喻传统工艺再绽光芒，我就在想，这个系列在设计上是不是也该凸显一下传统文化。”见宋屿来回看12张设计稿，林青枝知道他一定是发现了自己使用的花卉含义，“所以我尝试将12月花考虑成一个整体，结果发现在实际运用中，它们的效果要比我想象中的好太多。”

“你想给这个系列取什么名字？”这一次宋屿没有否决她的设计，而是扭头看她，认真地问。

“《花神录》，”林青枝张口便答，她眼中光彩熠熠，知道自己这次的设计终于已经顺利通过，“12月花对应的其实就是12花神，我希望大家在看到这个系列时，能够立刻联想到中国的传统文化。”

“明天将初稿画好给我，我会拿去给展航也看一下，准备送总部备案。”宋屿将设计稿还给她，拍板了项目计划。

林青枝刚要点头，却想起现在已经凌晨两点多了。

“明天？你确定？”林青枝有些难以置信。

“哦，是今天，抱歉我说错了。”宋屿看了眼时间，纠正自己的口误。

“我已经通宵了，你竟然还要我白天接着画？”林青枝用力睁大了眼睛。

“亲爱的，作为一名珠宝设计师，工作最大。”宋屿抱歉微笑，竟不知从哪里掏出了一杯还冒着热气的咖啡，“加油，我相信你可以的。”

林青枝仔细看他的眼睛，想看看他到底是在开玩笑，还是真这么想。

见面前的人一脸惊恐，宋屿终于绷不住，伸手揉了揉她的头发，说道：“开玩笑的，今天上午先好好睡一觉吧，我会先把这些草稿拿去给展航看一下，其他的下午再说。”宋屿刚想将草稿放回桌上，动作却突然顿了一下，而后重新站起，将草稿拿回了自己的办公室。林青枝起先不解，但随后就想起了之前莫名惹出的抄袭风波，不禁对宋屿的细心由衷佩服。

“宋屿。”待他从办公室出来，林青枝满眼崇拜地看着他。

“什么？”见她表情夸张，宋屿微微挑眉。

“你考虑得真是太周到了。”她由衷称赞。

“走吧，我送你回家。”宋屿摇摇头，示意她关灯收工。

当天白天，当《花神录》的12张草稿送到展航面前时，在家休息的林青枝无意间翻开最新的《时尚》杂志，毫无意外地看到了程亦飞的新作。

读罢全文，她终于明白，为什么自己回来后会遭到整个设计部的“热烈欢迎”，敢情是有人在背后挑拨离间，帮罗嘉推波助澜。上次的事说到底是外公的杰作，她就不跟他计较了，但这次，他一而再再而三地找碴，她着实忍无可忍。

林青枝越想越生气，干脆一个翻身下床，独自一人去《时尚》编辑部找人理论。因为上次的疑似抄袭事件闹得太大，编辑部里的人几乎都见过林青枝，所以她这次并没有进编辑部。她装成程亦飞的狂热粉丝，随手在路边抓住一个编辑部的工作人员，可怜兮兮地百般哀求之后，终于得知了程亦飞今天的装束和行踪。于是她就蹲守在编辑部门口，仔细观察来来往往的人群。过了大概10分钟，她终于看见一个符合工作人员描述的身影，推开编辑部的大门走出来。林青枝快步向前，挡在了这个人面前。

“你是？”对方一愣，上下打量了她一遍，神色疑惑。

“程亦飞吗？”林青枝微笑，问。

“我是程亦飞。”程亦飞闻言，疑惑更甚。面前这个女人个子不高，面目清秀，虽然长相不算出众，但也不至于太普通，可他回想许久，却始终想不起来对方是谁。确定目标，林青枝挽住他的胳膊就要往外拖。

“你到底是谁？”程亦飞下意识地开始挣扎，但对方却挽得死紧，根本不给他脱身的机会。

“你再挣扎，我就大喊‘程亦飞负心汉始乱终弃’，看看到时候周围能围几层人。”林青枝扭头看他，甜美的笑容在他看来简直就是噩梦，“哦，自我介绍一下，我就是你笔下的那个林青枝。”

程亦飞怎么都没想到，林青枝竟然会以这样的方式出现在自己面前。

坐在一家咖啡馆里，他看着眼前正慢条斯理地吃着布朗尼的身影，突然有些焦躁，开始下意识地用指尖敲击桌面。

“你认识我吗？”察觉到了他的焦躁，林青枝终于抬眼看他。

“不认识。”程亦飞皱着眉，目光根本不落在她身上。

“那你这么关心我。”林青枝微微挑眉，又吃了一口布朗尼。

程亦飞没有说话，显然是不想搭理她。林青枝也不在意，吃完布朗尼之后，她放下叉子，从包里拿出一本《时尚》杂志放在桌上，推到了他的面前。

“我不知道自己到底哪里得罪过你，也不知道你是不是收了谁的好处，但我希望你知道，如果你再这么乱写下去，我一定会对你不客气。”林青枝看着眼前的人，表情严肃。

“哦，你想怎么对我不客气？”见林青枝竟然出言威胁自己，程亦飞终于拉回了视线。

“你会写，我也会爆料。”林青枝嘴角微挑，眼中却并无笑意，“‘知名珠宝评论家伪造设计手稿陷害业界新人’，程大记者，你觉得这个消息算不算劲爆？”

“谁伪造你设计手稿！”程亦飞霍然起立。

“那种文不对题的设计稿，只要是个正常人就画不出来吧？就算真的要画，名字也不可能这么取——这么简单的道理你不明白？”林青枝眼神怪异地看着他，就像是在看一个白痴。

程亦飞想说话，却发现根本无从反驳。林青枝也不说话，就这样静静地看着他。不知过了多久，程亦飞终于还是坐了下来。“你果然很可怕。”他看着她，声音渐沉地说。

“你刚刚还说不认识我。”林青枝不知道他到底是怎么得出的这个结论，但可以肯定，他确实是认识自己的。

“你这样的人，待在亚瑟珠宝只会让嘉嘉更难过，我一定会想办法将你赶出亚瑟珠宝，甚至整个业界。”程亦飞目光锐利，语气出奇认真，林青枝知道他并不是在开玩笑。

“嘉嘉，你是说罗嘉？”见程亦飞没有否认，林青枝的表情变得很古怪，“能不能冒昧问一句，在罗嘉口中，我是个什么样的人？”

“你自己做过什么，你自己最清楚。”程亦飞冷哼一声，似是很不屑她的“做作”，“抄袭名作，打压同事，仗着和宋屿的关系在公司里胡作非为，还要我再往下说吗？”

林青枝的表情更古怪了。

“你什么意思？”见林青枝突然沉默，开始一动不动地盯着自己，程亦飞心里有点儿发毛，却仍是不甘示弱。

“抄袭名作，打压同事，胡作非为？程亦飞，你确定你说的人叫林青枝？”林青枝反问。

“难道你不叫林青枝？”程亦飞挑眉。

如果不是对方脸上的嫌弃太过明显，林青枝真有种站起来拍拍他肩膀以示安慰的冲动。

“这样，你找个时间悄悄去一趟亚瑟珠宝中国分部，记住，去之前不要提前告诉罗嘉。”林青枝叹了口气，正色道。

“你想干什么？”程亦飞不知道她为什么会突然这么提议。

“让你看看我是怎么‘欺负’罗嘉的。”林青枝微笑，半真半假地道。

不等程亦飞再做反应，她已经站起身来，径直走出了咖啡馆。

第十一章

# 因爱萌生的勇气

虽然被林青枝训斥了一顿，但设计部里的氛围还是没有明显好转。除非必要，同事们几乎都不跟她说话，她就这样被有意无意地孤立在了设计部的圈子之外。

“青枝，你不要往心里去，大家只是有点儿嫉妒。”但 Anna 显然是一个例外，林青枝昨天说的那些话似乎对她触动很深，比起从前，她倒是更愿意和林青枝打交道了。

“嫉妒什么？”Anna 的话让林青枝产生了兴趣，她不禁反问。

“天赋和机遇，这两样东西设计师随便占上一个都很不得了，而你却兼而有之。”Anna 微微苦笑，其实这也是她心中最不愿承认的隐秘情绪，“虽然不想承认，但我们对你，的确就是嫉妒。”

林青枝叹了口气。他们看她有天赋和机遇，为什么不看她的天赋和机遇的背后又藏着什么？她有天赋，却差点被逼得永远背离自己的梦想；她有机遇，却是夜以继日、绞尽脑汁地一遍又一遍画废稿，这种嫉妒，究竟有什么意义？

正说着话，罗嘉不知何时从自己的办公区走了过来。

“Anna，你能帮我将这个文件送给小想姐吗？拜托了。”她看向 Anna，双手合十诚恳请求。

Anna 向林青枝递过一个“你多保重”的眼神，随后便接过罗嘉手里的文件夹向周想的办公室走去。罗嘉与林青枝不和已经成了设计部里不是秘密的秘密，因为对林青枝的印象不佳，所以每次罗嘉借故刁难林青枝时，其他人都不出声，权当是看她笑话。

“林青枝，听说你的高定系列设计稿已经交总部备案了？”罗嘉微笑。

“嗯，通过之后就可以进一步细化了。”林青枝平静地回答。

“既然如此，你就将草稿先拿出来给大家看看吧，我们都对你的设计思路很好奇。”罗嘉笑意更甚，话里更是意有所指，“万一你的设计思路又不慎和名家撞了车，我们这么多人也可以提前帮你检查出问题。”

林青枝目光骤然锐利，她抬眼与罗嘉对视，果然自对方眼中看出了快意。

“上一次是你做的？”她压低声音，用只有她们两人听得到的音量快速问道。

“如果你一开始就答应我离开亚瑟珠宝，后来又怎么会有那么多节外生枝！”罗嘉恶狠狠地瞪她一眼，显然已经默认。

“成品未出之前设计稿就是机密，谁愿意拿自己的设计创意冒险？”林青枝眯起眼睛，骤然提高音量，“上次我的设计稿就是因为随手放在桌上，所以才会被某个浑蛋寻到机会偷走篡改，最后更是爆料给《时尚》杂志引出了一大堆麻烦。”

“你说谁是浑蛋？”罗嘉的声音也高了起来。

“你说呢？”林青枝闻言，似笑非笑地看着她。

罗嘉还要再说，Anna 却回来了。

“嘉嘉，小想姐让你去一趟宋总办公室。”她适时出声，正好打断了罗嘉要说的话。

罗嘉看了她一眼，目光又扫过林青枝，最终还是转身快步朝宋屿的办公室走去。

“谢谢。”林青枝目送她离开，微笑着向 Anna 道了谢。

“我只是传个话而已。”俏皮地眨了下眼睛，Anna 凑到她耳边小声道，“刚刚我送文件过去时，见小想姐的脸色不太好看，可能是罗嘉的项目搞砸了。”

林青枝愣了一下。她记得罗嘉最近并没有什么独立负责的项目，如果说是她的项目搞砸了，那只可能是……

罗嘉敲敲宋屿办公室的门，刚刚进入，就被桌上的首饰盒震住了。首饰盒向上翻开，深蓝绒布上放着的正是她第一次独立交付出货的项目——“夜海牡丹”。

“宋总，发生什么事了？”罗嘉的身子晃了一下，但她很快收敛心神，尽量让自己的声音冷静下来。

"'夜海牡丹'出了点儿问题，所以委托人将它送回来进行维护。"宋屿顿了一下，声音冷似冰霜，"这才两个月不到，罗嘉，你成功刷新了亚瑟珠宝定制首饰返厂维护的纪录。"

"怎么可能，我的掐丝镶嵌工艺是您和展总都检查过了的，它们没问题啊！"罗嘉禁不住高声叫道。

"它们的确没有问题，事实上，出现问题的地方也不在掐丝和镶嵌工艺上。"宋屿的声音更冷了。

不是工艺上的问题？罗嘉闻言，一下茫然起来。

"你给我看的那朵掐丝牡丹，是按照我给你的那颗蓝宝石的大小制作的；无论是凹凸处放的余量还是侧面折口处的加粗固定，它都完全契合于第一颗蓝宝石。"宋屿将"夜海牡丹"推到她的面前，掐丝牡丹与蓝宝石上张开的空隙让罗嘉觉得异常刺目，"一旦蓝宝石的大小发生变化，如果不重新制作掐丝牡丹，那么它们之间的契合度肯定会产生误差——就像现在，因为契合度不够，时间只要稍微久点儿，套嵌的掐丝牡丹和蓝宝石之间就会张开空隙，以致镶嵌松懈。"

"怎么会？"罗嘉难以置信。明明第二颗蓝宝石与第一颗的大小误差不足0.1mm，这么小的误差怎么可能产生这么大的问题？

"我给你一天时间，重新制作一朵掐丝牡丹进行镶嵌，亚瑟珠宝决不允许定制首饰同样的问题再出现第二次。"宋屿并不给她震惊的时间，直接下达任务指令。

"一天时间？"罗嘉脸色煞白。

"4个小时掐丝，一个小时镶嵌，一天时间绰绰有余。"宋屿看着她，语气不容置疑。

"我办不到的，因为——"罗嘉急声辩解，但话说到一半却又戛然而止。

"因为什么？"宋屿不给她喘息的机会，继续问。

罗嘉闭口不言，脸色却越见苍白。

“是不是因为‘夜海牡丹’根本就不是出自你之手，那朵掐丝牡丹根本就不是你做的？”宋屿目光如电，迫得罗嘉禁不住后退了一步。

罗嘉神色惶惶，下意识地回头看去，就见单向玻璃外所有人都在干着自己的活，没有一人知道办公室里正发生着什么。

“罗嘉，有些事情我希望你能亲口告诉我。”宋屿的声音再次自她耳边响起，罗嘉打了个寒战。

就在这时，她的眼中突然出现了一个意料之外的身影。她只稍做思考便猛地冲向了办公室门口，打开门飞快地扑向了那个身影。

“亦飞！”她撞进那人怀里，带着浓重的哭腔。

程亦飞瞬间定住，显然也被这突如其来的变故给惊呆了。

因为林青枝的那一番话，程亦飞对罗嘉真实的工作状态产生了怀疑。

一方面，他觉得林青枝就是在胡说八道，为的就是能够扭转局面，好让自己停止对她的一切调查；另一方面，他又觉得林青枝说的很多问题也的确存在，他自己也无法解释，只好寄希望于自己的亲眼所见。于是他便真的挑了一天，在不告诉罗嘉也不告诉宋屿的情况下，悄然来到亚瑟珠宝中国分部。事实上，当悄悄进入设计部之后，他突然发现，眼前看到的跟罗嘉告诉他的根本就是天差地别。

罗嘉曾说，林青枝仗着宋屿的照拂在设计部里横行霸道，肆无忌惮地打压其他设计师，所有人对她都是既敬又怕。可他一圈看下来，别说是敬和怕了，所有人根本就不理她，完全就是将她孤立了起来；至于罗嘉说自己被她欺负得很惨，可他从头到尾看到的都是罗嘉趾高气扬地挑衅，至于林青枝，她本人似乎才更加符合被欺负的形象。这到底是怎么一回事？

就在程亦飞头脑混乱想要找罗嘉当面问清楚的时候，她却突然从宋屿办公室里哭着冲了出来，一头扎进了他的怀里。

“程亦飞？”宋屿不知道她想干什么，于是也跟着走出了办公室；见到门外竟然站着程亦飞，也很是意外。

“亦飞，我……我……”罗嘉紧紧抓着程亦飞的衣服，她抬眼看他，眼妆已花，哭得梨花带雨。

程亦飞只觉脑子里“轰”的一声，无数令人发指的画面闪过脑海，他几乎是立刻对宋屿挥拳相向。

宋屿被一拳打在脸上，尚未做出反应，程亦飞第二拳眼见着又要上来；幸好林青枝眼疾手快，冲上前去一把抱住了他的胳膊。

“小想姐，叫保安！”林青枝大叫一声，众人这才如梦初醒，纷纷上前帮忙一起拉开程亦飞。

“宋屿，你禽兽！”被众人拉住动弹不得，程亦飞只得大吼。

“程亦飞，你闹够了没有？”宋屿擦去嘴角磕破皮流出来的血，同样恼怒，“冲上来就打人，你是小学生吗？”

“嘉嘉都哭成这样了，你还有什么说的？！”程亦飞神情激动，眼睛通红。

“作为上司，我批评下属怎么了？”接过旁人递过来的纸巾，宋屿真想敲开面前这位表弟的脑子，看看里面到底装了些什么，“退一步讲，就算我再禽兽，也不可能当着女朋友的面调戏女下属吧。”

此言一出，满座皆惊，连程亦飞都瞬间忘记了挣扎；而刚刚还在一旁小声抽泣的罗嘉，则瞬间僵直了身子。

“头儿，能不能，冒昧地，问一句……？”周想刚要打电话叫保安，却在听到这个劲爆消息后，默默地放下了电话。

“我女朋友，当然就是第一个跳出来舍身救我的人。”宋屿微笑，目光坦荡荡地看向了痛苦掩面的林青枝。

众人闻言立即回想刚才，突然发现第一个跳出去抱住程亦飞的人，似乎是林青枝。

感受到四面八方行来的“注目礼”，林青枝绝望地发现，自己这个靠裙带关系上位的嫌疑恐怕是一辈子都洗脱不了了。

“果然是小青枝！”周想尖叫，看起来竟然很是兴奋。

“比起这个，我们是不是应该先解决面前的事情。”林青枝伸手揉揉额角，提醒大家还是先干正事比较重要。听她这么一说，众人才如梦初醒，目光又再次集中在了程亦飞身上。

“宋总，亦飞只是误会了，他不是故意打你的。”见周想再次想打电话叫来保安，罗嘉赶紧出来解释。

“误会？”宋屿瞥她一眼。

刚才罗嘉冲出办公室的时候，明显就是一副“得救了”的样子，她心中有鬼，所以在面对他的质问时才会方寸大乱；只是他没想到，她竟可以在一瞬间想到这种围魏救赵的方式，顺利地躲过他的逼问。

“嘉嘉，你不用害怕，大家都在，你可以放心地说。”程亦飞以为她是害怕宋屿报复，于是连忙出声鼓励。

“亦飞，你真的误会了。”罗嘉看向程亦飞，神情有些尴尬，“刚才是因为我制作的‘夜海牡丹’被送回返修，宋总严厉地训斥了我，我一时接受不了，才从他办公室跑出来的。”

程亦飞僵住。不是因为宋屿对她动手动脚，而是因为首饰返修被训斥？等一下，他记得罗嘉的“夜海牡丹”出货才不到两个月，怎么……？还不等他理清思绪，周想已经叫来了保安，将他带出了设计部。

目送程亦飞被带离，众人松了口气，随即便扭头看向了林青枝。林青枝本想当作什么都没发生一样悄悄溜回自己的办公区，奈何身上的视线实在太灼热，她没走两步就被迫停下来。

“青枝。”最先蹭上来的是Anna，她一脸八卦，强烈的好奇心溢于言表。

“先说清楚，我真不是靠关系上位的，我进亚瑟珠宝时才刚刚认识他。”林青枝第一反应就是先跟宋屿撇清之前的关系。

“这个我们明白，因为那时你连宋总是Hall都不知道嘛。”Anna点头，一副理所当然的样子。

“我们也知道你在珠宝设计上面很有天赋，说重点。”围观的设计师里有人嚷嚷，立即引起一片附和。

林青枝突然发现，似乎真如 Anna 所说，他们之所以孤立她，并不是真的因为她靠关系上位或不学无术，只是单纯的羡慕和嫉妒。而在八卦面前，这些羡慕和嫉妒显然都不值一提了。

“小青枝，你究竟是什么时候跟头儿在一起的？”周想更是完全无视宋屿，直接凑到她面前开门见山地点了题。

林青枝不擅长应付这种场面，她下意识地看向宋屿，却见宋屿正微笑着靠在自己办公室门口，完全是一副看热闹的神色。他仗着自己的身份和威压，笃定没人敢去跟他八卦，所以才敢站在一旁看她在人群里手足无措。虽然心生愤愤，但林青枝也没有办法，只得咳嗽一声示意大家安静。

“我们是在荷兰采风的时候……”她在十几双眼睛的注视下，支支吾吾地开了口。

“难怪回来之后的设计稿就顺利通过了审核，原来是因为有爱啊！”不等她说完，周想已经感慨万千。

“不是……”林青枝一脸惊恐，刚要解释，又被打断。

“因为有爱，所以设计灵感才源源不断吗？”Anna 也是一脸憧憬。

林青枝连连摇头，但大家显然不想再听解释，都“啧啧”地作鸟兽散了。他们好像也不是很在意她是怎么和宋屿在一起的，只是想确定一下这件事，满足一下自己的好奇心。

众人散去，林青枝松了口气，刚要回办公区，却与罗嘉对上了目光。罗嘉眼里的恨，强烈地让她心中一凛。

“林青枝，你抢走了我的一切！”她咬牙，恨不得能将林青枝看出两个洞来。

林青枝心下苦笑，却寸步不让：“罗嘉，你说我抢走了你的一切，但这一切真的是你的吗？”与罗嘉四目相对，林青枝毫不避讳她眼中的恨意。

“如果不是你，我不会进入亚瑟珠宝；既然你让我进了亚瑟珠宝，又为什么还要阴魂不散！”罗嘉极力克制，但声音还是漏进了不远处的宋屿耳中。其他人都已回到自己的办公区，只有宋屿仍留意着罗嘉的动作，所以将办公室的门微微打开，靠在单向玻璃旁注视着外面的动静。罗嘉这句话，立刻让他联想到了《忘川》。之前只是他的猜测，但现在看来，《忘川》和《夜海牡丹》也许真的不是出自罗嘉之手。

“罗嘉，难道我要对你的人生负责吗？”林青枝皱眉，突然问道。罗嘉僵住。

“到今天为止，所有的选择都是你自己做的。进亚瑟珠宝也好，接手‘夜海牡丹’项目也好，你不择手段地获得了你想要的，到头来却还要指责我？”林青枝目光灼灼，声音第一次如此凛冽，“罗嘉，我既不是你的父母，也不是你的奴仆，我没有义务为你的人生负责，更没有义务为你的人生让路！”

“你！”罗嘉想要反唇相讥，却发现自己什么都说不出来。

“我们是平等的，如果你想不明白这一点，就继续独自饮恨吧。”林青枝扔下这一句话后，转身离开。

罗嘉一时间摇摇欲坠，她伸手扶住旁边的隔间，这才勉强站稳。

一天时间过得很快，林青枝伸了个懒腰，跟大家打过招呼，便坐在自己的办公区里等宋屿出来。她和宋屿在一起的消息就像是某种催化剂，瞬间消融了设计部里的尴尬氛围。大家开始很自然地和她说话接触，就像她刚刚进入公司时那段时间一样。宋屿是不是因为想到了这点，才会在这种场合道出他们在一起的消息？

“走了，晚上请你吃饭。”她还在想，脑袋已经被人敲了一下。

林青枝抬头，乍见宋屿嘴角贴了一张凯蒂猫的创可贴，“扑哧”一声就笑了出来。

“别笑，周想手里只有这种创可贴。”宋屿知道她在笑什么，于是抬手摸了摸嘴角，露出无奈神色。

“晚上吃什么？”林青枝眨眨眼，尽量让自己嘴角的弧度不那么明显。

“去吃日料吧，我知道附近有家店很不错。”宋屿见她忍笑的神色很可爱，也渐渐弯了眉眼，“记得披好外套，外面有点儿冷。”

名叫“山葵”的日本料理店距离亚瑟珠宝只有一条街，所以宋屿没有开车，而是牵着林青枝的手走在人行道上。

此时已是初秋，褪去夏日的炎热之后，夜风迎面吹来，脸颊霎时微微生凉。宋屿嘴角的创可贴成功地吸引了路人的目光，大家在经过他身旁时忍不住为之侧目，似乎想从那些可爱的凯蒂猫里读出一个有意思的故事。林青枝时不时抬头看他，见他神色一直很冷静，不禁心生佩服。

“宋屿，你是不是早就习惯引人注目了？”她忍不住问。

“没有。”宋屿如实回答。其实他并不是很喜欢站在镁光灯下的感觉，会成为珠宝模特，也是因为一次广告拍摄时模特有事缺席而被迫赶鸭子上架，结果就被展航当作宣传噱头给坑成了专职。

“怎么会？你明明是个模特！”林青枝睁大了眼睛。

“我还是个设计师。”宋屿捏了下她的脸颊。

和林青枝确定关系之后，宋屿的小动作几乎到了肆无忌惮的地步；林青枝这才发现，某个第一次见面感觉有点儿可怕的男人，私底下竟是这个样子。

“你还是世界知名的设计师呢，各种新闻发布会上你还不是要被闪光灯闪闪闪。”林青枝“哦”了一声，显然觉得这个理由根本站不住脚。

“那我问你，作为一个设计师，你是愿意安静地坐在自己的办公桌前画图，还是愿意坐在主席台上被记者围观拍照？”宋屿问她。

“当然是自己安静地画图。”林青枝想都不想，直接回答。

宋屿露出一副“你看吧”的表情，林青枝这才后知后觉，牵着自己的这个人本来就和自己一样，完全是个彻头彻尾的工作狂。说起工作，林青枝又想起了自己的《花神录》。《花神录》被送去总部备案已有一周时间了，但总部至今都没有回复是否采用，会不会是总部那边……并不认可自己这套设计？

见林青枝突然陷入沉默，宋屿观察她半晌，知道她可能是想起了自己尚未被总部批复的设计稿，于是善解人意地拍了拍她的后背。

“不用担心，《花神录》一定会通过总部复审的，因为它是我和展航都十分看好的设计。”宋屿声音和缓，语气温柔却笃定，“能够同时被我和展航一致看好的作品，结果都不会差到哪里去。”

“能举个例子吗？”林青枝仍然不放心，于是眼巴巴地看向他。

“2010 年的单品‘南风’和去年的‘诸神黄昏’系列，这两个例子怎么样？”宋屿哭笑不得，只得举例。

林青枝闻言，立即露出震惊神色。这两个例子，在珠宝设计界堪称销量传奇。“南风”原本是一枚高定祖母绿戒指，但由于它独特的设计风格，竟意外地在精英阶层引起广泛关注，很多人开始向亚瑟珠宝询问是否能够批量定制。后经原委托人同意，“南风”确定开版，仅当年销量便高达 1500 多件，在亚瑟珠宝的高定单品史上堪称奇迹。至于“诸神黄昏”系列，因为是 Hall 和亚瑟珠宝另一位顶级设计师 San 的合作款，加之本身的设计风格兼具梦幻与唯美两大风格，所以在设计初期就吸引了许多女性顾客的目光；待到成品投放市场，比设计稿更慑人心魄的璀璨珠宝一下子便俘获了无数人的心，到现在为止，销售额已达 9000 万美元。

“只要你能确定，我的设计不是情人眼里出西施就行。”这两个例子的确很具有说服力，林青枝这才稍稍松了口气，重新露出调皮笑容。

宋屿笑着摇头，刚要说话，却发现林青枝的表情突然一下子僵住了。顺着她的目光看去，他果然看见了一张熟悉的面孔。竟然是林语之。

不知是朋友聚会，还是业务需要，林语之带着上次见过的黑衣青年，刚刚和几名西装革履的中年男子谈笑着在“山葵”门口下了车，正好与散步走来的宋屿、林青枝二人撞到了一起。林语之的目光一下子便落在了宋屿和林青枝牵着的手上。

“不好意思，可以请你们先进去吗？”林语之回头看向身边的几名中年男子，他们赶紧连连点头，随后便由黑衣青年先行引入了“山葵”。

“外公。”林青枝脸色微赧，第一反应就是将手抽回来；但宋屿并没有松手的意思，他神色自若，手上力道丝毫不减。抽了几次没抽出来，林青枝也只得认命了。

“宋总，久闻大名，但没想到我们竟会以这种方式见面。”林语之虽然不悦，但不愧为大家风范，面上神色仍然很平静。

“林老，您好，作为晚辈，我也久仰景泰蓝界当代泰斗之名，但因近期工作繁忙，未能及时登门拜访，还请见谅。”宋屿微笑以对，一语双关。

“听你的意思，你早就知道林青枝是谁了？”林语之顿了一下，问道。

“她是谁并不重要，重要的是她现在是亚瑟珠宝正式聘用的珠宝设计师。”宋屿微笑不变，完全不理会林青枝频频使来的眼色，“林老，你觉得呢？”

林语之没有接话，只是转而看向林青枝。

“小枝，我不想逼你，但你应当明白，林景堂需要你。”他皱眉，神色严肃而凝重。

“外公，我也不想气你，但我一门心思全在珠宝设计上，根本不是复兴景泰蓝的那块料。”感受到从宋屿手心里传来的温度，林青枝深吸一口气，渐渐褪去脸上的慌乱，表情平静地看向林语之。

“宋屿，如果你一定要留下林青枝，我保证日后亚瑟珠宝一定会有大麻烦找上门！”林语之猛地以手杖击地，再次看向宋屿。他目光如炬，一时间竟是威严无比。

“林老，我拭目以待。”宋屿丝毫不为所动，颇有种针锋相对的气势。

林语之闻言，眼神凌厉地扫了二人一眼，随即转身，大步走进了“山葵”。

“完了，这次外公好像气得不轻。”目送林语之离开，林青枝瞬间就散去了刚才勉力提起的一口气，歪头靠向宋屿的胳膊，有气无力地喃喃自语。

虽然一直以来她都在为叔叔的事、珠宝设计的事和外公赌气吵架，但今天却是她第一次当着外人的面顶撞他，而且还是跟外人一起联手顶撞他。

她第一次见外公露出那样的眼神，要不是宋屿还牵着她的手，她几乎就要腿软跪地。

“是吗，我倒觉得他老人家也许很高兴。”宋屿的语气却很轻松。

“你确定？”林青枝瞥他一眼。

刚才外公瞪她的那一眼要是能够称之为“高兴”，那她明天大概就能收到罗嘉饱含深情的真情告白。

“毕竟自己的外孙女，交到了一个这么优秀的男朋友。”宋屿将两人仍牵着的手举起来晃了晃，语气竟然很是认真。

林青枝看了他半晌，笑也不是，气也不是，终于无可奈何地叹了口气。

“宋屿，我们还是换个地方吃饭吧。”她拖着宋屿就往前走。

“这附近除了这一家，其他可都是沿街的小店了。”宋屿由她拖着，不忘出声提醒。

“沿街小店又怎么了，我路边摊吃的更多！”林青枝头也不回，“不管吃什么，总比跟我外公同处一个屋檐下要好。”但是从另一方面来说，这也算是……见过家长了吧？林青枝悄悄地想。

如宋屿所言，《花神录》最终通过了亚瑟珠宝总部的复审，正式确定为“景泰蓝之春”这一高定系列。接下来就是一连串紧锣密鼓的设计概念宣发准备，作为《花神录》系列的唯一设计师，林青枝终于要在大众面前正式亮相。

在外界都在打探林青枝的各种消息时，程亦飞的目光却集中在了她的《花神录》上。作为新闻发布会的特邀记者之一，程亦飞比其他人更早拿到了设计概念的相关资料。12 月花对应 12 花神，《花神录》的每一个作品都独立成章又相互呼应，无论是设计思路还是工艺细节都很精巧，即便没有看见正式定稿的设计原稿，也完全可以从设计概念资料里想见原作者的巧夺天工。

而这套作品的唯一设计者，就是林青枝。从《金乌还巢》涉嫌抄袭到

"夜海牡丹"返厂维护，程亦飞心中的疑惑越来越多。从一开始他对林青枝的不良印象就是因罗嘉而起，她告诉他林青枝抄袭名家、打压同事、靠裙带关系上位，他愤怒于林青枝的行径，更心疼罗嘉的遭遇，所以他才积极地以笔为刀，想要将林青枝这个"毒瘤"自亚瑟珠宝乃至整个业界剜除；可是随着时间的慢慢推移，加上上次在亚瑟珠宝中国分部的亲眼所见，他对罗嘉的说辞终于产生了怀疑。

如果说林青枝抄袭名家，为什么仅有那一张原稿涉嫌抄袭？如果说林青枝靠裙带关系上位，为什么她的设计作品大都设计精良，水准极高？如果说罗嘉在公司是因为被她打压才无法崭露头角，那"夜海牡丹"的事故又是怎么回事？更重要的一点是，罗嘉一直都表示自己不认识林青枝，但从他和林青枝的接触看来，她们应该在进入亚瑟珠宝之前就认识了。程亦飞不想相信罗嘉在骗他，但他想知道真相。

新闻发布会很顺利，林青枝和《花神录》成功引起了业内瞩目，《花神录》更成为今年珠宝类最受期待的设计系列之一。

从新闻发布会现场回来，林青枝终于有机会了解宋屿的感受——坐在闪光灯下一直保持微笑的感觉，确实不怎么样。不过她对《花神录》取得这样的效果却很满意，至少她的设计得到了大家的认可，来到现场的人们都对即将推出的这个系列心怀期待。

"看来，我们中国分部又要诞生一位顶尖设计师了。"Anna一边调侃，一边给看起来快要累虚脱的林青枝倒了杯水。

"别调侃我了，要是一个系列被认可就能成为顶尖设计师，我觉得我们整个设计部里全都是顶尖设计师。"林青枝哭笑不得。

"你说的'认可'与我们的'认可'是不一样的，不信你问大家。"Anna笑意狡黠，她扭头看向设计部的其他人，其他人竟也真的跟着附和起来。

林青枝还待解释，罗嘉突然将一个文件盒重重地拍在了办公桌上，一时满堂皆寂。

“对不起，我昨天加班加得太晚了，今天精神有点儿不好，你们继续。”沉默片刻，罗嘉抬起头来笑着看向大家，眼睛里却无半点儿笑意。

众人纷纷埋首于自己的办公桌前，设计部里的气氛瞬间降到冰点。

“这么看来，罗嘉应该是被‘夜海牡丹’的返厂维护搞崩溃了。”Anna见她坐下，凑到林青枝耳旁小声说道。

林青枝心下了然。虽然制作一朵掐丝牡丹对她来说并不难，但对罗嘉来说，却没那么简单。罗嘉的手不稳，这是她自学生时代起就带着的致命伤；从那个时候开始，她就已经尽量避免设计一些需要过细操作的作品。然而掐丝牡丹不仅细节烦琐，更要求操作者能够精准地控制掐丝力道，由此可以想见罗嘉在重新制作掐丝牡丹时会经历多少次失败。对此，林青枝虽有心进行“售后服务”，可惜罗嘉并不领情，她甚至连多一句话都不愿和林青枝说。

“这次维护有期限吗？”林青枝扭头问Anna。

“有，据说委托人给出的期限是一周，如果一周之后不能交货，他就会向亚瑟珠宝总部投诉罗嘉。”说到这里，Anna不禁咋舌，“要是真的被投诉，宋总和展总的脸色恐怕就不会太好看了，毕竟我们分部迄今为止还没出现过被顾客投诉的设计师。”

林青枝闻言便不再说话，露出了若有所思的神色。

罗嘉依旧在操作台前工作至深夜。一朵掐丝牡丹刚要在她手中顺利收尾，谁知却又在最后的焊连时出现失误，导致前功尽弃。看着操作台上已经多达三四个的残次品牡丹，罗嘉终于忍不住将它们全部扫到地上，伏案痛哭。

为什么会变成这样？为什么自己要在这里一遍又一遍地掐这该死的牡丹花？为什么自己要在这里天天熬夜承受众人的异样目光？明明自己应该是优秀而万众瞩目的。索罗贝尔设计新人奖的提名获得者，被亚瑟珠宝录取的应届毕业生，仅两天就提交首个设计稿并获得通过的设计师新人，被展航点名负责“景泰蓝之春”项目设计的最年轻者……自己的职业人生，本应该是光鲜亮丽的！

还有宋屿，他的目光明明应该停留在她的身上，明明只有她才是能够跟他并肩而立的存在，明明只有她，才配得上他！都是林青枝那个贱人，害得她如今一无所有！越想越委屈，罗嘉眼角渐渐湿润，几乎哽咽。就在这时，设计部里突然响起脚步声。罗嘉迅速擦去眼角的泪水，抬头看去，发现来人竟然是林青枝。

“你来干什么，看我笑话吗？”罗嘉脸色一沉，字里行间都带着敌意。

“掐丝不是你擅长的工艺，如果知道你还要重做一遍，我不会这么设计。”林青枝沉默片刻，回答道。

“够了！”罗嘉的脸色更难看了。她这么说，是在变相嘲讽自己手艺不精吗？还是只是单纯地炫耀，炫耀她自己的技艺很是精湛？

“你还想在亚瑟珠宝好好干吗？”林青枝没有在意她的愤怒，而是开口问道。

罗嘉愣了一下，虽然心中有所触动，但眼中仍然满是戒备，她不知道林青枝这是什么意思。

“我听说委托人给出的期限是一周，现在已经过去 5 天了。”林青枝见她有了听的意思，便继续说，“如果你还想在亚瑟珠宝好好干，就让我替你做完这次维护，也算是我给你的最后一次‘售后服务’。”

“你会这么好心？”毫无疑问，罗嘉心动了。但她仍然心存顾虑，毕竟林青枝今非昔比，大家同为亚瑟珠宝的设计师，她完全没有理由帮她收拾烂尾。

“罗嘉，如果我真的有心找你麻烦，根本就不必在‘夜海牡丹’的维护上暗算你。”林青枝感到好气又好笑，只觉得面前的人真是既可恨又可悲，“难道你不觉得，我向宋屿坦白《忘川》是我的设计作品并要求一起现场制作一次，更能凸显我俩制作工艺的高下吗？”

“林青枝你！”罗嘉被她气得浑身发抖，这个贱人，明明说过不再旧事重提的！

“我只是想让你明白，不必太担心我的意图，我并不想跟你翻旧账。”林青枝神色平静，目光始终没有离开过罗嘉的眼睛。

与她对视半晌，罗嘉终于还是摘下护目镜起身，将位置空出来给了林青枝。

两个小时不到，一朵掐丝牡丹已完美绽放在了操作台上。林青枝抬头看了眼时间，已是凌晨 3 点。

“我不会感谢你的。”罗嘉拿起牡丹花仔细端详，半晌之后抬眼看向林青枝，低声说道。

“我也没指望你感谢我。”林青枝站起来活动了一下腰肢，拿起自己随意搭在隔间上的外套，转身就走。

“林青枝！”眼见她就要走到电梯口，罗嘉却又突然出声叫住她。于是林青枝停下脚步，回头看她。

“我爱宋屿，我绝对不会将他让给你。”她咬着嘴唇，眼神无比坚定，语气宛如宣战。

“我也爱他，你要是想抢，大可试试看。”林青枝闻言，嘴角微挑，轻松应战。

罗嘉的想法，她并不在意，就算日后对方有再多手段，终究不过是兵来将挡水来土掩。职场上，她不会再退；感情上，她更不会再妥协。自宋屿将她拥入怀中的那一刻起，她已然下定了决心，自此之后，无论是珠宝设计，还是爱情，她都将一往无前。

# 第十二章

## 有我在，什么都不用怕

《花神录》进入了最后的设计稿细化定稿阶段，宋屿亲自担任助理，并给予最后的修改建议。林青枝的神经此时已是高度紧张，即将定稿的兴奋与害怕最终设计达不到预期效果的惶恐充斥了她整个神经，使得她最近经常睡不好觉，要靠安眠药才能勉强维持睡眠。

为了避免林青枝过度焦虑造成身体上的负担过重，宋屿最终强制她休息一天，并将她拽去了竹里馆。今天欧立夏不在，但当班的服务生认识林青枝，于是便替他们安排了一个最好的位置，让他们能够安静谈话。

“不知道老板和老板娘怎么样了。”没有看见欧立夏，林青枝便想起了之前顾湘湘生日时发生的事情，心里不免又担心起来。

“那是他们之间的事，心结总是要解开的，否则日积月累便会形成更大的问题。”宋屿将这件事轻描淡写地一笔带过，他看着林青枝的眼睛，目光专注而认真，“我们现在的问题，是你的精神状态。青枝，你过于紧张了。”

“《花神录》是我的第一件正式作品，它不仅是一个系列，还是亚瑟珠宝的高定系列，而且还承载了业界如此高的关注，我就算想不紧张都做不到吧。”林青枝微微苦笑。

她也知道自己现在的心态不对，但她无法自我调节。《金乌还巢》的前车之鉴仍历历在目，虽然这起抄袭事件起于罗嘉的陷害、成于外公的推波助澜，最终又被 IOAO 证明了清白，但她心中仍然存有阴影，总是不自觉地去担心《花神录》又遭遇同样的套路。

更何况外公还说过，如果宋屿执意将她留在亚瑟珠宝，他会让亚瑟珠宝遇到大麻烦。而这个大麻烦，又会不会是因她的《花神录》而起？

见林青枝又渐渐皱起眉来，宋屿知道她又在思前想后了。于是，他伸手，覆盖住了她的眼睛。“想不想听个故事？”他问。

林青枝骤然回神，立即就被宋屿提及的故事所吸引。

“什么故事？”她脱口而出。

“程亦飞其实是我表弟。”宋屿收回手，对她微笑。

林青枝有一瞬间头脑“宕机”。“哎？！”不知过了多久，她终于反应过来。

宋屿见她瞪大眼睛等待下文，于是便深吸了一口气，将这些年来他和程亦飞如何从同进同出到“反目成仇”的整个过程，娓娓道来。

捋清了宋屿和程亦飞的关系之后，林青枝却更觉迷茫。听宋屿所说，他根本就不知道程亦飞到底是为什么跟他疏远起来，他压根不明白在他工作之后的这段时间里程亦飞究竟发生了什么变化——事实上，如果不是杀父之仇夺妻之恨，男人间的亲情和友情应该没这么容易破裂吧？等一下，夺妻之恨？不会是……？

“宋屿，你之前就认识罗嘉吗？”林青枝突然看向对面的人。

“不认识，她投简历来亚瑟珠宝时，我才第一次见她。”宋屿摇头。

罗嘉的确是他喜欢的类型，如果他以前见过她，肯定会留下印象。

“那就奇怪了。”林青枝再次皱起了眉头。

上次和程亦飞见面时她就知道，罗嘉在他心目中是非常重要的；而罗嘉也说过她爱宋屿，那导致程亦飞和宋屿疏远的唯一原因就只能是罗嘉了——可宋屿不认识罗嘉啊，他们之间又是怎么扯上关系的？

“程亦飞是不是在追罗嘉？”宋屿沉吟许久，突然开口。

“你知道？”林青枝有些意外。

“在‘景泰蓝之春’设计概念发布会上，程亦飞说漏嘴了。”宋屿神色无奈，他和林青枝一样不解，“如果程亦飞和我疏远的原因是罗嘉，那我未免也太冤枉了吧。”

林青枝心有戚戚地点了点头，她觉得有机会一定要好好问一下本人才行。

这时，竹里馆的玻璃门被推开，风铃发出清脆的声音。林青枝下意识地抬头看去，就见进来的人竟然是欧立夏。“老板！”她立即起立，朝门口跑去。

欧立夏显然没料到林青枝会在这里，他愣了一下，好半天才报以微笑，说道："小青枝，好久不见。"他顿了一下，目光又落在了卡座里的另一个人身上，"宋先生，你好。"

宋屿朝他点头示意。

"老板，你和老板娘……"林青枝其实知道自己不应该问，但见欧立夏神色颓唐，她还是忍不住开了口。

"我们没事。"欧立夏笑得有些勉强，他立即转移话题，"倒是你们，这个点不是上班时间吗，你们怎么会在这里？"

"临近设计稿定稿，她实在太紧张了，我想带她来这里放松一下。"宋屿这时也起身走过来，扶住林青枝的肩膀道。

"小青枝，人要懂得张弛有度才行。来，我给你煮一杯你最喜欢的维也纳。"欧立夏拍拍她的脑袋，走进了操作间里。

林青枝笑着应了声"好"，眼睛却偷偷瞄向了宋屿。怎么办，他们好像还没和好。林青枝一副可怜兮兮的模样，看起来十分自责。这种事情只有当事人能够解决，其他人无能为力。宋屿微微摇头，示意她不要过分关注。林青枝不免有些垂头丧气，因为她明白宋屿说的都是实情。

欧立夏煮咖啡时是认真而专注的。咖啡的香气自咖啡壶里渐渐溢出，伴随着"咕噜咕噜"的声响，他将刚刚煮好的咖啡倒入了咖啡杯内。白色的奶油在黑色的咖啡上拧成一座小山，一把彩米撒上，一杯甜美与苦涩并存的维也纳咖啡便制作完成。

擦过手后，将咖啡杯小心地递到林青枝面前，欧立夏微笑着示意她尽快品尝。林青枝挖起一勺彩米奶油送进嘴里，然后拨开奶油小心地喝了一口烫嘴的咖啡，露出心满意足的神色。

"老板，还是你煮的咖啡最好喝。"林青枝笑得谄媚。

欧立夏笑着应承下她的夸赞，却并没有像往常一样回以调侃，显然此时此刻他心中有事。

林青枝张了张嘴，最终还是低下头，沉默地继续喝起咖啡。

“看来，你女朋友的心结还没有解开。”不知过了多久，宋屿的声音响起。林青枝手一抖，差点没将舌头烫出一个泡。

是谁刚刚才说，这种事其他人都无能为力的？！林青枝不免愤愤。

“这么多年了，哪有那么容易。”欧立夏愣了一下，微微苦笑。

“老板，对不起。”林青枝下意识地出声道歉。

如果不是她和宋屿的设计阴差阳错地戳到了顾湘湘的痛处，也不会造成今天这种局面。想到这里，林青枝偷偷瞥了眼始作俑者，却发现对方竟似毫无感觉。

“小青枝，不是你的错，这本来就是我们自己的问题。”欧立夏摇了摇头。

林青枝设计的那副耳环不过是个导火索，引燃了他们之间一直埋藏至深的矛盾，也炸翻了他们维系多年的表面和谐。其实某些问题他一直都是明白的，但是她不说他就不问，总天真地以为随着时间的推移这些矛盾和问题都能自行化解，所以任由它们日积月累，最终爆发成现在这种一发不可收拾的局面。说到底，他们自己才是最该对现状负责的人。

“你有没有考虑过让你女朋友回归初心，重拾梦想？”宋屿问。

“我们谈过，但是她不愿意。”欧立夏苦笑更甚，“或者说，她觉得现在已经太迟了。”

她将最美好的时光无条件地奉献给了他，她的激情、果敢和无穷精力都投入了这间咖啡馆内，如今她在她现在的公司里好不容易爬上中间管理层，虽然身心苦累，但她已经没有了从头再来的勇气。她会埋怨他，就是因为现在他实现了自己的梦想，而她却只能在自己不喜欢的岗位上挣扎求生。

林青枝知道这种感觉。她将毕业设计卖给他人，自己一边开淘宝小店，一边做咖啡馆服务生，每当看见亚瑟珠宝的设计师们昂首阔步地经过竹里馆门口时，她就觉得心里堵得慌。可是当时间长了一些，她突然发现自己已经适应了这样的生活，虽然依旧对那些衣着光鲜的设计师们心生羡慕，却已不会轻易改变现状。更何况顾湘湘，她为欧立夏偏离自己的梦想 5 年之久，如今再回想起之前的种种，必然是交织着对过去的愤恨与对未来的惶恐。

“你们之间的问题，真的无法解决吗？”林青枝怎么想都觉得不甘心。

欧立夏和顾湘湘在竹里馆的员工心目中大概是最好的老板和老板娘，如果就因为这个问题分开，所有人都会扼腕叹息。

“无论如何，我会一直等她。”欧立夏不置可否，回答的语气却异常坚定。

“欧老板，我建议你再和女朋友好好谈谈。”宋屿瞥了眼林青枝，见她神情沮丧，便又抬眼看向欧立夏，“如果问题还是解决不了，你就带上‘花匠’门店经理的职位去和她谈。”

欧立夏和林青枝都瞪大了眼睛。虽然不是很了解花艺，但林青枝也是听过花匠之名的。作为国内最大的连锁花店，花匠的店面几乎遍布所有大中小城市，其鲜花质量、艺术美感和人文气息在国内的艺术花店中位列前三，听说近期已经开始着手开拓海外市场。

“宋先生，你的意思是？”欧立夏有点不敢相信自己的耳朵。

花匠的门店经理相当于分店店长，这样的职务，单靠宋屿一句话就能拿下？

“花匠是我一个大学同学开的，而我们的关系又恰巧不错。”宋屿语气平静，就像是在说一件非常平常的事情，“不过话说在前头，我不知道你女朋友的能力到底怎么样，最多只能替她要到这个职位，却不能保证她能够在这个职位上一直干下去。毕竟每个行业的竞争都很激烈，哪怕是花店也一样。”言下之意，便是入职之后她一切都要靠自己。

“不不，宋先生，这样已经很好了！我现在立刻去找她，谢谢！”欧立夏连连摇头，脸色因兴奋而泛起微红。不等林青枝再开口，他已经迅速跑出操作间，以百米冲刺的速度狂奔出了竹里馆。

林青枝看着摇摆许久才慢慢平静的玻璃门，然后扭头看向宋屿：“你是认真的？”

“我看起来像是个想靠说谎彻底拆散他们的人吗？”宋屿与她对视，平静反问。

“既然有解决办法，你怎么不早跟我说！”林青枝忍不住瞪他。难道看着自己惶恐沮丧就那么有意思？

“我只是想让你知道，哪怕是最糟糕的境地，其实也可能并没有你想象的那么糟糕。”宋屿微微一笑，意味深长地拍了拍她的脑袋。

林青枝有些不明白，半天之后骤然反应过来，宋屿说的好像是她关于《花神录》的极度焦躁不安。她张了张嘴，却没有发出声音。

“青枝，我知道《花神录》系列对你造成了很大的压力，但你要明白，你是一名设计师，也只是一名设计师。”见她若有所思，宋屿便继续道，“好的设计师，应当做到心无旁骛，除了没有灵感设计不出更好的作品之外，其他的压力对你来说都应该不是压力。”

“可我担心外公，担心给你和亚瑟珠宝添麻烦，更担心万众瞩目之下诞生的作品并没有你们想象的那么好。”林青枝脱口而出。

“林老既然不能在《金乌还巢》涉嫌抄袭事件中将你拉出亚瑟珠宝，那他就更不能在《花神录》系列发布后将你拉出去，因为那时你的名字将响彻珠宝设计界，你和亚瑟珠宝从此将密不可分。”宋屿也不着急，只一条一条替她分析，“至于你说的怕给我和亚瑟珠宝添麻烦，那更不必担心，毕竟我的成就不受林老制约，亚瑟珠宝的市场也不是林老说封杀就封杀得了的，说到底我们尊敬他，不过是尊敬他年岁已长，又是一代大家，仅此而已。”

“可是……”林青枝依然欲言又止。

“万众瞩目之下诞生的作品，一直都没有想象中的那么好，不仅是你，我也一样。”宋屿并不给她否定自己的机会，只是伸手过去将她微微发凉的手慢慢握紧，“你看‘诸神黄昏’系列如今是一片好评，但在发布之初也有不少人批评我和 San 的设计花哨矫情，那又怎么样？更何况作为一名设计师，对我们来说，自己的作品永远都没有最好的，因为我们总想设计出更出色的作品。所以从某种程度上来说，我们永远设计不出想象中那么好的，不是吗？”

宋屿的话语温柔有力，一下又一下地叩击着林青枝的心房，终于将她心里萦绕的层层惶恐不安敲击得烟消云散。

“谢谢。”她彻底放松下来，歪头靠在了他的肩膀上。

“今天先好好休息一天，明天我们再继续。记住，有我在，你什么都不用怕。”知道林青枝的心境已渐渐调整过来，宋屿微微一笑，轻声承诺。

《花神录》12 幅设计稿的成稿完成那天，林青枝忍不住起立欢呼，接近疯魔。

宋屿立即让周想将 12 幅成稿拿去扫描，然后邮寄总部，随后便当着众人的面将几乎喜极而泣的林青枝拉进了办公室。有好事者怂恿众人去听墙角，但碍于宋屿一直以来的威压，最终还是没人敢于付诸行动。但大家的嘴角上都洋溢着淡淡的微笑，仿佛林青枝的兴高采烈也一并感染了他们。

除了罗嘉。当她看见周想拿走林青枝的《花神录》系列设计稿成稿，宋屿又将林青枝拉进办公室关上门时，她不禁手下用力，硬是将 2B 铅笔的铅芯折断在了稿纸上。

“夜海牡丹”在林青枝的帮助下成功修复，展航虽然对修复后的吊坠很满意，但还是不轻不重地点出了她工作的不细致，言下之意就是希望她能在日后的项目中更为谨慎，不要再次砸亚瑟珠宝的招牌——对于同一种工作失误，亚瑟珠宝绝对不允许存在第二次。

这对罗嘉来说，简直是莫大的屈辱。她以天之骄子的身份进入亚瑟珠宝，可短短几个月间就在众人面前数次丢脸，几乎颜面尽失；如今连待人最温和、处世最圆滑的展航都出言警告自己，可见自己在他们眼中的印象已经跌落到了何种境界。

反观林青枝，她却是一直扶摇直上，先有宋屿力保，后又在“景泰蓝之春”项目竞赛中崭露头角，如今《花神录》系列更是万众瞩目，她几乎不费吹灰之力就光环加身。

罗嘉用力攥紧拳头，指甲渐渐嵌进肉里，不多时便有鲜血滴落，染红稿纸。凭什么！是她先遇见的宋屿，是她先爱上的宋屿，是她先绞尽脑汁进入亚瑟珠宝为他费劲心力，所有一切都是她先的，凭什么到最后却是林青枝后来居上，轻而易举地夺走了她努力想要获得的一切？叫她怎么能甘心。

罗嘉的目光慢慢落在了林青枝的办公桌上，那里草稿铺满，就连废纸篓里都已满筐。她抬头四望，就见所有人都在低头做自己的事，去扫描的周想还没回来，而林青枝此时也正在宋屿的办公室里，房门紧闭。“故技重施”这个词闪过她的脑海，但这一次，她不会再像第一次那样紧张得不知所谓。

“林青枝，这一次我不会再让你轻易逃脱了。”

罗嘉悄然起身，似是不经意地走到了她的办公区旁。

“这一次，我会将每一个细节都复原完毕，会用最契合的设计思路让你无处可逃，你展现在众人目光之下的将是无可辩驳的抄袭之作——《花神录》将成为你职业生涯的终点，也将成为你人生中难以洗刷的污点。就让我们看看，一个资质平庸但恪守道德的设计师和一个天赋卓绝却抄袭成性的设计师，到底谁更让宋屿嗤之以鼻？”

《花神录》成稿定稿之后，亚瑟珠宝决定于 12 月底召开高定系列发布会。

这时《花神录》的设计稿在设计部内部才算正式解禁，众人看过设计稿后不得不感慨，果然是“长江后浪推前浪，前浪死在沙滩上”。为了尽快高效地完成展示样品的制作，除了宋屿，林青枝提出让 Anna 和另一位名叫赵乾的设计师一起协助工作——因为 Anna 擅长镶嵌，赵乾擅长切割打磨，分工合作能够最大限度地提高工作效率。能够参与高定系列样品制作，Anna 自是欣然应允，但赵乾却不太乐意。

“宋总，我自己的项目还没做完呢。”他拿出自己手上的两个钻石项目在众人眼前晃了晃，言外之意就是让宋屿另请高明。

“你的两个项目都是昌业公司董事长送过来的吧，我会亲自跟他说明情况，允许你过段时间再交货。”宋屿只扫了一眼他手里的文件，立即便拍了板。

“可是……”赵乾还想再说什么，但是一对上宋屿的目光，他就瞬间蔫了，“好的，宋总，我明白了。”

“小青枝，加油！”Anna 用手肘撞了一下林青枝的胳膊，满脸跃跃欲试的兴奋。

“拜托了。”林青枝微笑，言辞诚恳。这是她第一次和这么多人合作完成设计作品，心里难免忐忑，不知道过程中会发生什么事情；但当她的目光扫到宋屿时，这种忐忑又一下子烟消云散了，因为他说过，有他在，不用怕。宋屿给予她的安全感，不知不觉已如此强大。

罗嘉最近一直联系不到程亦飞。她去编辑部找他，却得知他竟出国采风去了；至于到底去了哪里，编辑部里也没人清楚。罗嘉有些不安，不知道程亦飞究竟发生了什么事。

自从上次他被带出亚瑟珠宝之后，她就没有再见过他；一来她被自己的事烦得焦头烂额，无心他顾；二来她也不想让宋屿觉得自己和程亦飞走得太近，所以在相当长的一段时间里，她都没有主动联系过他。奇怪的是，程亦飞在这段时间里也没有主动联系过她，难道他是因为自己在亚瑟珠宝时的表现……生自己的气了？罗嘉不禁有点儿后悔，要是当时她跟着出去，或者事后及时给他打个电话确认一下他的状况，就好了。

两天之后，也许是因为终于看见了她那几十个未接电话，程亦飞终于给她回了电话。

“亦飞，你在哪里，你还好吧？”罗嘉迫不及待地接通电话，语气急切。

“我很好。”电话那头沉默了一阵，回答。

罗嘉听出了他声音里的失落，以为他还在生自己的气，连忙解释：“亦飞，那个时候对不起啊，我真的不是故意让你难堪的，只是当时你是真的误会了，而且那么多同事都在，我总不能……”

“找我有什么事吗？”程亦飞打断了她的解释，直截了当地问。

罗嘉愣了一下。在她的记忆中，这似乎是程亦飞第一次这样对她说话。

“如果你已经回来了的话，我有件事想和你当面谈谈，很重要。”但她很快便调整好自己的情绪，轻声道。

“你约地方，我去找你。”程亦飞闻言，立即应承。

见程亦飞一如既往地积极回应自己的邀约，罗嘉这才稍稍松了口气。

“那就今天下午 3 点在我家楼下的‘未来猫’见，怎么样？”她的声音里又带了温柔笑意。

“好的，我知道了。”说罢，程亦飞便挂了电话。

罗嘉托着手机的手久久没有放下，她看向窗外，似乎有些失神。

未来猫是一家法式西餐厅，环境很好，宽敞而安静，每位客人都可以找到属于自己的一席之地，既不会干扰别人，也不会被别人干扰。

罗嘉选了最靠里面的一个位置，点了一杯抹茶冰饮后便缩在柔软的沙发里，安静地等着程亦飞的到来。大概 3 分钟后，程亦飞推开了未来猫的门。他环视一圈，很快便看见了角落里的罗嘉，然后便大步朝她走了过去。

“程大记者。”见他过来，罗嘉露出了欣喜的笑容，但程亦飞的神色却不似以往，他的反应竟出奇地平淡。

“程大记者，你不会还在生我的气吧？”罗嘉见他神态反常，只得小心翼翼地问。

“你是说上次我揍了宋屿一拳然后被保安带走那件事？”程亦飞闻言，终于露出一丝苦笑，“那是我自作自受，与你无关。宋屿说得很对，我这种动手前不过脑子的做事方式，的确和小学生无异。”

“不是你的错，明明是我一开始没有说清楚。”见他这个样子，罗嘉连忙出声安慰。

“不说这个了，嘉嘉，你说很重要的事情到底是什么？”程亦飞不想再继续这个话题，于是开门见山直奔主题。

“差点忘了正事。”罗嘉“啊”了一声，从自己包里拿出一个文件袋递给程亦飞。

程亦飞接过文件袋，抬头看了对方一眼，见罗嘉眼中满是期待，于是便打开文件夹拿出了里面的东西。那是一沓厚厚的设计原稿。这沓设计稿严格说来其实只有3样设计作品，只是每一个设计作品从草稿到接近定稿的阶段性稿件几乎都有，有些草稿上面甚至还备注有设计思路，可以说是非常齐全的设计资料了。而且程亦飞发现，这些设计稿似乎就是林青枝的《花神录》系列。

“这是什么意思？”程亦飞将每一张设计稿都看了一遍，将它们放下，重新抬头看向罗嘉。

“亦飞，我之前就跟你说过，我一定会找到证据的。”罗嘉神色一整，眼神认真，“上次是我疏忽，只拿出了林青枝一张设计稿件，以致IOAO评定时这张设计稿作为孤证无法证明林青枝抄袭；所以这次，我将能拿得到的设计原稿都拿出来了。因为《花神录》系列已经进入样品制作阶段，林青枝对之前的这些设计手稿不再像之前那么警惕，所以我才能将它们完整地偷运出来。”程亦飞沉默不语。

“你看，有了这些手稿，是不是足以坐实林青枝抄袭这件事了？”罗嘉看着他，满眼期冀。

“你说的重要的事，就是指这个？”程亦飞抬眼看她，目光晦暗难明。

“这些还不够吗？”罗嘉愕然，但随即又从包里掏出了另一个文件袋，“没关系，幸好我还有其他证据。为了防止林青枝狡辩称这些设计手稿是伪造的，我连她的最终定稿都复印了，这些草稿再加上这张定稿复印件，就算林青枝再狡猾，也不可能一而再再而三地逃脱——”

“够了！”程亦飞突然低喝一声打断了罗嘉的说话，引得周遭其他客人不时侧目。罗嘉止声，满脸难以置信。

“程亦飞，你到底是怎么了？”沉默许久，她小声询问。程亦飞此时的表情很严肃，严肃得几近阴沉，这是罗嘉第一次见他对自己露出这样的神色。

“嘉嘉，在林青枝进入亚瑟珠宝之前，你真的不认识她吗？”程亦飞不答反问，声音缓慢而低沉。

“当然不认识。”罗嘉心里一突，面上却是立马皱眉，一副莫名其妙的表情。

程亦飞不再说话，而是伸手从上衣口袋里拿出了一张照片。罗嘉一见照片瞬间变脸，作势便要起身去抢；但程亦飞却是眼疾手快，他猛地将手抬高，让她扑了个空。

“你怎么会有这张照片！”罗嘉陡然抬高声音，全然不顾西餐厅里保持安静的要求，显然已经慌了心神。

“谢菲尔德哈勒姆大学珠宝设计专业 2018 级毕业照，我从学校史馆里拷贝出来的。”程亦飞眼眸锐利，早已没有了往日里的温情脉脉，“如果你不认识她，为什么你们又会在同一张照片里面？”

罗嘉咬唇不语。程亦飞也不说话，只是静静地看着她，眼中锐利渐渐化作心痛。她不说话便是默认，他之前的所有猜测，也许都将成真。

许久之后，罗嘉再次开口，但这次的声音却很轻微，近乎呓语：“你还知道了什么？”

“《忘川》。”程亦飞目露悲哀，慢慢地吐出了一个词。

罗嘉浑身一震，脸色煞白。程亦飞见她如此反应便知道，自己的猜测，果然成真。

“我向老师们打听过，也向留校的同学求证过，你和林青枝是同批同班的学生，你们两个都很有名，不同的是林青枝是在设计上天赋异禀，而你却是在社交上风采卓然；包括老师在内，大家都觉得林青枝应该会在毕业设计时大放异彩，却没想到最后竟是你的设计拔得头筹。”程亦飞看着她，声音平静，却带着一丝不易察觉的颤抖。

“那又怎么样，难道就不能是她毕业设计时发挥失误而我发挥超常吗？”罗嘉勉力镇定心神，她与他对视，尽量将慌乱掩藏起来。

“但林青枝的设计概念，有人很早就知道了。”程亦飞继续道，果然看见罗嘉的脸色越来越白，“也许你没注意到，《忘川》和林青枝之前递交过的一个设计作业，名为‘彼岸’的琥珀项链其实是遥相呼应的，在递交‘彼岸’时她就已经将这个设计概念和同宿舍的室友们讨论过，而有一位室友，恰巧留校。”

“怎么可能……”罗嘉不敢相信，她千辛万苦隐藏的真相，竟就这样被程亦飞挖了出来。

“嘉嘉，那个《夜海牡丹》恐怕也不是你的设计吧。”程亦飞见她脸上血色尽失，心痛更甚，却仍选择继续说下去。

罗嘉一下子露出了惊恐的神色。

“为什么这么说？”她突然抓住他的手，程亦飞感受到了自她手心传来的冰冷。

“因为你的‘夜海牡丹’不到两个月便送返维护了。”他苦笑，不知是在笑他自己，还是在可怜罗嘉，“你是科班出身，又是正经毕业，按道理说不可能会出现这种低级的质量事故；那么唯一的解释就是，《夜海牡丹》并不是你自己的设计，所以你没有百分之百的把握做好这个作品。”

罗嘉的手颤了一下，程亦飞适时将自己的手抽了回去。

“罗嘉，《金乌还巢》涉嫌抄袭那件事，也是你陷害的林青枝，对吗？”

程亦飞的声音很轻，听在罗嘉耳中却如炸雷，一下子便炸碎了她最后的心理防线。

“亦飞，求你不要将这些事情说出去，好不好？”罗嘉突然扑过去抓住程亦飞的双手，满眼乞求，神色狼狈。

程亦飞不说话，只是定定地看着她，目光深沉，清晰地倒映出她似哭似笑的表情。

“求求你，我真的不能让宋屿知道《忘川》和《夜海牡丹》不是我的作品啊！”见他久久不说话，罗嘉不禁带了哭腔。

她给他留下的最好印象来自《忘川》，她让他感觉到无比惊艳是源自《夜海牡丹》，如果他知道这些都不是她的作品，那她在他心中还能留下什么？

程亦飞看见她的眼角渐渐沁出泪水，感受到她手心传来的灼热与潮湿，他的心里绞痛非常，几乎快要不认识面前的女人到底是谁。

“嘉嘉，你是从什么时候开始，变成这样的？”他再次开口，声音里深重的疼痛让罗嘉微微一愣。

“我认识的罗嘉，自信而美丽，她在人前永远都会绽放出夺目的光彩，没有人比她更引人注目。”程亦飞看着她的眼睛，似乎是想从她的眼里看到那个曾经令自己心驰神往的姑娘，“这样的她，从不屑以肮脏手段去获得自己想要的东西，她只会光明正大地去争取、去追求，直到她想要的被她牢牢抓在手中。”

罗嘉被他看得下意识地松了手，因为他的目光太过澄澈，竟让她感到自惭形秽。

“如果可以，我也不想这样。”罗嘉喃喃自语，眼泪终是溢出眼眶，“但林青枝，唯有林青枝，我不甘心！”

她何尝不想光明正大、意气风发地站在宋屿面前？但她做不到。天赋这种东西与努力无关，即便她再努力，也不可能以自己的平庸获得他的青睐，因为他的眼中只看得到那些与他一样优秀的同类，如果她不伪装自己，那他的目光就永远落不到她身上。可林青枝，她明明给予了自己伪装的资本，却在最后关头又跳出来站在了宋屿面前，这无异于将自己推下深渊，自己如何不恨，如何甘心！

“所以你就想用这种办法陷害她，”程亦飞顿了一下，声音骤冷，“利用我。”

“亦飞，不是你想的那样，我只是——”罗嘉惶恐，她想解释，但他根本不听。

“我知道你和我亲近只是因为我和宋屿的关系，一直都知道。”程亦飞话一出口，罗嘉便僵住了，“你不愿意说，我就装糊涂，但我还是如你所愿，时不时会将宋屿的行踪和喜好假装不经意地告诉你，因为见你欢喜我就开心。但时间一久，我终究还是心意难平，所以后来才会突然换专业，放弃自己喜欢的珠宝设计，改变衣着打扮，使自己和宋屿越发背道而驰，因为我不希望你每次见到我时，都是在透过我看见宋屿的影子。”

罗嘉一时不知该如何反应。她一直以为自己隐藏得很小心，却不曾想，原来他从一开始就全部知道了。

“罗嘉，关于林青枝的一切，请你以后不要再找我，我不想再写她的事了。”程亦飞起身，准备离开。

“程亦飞！”罗嘉突然出声叫他。程亦飞停下脚步，却没有回头。

“我只求你一件事，不要告诉宋屿这些，求你。”她声音嘶哑，带着一种难言的疲惫和难堪，听在程亦飞耳中，让他心如刀割。到最后，她唯一在意的仍是宋屿。那他呢？他又算什么？程亦飞没有回应，大步走出了西餐厅。

第十三章

# 我不会让你离开的

晚上下班后，宋屿将林青枝送回了家。

在楼下和宋屿挥手道别之后，林青枝想着去便利店买点儿东西，却在回来的路上碰见了一个意料之外的熟悉身影。她竟然看到了程亦飞。

“你怎么在这里？”见对方手里拿着一罐啤酒，旁边又有好几个空罐，林青枝犹豫了一下，还是决定上前搭话。

程亦飞瞥她一眼，似乎并不打算理她。林青枝看了他半晌，拿出手机就开始翻通讯录。

“你干什么？”程亦飞终于开口。

“给宋屿打电话。”林青枝话音未落，手机就被对方抢走，强制关机。

“你知道我和宋屿的关系了？”还不等她出声抗议，程亦飞开口便问。

“把手机还我。”林青枝没有回答，算是默认。

程亦飞与她僵持许久，最终还是将手机还给了她。

“走，我请你喝酒。”然后，他拉着她就往一个路边摊走去。

“喂！”林青枝只觉得一阵莫名其妙，但见他今天神色有异，也不好多说什么，于是出于关心对象家属的想法，终究还是没有甩开他的手。

程亦飞所说的“喝酒”，真的就是喝酒。在路边摊坐下来后，他一口气点了一箱啤酒，便自顾自地开始喝；林青枝看不下去，只得自己跟老板要了十几个烤串，以免出现自己一个人傻兮兮地干坐着看对方喝酒的尴尬情况。程亦飞在喝酒，林青枝在吃烤串，他们两人就这样谁都不理谁面对面坐着，这个画面安静又诡异。

不知喝了多少罐啤酒，程亦飞终于停了下来。“对不起。”他突然开口，让还在吃烤串的林青枝一下愣住了。咽下嘴里的肉，林青枝看着他，像是没听明白他刚刚说了什么。

“我说，对不起。”程亦飞有些烦躁，但还是再说了一遍。

“没关系，我不在意。”林青枝这下反应过来了，她大度地挥了挥手，表示全不在意。

“你知道我在说什么吗？”见她这样满不在乎，程亦飞不禁反问一句。

“是关于我的那些评论报道吧。”林青枝瞥他一眼。

程亦飞沉默。他以为她可能会指责他助纣为虐，也可能会嘲笑他是非不辨，但却没想到她竟然是这种反应，毫不在意，似乎根本没有放在心上。那可是抄袭的指责啊！一着不慎，她如今可能就已经不在珠宝设计界了。

“你不怪我？”过了许久，程亦飞再次问道。

“当然怪你，要不然我为什么要去编辑部堵你。”林青枝擦擦嘴，也决定暂停一下，“只是那次跟你聊过之后，我突然觉得你也蛮可怜的。”说到这里，她突然止声。被对自己很重要的人当枪使，这种事换成谁都接受不了吧？更何况看程亦飞现在这个样子，又是喝酒，又是道歉，他恐怕是已经知道些内情了。

见林青枝眼里流露出同情，程亦飞刚想发作，但思忖片刻后，还是露出了苦笑。

“我认识罗嘉的时候，她并不是这个样子的。”不知过了多久，程亦飞又喝了口啤酒，他的目光迷离，像是透过喧闹的人群看向了遥远的过去。

“那个时候，宋屿第一次到谢菲尔德哈勒姆大学演讲，我过去替他捧场时，遇见了罗嘉。”

林青枝安静地听着，但她完全没有宋屿到谢菲尔德哈勒姆大学演讲的记忆，恐怕那个时候她正在外面打工，正好错过了那场演讲。

“那时的罗嘉在华裔学生当中就已经相当出彩，普通人一眼望去，目光十有八九都会被她吸引，我也同样如此。后来我就托朋友打听她的消息，得知她也是珠宝设计专业的，便开始想方设法制造机会和她巧遇，最终我如愿以偿，和她相识，并成了朋友。

“起初，我们相处得很愉快。她和我之间仿佛有种天生的默契，聊天能聊到一起，爱好也非常相近，所以我们在一起时经常感觉不到时间的流逝，我一度认为我们就是天生一对——直到从某一天开始，她有意无意地跟我聊起了宋屿。

“原本我并不在意，毕竟宋屿对于我们这些学珠宝设计的人来说的确是偶像，就算我是他表弟，我对他的崇拜也到了无以复加的地步；可是时间一长，我终于发现，也许她会和我成为朋友，并不是因为我和她兴趣相投。

“她的话题总是围绕宋屿展开，他的设计、他的爱好以及他的性格，她越是极力表现得漫不经心，我就越清楚她的目标从一开始就不是我。后来一次机缘巧合之下，我再次和曾经帮我认识她的朋友凑到一起聊天，这才知道他向她介绍我时，将我是宋屿表弟这件事说漏了嘴。

“多可笑，我就这样不明不白地成了罗嘉了解宋屿的桥梁，她透过我虔诚地仰望着他，而我却还傻兮兮地以为她看着的那个人，始终是我。后来，我渐渐疏远宋屿，换了专业，改变风格，极力使自己成为一个与他完全不同的人，但这些在罗嘉看来，并没有什么不一样。不，唯一不一样的，大概是在我疏远宋屿之后，她也渐渐疏远了我。

“其实在拿到那张手稿时我已经心怀疑虑，但因为给我手稿的人是她，所以我最终还是选择了相信。现在看来，这只是我一厢情愿的自欺欺人，从一开始，她的心就只在宋屿身上，我于她来说不过是个踏板，她只想将最好的一面展现给宋屿，其他的，她全然不顾。

“你说，我是不是很可悲？”也许是醉了，也许是需要一个人倾吐，程亦飞一口气说了很多，能说的和不能说的，他全都宣泄而出；待到林青枝回过神来，他已经趴倒在桌上不省人事。林青枝看着他，一时间也不知该说什么好。

这些背后的爱恨纠葛，她其实一点儿都不想听。罗嘉也好，程亦飞也好，他们的爱恨跟她又有什么关系？但从某种程度上来说，他们两人倒也挺像，罗嘉爱宋屿却得不到回应，便跳出来怪她突然出现横刀夺爱；程亦飞爱罗嘉却发现她心有所属，于是便自己跟自己赌气，顺带疏远了毫不知情的宋屿。也不知道她和宋屿上辈子到底是做了什么孽，结果这辈子双双“人在家中坐，锅从天上来”，何其无辜。叹了口气，林青枝最终还是拨通了宋屿的电话。

“这么快就想我了？”宋屿的声音很快便自手机中传来，带着调侃的笑意。

“快开车过来把你表弟抬走，他这么大只，我可拖不动。”林青枝又看了一眼程亦飞，发现他真的一动都不动。

“程亦飞去找你了？什么情况？”宋屿愣了一下，显然想不出为什么程亦飞会单独去找她。

“一言难尽。”林青枝想了半天，只能回他 4 个字。

程亦飞醒来时发现自己在宋屿家，他愣了半天，立即起床拿了外套就往外走。开门时恰好赶上宋屿买早餐回来，两人便在门口撞了个正着。

“要走了？”两人沉默良久，终于是宋屿先开了口。

“嗯。”程亦飞闷声回答，一时间两人又陷入沉默。

宋屿叹了口气，将手里的早餐提到他面前晃了晃：“反正都已经买了你的份，吃完再走吧。”

程亦飞看了他半晌，最终还是往回退了几步，将他让进了房间。

这顿早餐，程亦飞吃得食不知味，宋屿却吃得很是镇定自若。待到他慢条斯理地放下手中的碗筷，程亦飞也赶紧停下了手里的动作。

“青枝已经把所有的事情都跟我说了。”宋屿抬眼看他。

程亦飞宕了下机，昨晚断片前的记忆慢慢浮现；起先他的表情还十分迷茫，但很快便五颜六色，霎时精彩。

“她都说什么了？”不愿相信自己昨晚说过的话都被宋屿知道了，程亦飞仍想做最后的挣扎。

“我觉得自己这几年过得很冤。”宋屿表情平静，程亦飞却霍然起立，逃也似的就要往外冲。

“程亦飞。”他刚要开门，宋屿突然又叫住了他。程亦飞停住脚步，却没有回头，心里默念一万遍“老天保佑”，只希望宋屿不要再说出些让他更难堪的话来。

“你知道《忘川》和《夜海牡丹》是谁的作品吗？”宋屿的声音再次

响起，程亦飞浑身僵住。

不知过了多久，他才终于低声回应：“它们，是罗嘉的作品。”程亦飞说出这句话时，就像是用尽了全身的力气。不待话音落下，他已打开门快步离去。

宋屿看着那个几乎是落荒而逃的身影，轻轻地摇了摇头。

12 月 25 日，《花神录》系列在亚瑟珠宝的新品发布会上正式亮相。12 朵花，12 位花神，12 种光彩各异的珍贵宝石，璀璨的光辉映亮了整个新品发布会会场，更引得满场闪光灯此起彼伏，亮如白昼。

林青枝坐在主席台上，一遍又一遍地默背着周想事先给她拟好的发言稿，但她发现越背越忘，到最后已经完全不知道自己该说些什么了。好在宋屿坐在她的身旁，见她紧张得微微发抖，便悄悄在桌下握住了她的手。

“放轻松，不过是说说自己的设计概念而已，没什么好怕的。”宋屿的声音自无数咔嚓声中清晰地传进自己的耳朵里，林青枝终于慢慢放松下来。

展航和宋屿在主持人的安排下，依次对“花神录”创作的相关背景进行了介绍；待到林青枝发言时，她仍觉心里一突，瞬间出现的紧张感让她手脚冰凉。

“别怕。”宋屿的耳语适时传来，她狂跳的心脏渐渐平复。

“‘花神录’的设计灵感，来自我的一次采风写生……”林青枝深吸一口气，开始侃侃而谈。

新品发布会进行得非常顺利，“花神录”系列成品一经展出，单发布会上就已经敲定了 14 个订单，可谓开门大吉。林青枝的照片第二天就出现在了众多杂志报刊之上，媒体对她的评价很高，字里行间都将她誉为了第二个 Hall。能够得到大众的高度肯定，林青枝自然兴奋不已；但对于“第二个 Hall”这个称呼，她却是无限惶恐。毕竟宋屿就在她身边，两人间存在的差距她还是心中有数的。

“怎么，被夸不好吗？”见林青枝看着报纸一会儿高兴一会儿皱眉，宋屿将一杯热牛奶放在她的面前，故意调侃。

考虑到林青枝现在的身份和她与宋屿之间的关系，展航主动向总部提出申请，替她在宋屿对面购置了一套单身公寓；虽然她本人对这件事持反对态度，但公寓都已经买好了，不住白不住，于是她最终还是收拾好行李乖乖地成了宋屿的邻居。因此，她也就顺便开启了一日三餐蹭饭模式。

“被肯定，我当然开心，但是被吹成‘第二个 Hall’，就有点儿恶心了。”林青枝放下报纸，抿了一口牛奶，“我自己是几斤几两我自己清楚，跟你比起来，我还有太多路要走。”

“这有什么关系，反正你迟早都会成为第二个 Hall，我相信自己的眼光。”宋屿伸手揉揉她的头发，眼中尽是缱绻。

“就算这么被你夸，我也不会很开心的。”林青枝“哼”了一声，脸颊却还是攀上了两朵开心的红云。

宋屿看着她这副模样，嘴角笑意更浓。不得不说，展航真是一个好帮手。以公司之名义正词严地将林青枝放到了自己对面，他和林青枝相处的时间便更多了；除去工作上的相处，他也能在生活里有更多时间去了解林青枝的性格、爱好和日常生活，他有了更多的机会去接近她、理解她，这让他感到无比欣慰。林青枝似乎也在有意无意地回应着他，他对她了解越多，就越觉得她可爱，无论是工作还是生活，她都让他心旷神怡。

“快点吃早餐，我们要迟到了。”宋屿低头看了眼手表，出声提醒。

“花神录”系列的销量一路走高，短短两周，已渐渐有了超越总部高定系列的趋势。

对此，不仅是展航，就连设计部里也是一片屏息凝神，大家都在期待着这种前所未有的奇迹出现。但还没等来“花神录”系列超越总部高定系列的那一刻，展航的办公室里就率先到来了一位不速之客。那是一位身姿挺拔的中年人，他身着一套灰白色唐装，五官清俊，目光炯炯，气度很是不凡；而在他身后，则跟着一个穿着深蓝色西服、携着公文包的年轻人，一看便是律师之流。

“林总，不知你这个时候光临亚瑟珠宝中国分部，有何指教？”抬手示意面前两位客人在桌前坐下，展航面带微笑，暗地里却是心念急转。

面前来人不是别人，正是林景堂的总经理林萧。林萧是林语之的外甥，林语之唯一的女儿去世之后，林景堂的生意几乎都是靠林萧一手打理；如果说林语之是林景堂的魂，那林萧就是林景堂的血和肉，林语之扛鼎林景堂的景泰蓝工艺，而林萧则撑起了林景堂的整个生意。

上次因为《金乌还巢》的事，林语之就到总部大闹过一场，这次林萧再次登门，他总觉得没什么好事。

“听闻贵公司的‘花神录’系列销量一路走高，受老爷子所托，我特地登门祝贺。”林萧亦回以微笑，字里行间都很随性平和，“毕竟这是小枝第一套正式作品，我们要是不闻不问，实在说不过去。”

展航眼神一凛，神经立刻绷紧。听他的语气，似乎和林青枝是熟识？那为什么在发生《金乌还巢》涉嫌抄袭事件的时候，林老还要去总部大闹？那架势，简直就是亚瑟珠宝不辞林青枝他便誓不罢休。

见展航表情微变，林萧笑意更甚：“看来，展总并不知道小枝是我家大小姐。”展航瞬间愣住。

林青枝突然打了个喷嚏，不知道为什么，她突然觉得有些冷。恰巧周想刚刚路过她身旁，又像想起了什么似的倒了回来。

“小青枝，你还记得《金乌还巢》被指抄袭的对象吗？”她凑到林青枝身旁，小声问道。

“当然记得。”林青枝一愣，随即尴尬地笑了一下。

怎么可能不记得，那可是她亲外公，而且抄袭这个“锅”还是他老人家亲自替她扣上的。

“这会儿林景堂又来人了，他们正坐在展总办公室谈事情。”周想继续道。

林青枝瞬间抽了下嘴角。她终于知道为什么刚才会突然打喷嚏了，但这一次，她可没什么把柄给外公抓。

“我也觉得奇怪，怎么林景堂就好像抓住你不放了。”周想见她脸色不太好看，也挺替她打抱不平，“你一个刚刚毕业的小姑娘家，能跟他们有什么深仇大恨，至于因为一次疑似抄袭事件就彻底盯上你了吗？”

林青枝闻言，只得苦笑。就在这时，电梯门“叮”了一声，随后便有人走了出来。林青枝抬眼看去，手里本来还握着的笔一下子就掉在了桌上。

“小枝，好久不见。”身着灰白色唐装的中年男子快步走到她的办公桌前，微笑着看她，神色和蔼。

“舅舅，怎么是你？”林青枝没想到来的人竟然会是林萧，她还以为这次又是她外公亲自披挂上阵。

“林青枝，我们现在一起去宋屿的办公室。”比起林萧的温和从容，展航的脸色就阴沉了许多。见他这副神色，林青枝几乎是本能地明白过来，外公所说的“大麻烦”这下恐怕是来了。

看了眼展航，又看了眼林萧，宋屿的目光最终落在了林青枝身上。而林青枝此时同样是一脸懵，她显然也没料到会出现这种情况。

“这件事情要是处理不好，会出大事。”展航低头揉揉额角，第一次有了头痛欲裂的感觉。

时间倒回半小时前。展航领着林萧、律师和林青枝进入宋屿的办公室，正在画设计图的宋屿一抬头，就对上了展航凝重的目光。

“发生什么事了？”他摘下眼镜，迅速扫了一眼众人之后，问。

“林青枝是林语之的外孙女。”展航率先开口。

“我知道。”宋屿点头，这有什么问题？

“你知道？”展航立时睁大眼睛，这么大的事情，他竟然一个字都没提过。

“设计师就是设计师，她父母就算是国家主席，她也只是一名设计师，有什么关系？”宋屿被瞪得莫名其妙，他不知道展航在恼怒什么。展航不再说话，径直走到一旁的沙发上坐下，闭上了眼睛。

“既然宋总知道小枝的身份，那有些事情我们就好谈了。”林萧仍然保持着微笑，语气一如聊天般轻松随意，“想必诸位也看到了，小枝的景泰蓝制作工艺功底深厚，尤其是掐丝镶嵌，甚至到了炉火纯青的地步，她是我们林家的骄傲，也因此被老爷子内定为了第 15 代林景堂当家。”

“那是外公自己定的，我可没同意过。”林青枝忍不住插嘴。

林萧笑着摸了摸她的头，丝毫没有责怪的意思：“只是小枝从小学习的景泰蓝制作工艺并不是一般工艺，它是我林景堂几百年传承下来不断融会贯通的特殊工艺，凝聚了林景堂十几代匠人的心血，是不传之秘。”

“什么意思？”宋屿沉默半晌，突然开口问道。

林萧的说辞让他心中升起一丝不祥的预感，他可能知道对方要干什么了。

“我的意思就是，小枝设计‘花神录’系列时使用的工艺是我林景堂的不传之秘，如果你们不即刻停止‘花神录’系列的销售，林景堂将向法院起诉亚瑟珠宝工艺侵权。”林萧微笑依旧，说出来的话却如晴天霹雳，让林青枝瞬间脸色煞白。

同样神色凝重的，还有展航。先不说“花神录”系列如今销量持续走高，单从设计概念、工艺和整体水准来说，它都是亚瑟珠宝近年来数一数二的设计作品。如果现在将它停售，舆论必定一片哗然，亚瑟珠宝的声誉也肯定会受到前所未有的打击。这件事要是真的发生，那就不是工作失误，而是重大事故了。

“舅舅，你们怎么能这样！”林青枝看向林萧，声音不自觉抬高了一个八度，“我从小到大一直用的都是这种制作工艺，也没听你们说过这是不传之秘啊！而且之前我开淘宝店时也在用这种工艺，你们不也一样没管吗？”

“但‘花神录’系列的影响太大了，而且亚瑟珠宝靠它获得的盈利也远超我们的想象，所以我们当然不能就此放任不管。”见展航神色凝重，林萧的微笑越见意味深长，“不过林景堂和亚瑟珠宝偶尔也有合作，我们其实也不想将关系搞得特别僵。”

“条件是什么？”展航立刻就听出了他的弦外之音，于是直截了当地问。

“辞退小枝，让她能够安心回林景堂继承老头子的衣钵。”林萧也不绕弯子，直接抛出价码，“如果你们接受这个条件，我们就会对外宣称《花神录》系列是林景堂与亚瑟珠宝的工艺合作款，这样一来，于你于我都有好处。”

林青枝闻言，立时瞪大了眼睛。结果绕了一圈，他们的目的，还是让自己回家继承林景堂?

“舅舅，你直接继承当家不就行了吗，反正现在林景堂的生意也是你在打理！”林青枝几乎快要崩溃，他们一个两个干吗都要跟自己这么个小姑娘家过不去?

“小枝,如果可以的话,舅舅也不想助纣为虐,但老头子认定了你啊。”说起这个，林萧也只能苦笑。

本来看到林青枝的“花神录”系列在珠宝设计界大放异彩时，他也由衷地为她感到高兴；但怎奈林语之实在太固执，他最终也只得是顺着他的意思来亚瑟珠宝要人了。

“我不同意。”不等林青枝再说话，宋屿已经先开了口。

“宋总的意思，是不想辞退小枝？”林萧眯起眼睛。

“因为一个人的一句话就辞退我的设计师，没这样的道理。”宋屿微微一笑，眼里却笑意全无，“既是不传之秘，又怎么可能被我们的设计师学会并运用到设计里？如果真要追究，恐怕第一个被追究的人就该是林青枝。”他直接将林青枝推上前去，就是断定了林萧和林语之不可能拿她开刀。

林青枝闻言立马会意，干脆上前一步继续火上浇油：“就是，如果真要这么打官司，舅舅你们就先将我送进监狱去吧。”

“你个小鬼精灵，这还没结婚，胳膊肘就一个劲往外拐。”林萧哭笑不得，他听林语之说过宋屿和林青枝的事，却没想到这会儿竟能亲眼看一看什么叫作“嫁出去的女儿，泼出去的水”。

“这胳膊肘是为我自己拐的。”林青枝被林萧揶揄得脸颊泛红，但还是挺直了腰杆，“珠宝设计是我的梦想，我不想放弃我的梦想。”

“即便为此搭上你公司和男朋友的前程？”林萧反问。

“那你们先把我送进监狱啊。”林青枝也不回答，干脆彻彻底底耍起了无赖。

林萧禁不住摇头叹气，实在是拿林青枝没辙。

“展总，我给你 3 天时间考虑，如果 3 天之后亚瑟珠宝不能给林景堂一个满意的答复，那我们就只好法院见了。”林萧抬眼看向展航，说完最后几句话便带着律师离开了宋屿的办公室。一时间，只留下展航、宋屿和林青枝 3 人面面相觑。

“这件事我需要通报总部。”沉默许久，展航开口。

“不行。”宋屿想都没想便一口回绝，“如果通报总部，青枝就一定会被辞退，但看林萧刚刚的态度，他们十有八九不会冒着将青枝送进监狱的危险起诉我们。”

“万一他们真的起诉了呢？”在这件事上，展航态度坚决，“提前将这件事通报总部，总比法院传票寄到总部时他们才知道要好。”

“展总，对不起。”林青枝突然开口道歉。

她早该知道事情不会一帆风顺，却没想到外公为了让她回家竟留下这么一手。

“也不是你的错。”展航看她一眼，见她此刻神色惶惶，不禁叹了口气。

“实在不行，我们就更改后面批次的制作工艺。”宋屿思索片刻，想到一个折中之法。

“但是新的制作工艺需要实践，3 天时间够吗？”沉吟半晌，展航觉得这个主意可行。

“试试看吧。”宋屿看向林青枝，后者眼中重新燃起希望。

更改制作工艺不是一件小事，尤其是在某些特定工艺的设计稿里。

两天过去，宋屿和林青枝只试验更改成功了 5 件设计作品的制作工艺，而距离林萧的回复期限，已经只剩不到一天的时间。林青枝眉头紧蹙，宋屿却仍是神色自若。

“不要着急，车到山前必有路。”见林青枝愁眉不展，他还不忘时不时出声安慰。

“宋屿，我觉得现在最好的办法，就是我离开亚瑟珠宝。”但这一次宋屿的安慰对她来说，并不奏效。

要是说以前遇到的困难都是他们能够携手克服的，那这次遇到的困难，就是一座他们无论如何都翻越不了的大山。她低估了外公对于让她继承林景堂当家这件事的执念，更低估了一个人在追求梦想时会遇到的种种阻碍。

“我不会让你离开的。”宋屿抬眼看她，目光灼灼，语气笃定。

他曾说过有他在她就不用怕，以前是，现在也一样。林青枝闻言，微微一笑，没有说话。

下午，宋屿和展航接到通知去参加总部的电视会议，林青枝则独自一人在办公区里试验新的景泰蓝制作工艺。设计部里的气氛一时陷入低迷，谁都不知道该如何打破这种诡异的寂静。直到罗嘉起身，走到林青枝的身旁。

“原来，你是林景堂的大小姐。”她似笑非笑，语气有些阴阳怪气。

林青枝不予理会，她现在的心思全在自己的设计稿上。

“难怪你天赋这么好，原来是从小看得多、练得多。”见林青枝不理会自己，罗嘉微微挑眉，继续说道。

“嘉嘉，你就别打扰她了。”Anna 在一旁看不过去，于是出声劝阻。

“何必这么拼，你只要辞职离开，‘花神录’系列依然会是亚瑟珠宝今年最好的高定系列，你也能继承林景堂，成为一代大家，这种名利双收是多少人想都想不来的好事，不是吗？”罗嘉并未理会 Anna 的劝阻，反而越说越兴奋。

“罗嘉，你闭嘴。”林青枝忍无可忍，终于沉声反击。

“你真以为 3 天时间自己就能改完 12 件作品的制作工艺？做梦！”罗嘉眼神一凛，语气也不客气起来，“林景堂只是想让你回去，难道你还非得死乞白赖地待在这里，拖宋总和亚瑟珠宝给你陪葬不成！”

林青枝一拍桌子猛然起立，却突然发现自己并不能反驳罗嘉什么。她说的并没有错，最皆大欢喜的法子的确就是她辞职离开，那样“花神录”系列、宋屿和亚瑟珠宝都能得到保全，谁都不会有事，真正的两全其美。可是，她如何放得下？她好不容易下定决心，在珠宝设计界开始崭露头角；她好不容易跟自己喜欢的人两情相悦，能够并肩而立，一往无前，这个时候却要叫她放下一切转身离开，她怎么放得下？她的梦想，她的爱人，她毕生追求的所在，叫她放下这一切，这与杀了她又有何区别？

为什么外公就是不明白呢？为什么外公就硬要逼她放弃她想要的一切，让她成为一个她最不想成为的人呢？林青枝看见罗嘉惊愕的表情和 Anna 慌乱的神色，这才惊觉脸颊有丝丝凉意划过，她伸手一擦，满是泪水。

宋屿从会议室出来时，神色凝重。总部的意思果然如他所料，决定放弃林青枝，保全“花神录”系列。他们看不见一名顶尖设计师未来能够创造的价值，只注重眼前看得见的既得利益，商人的品性在设计师眼里，显得可笑又可悲。他在屏幕前据理力争，但总部却毫不动摇。到最后，他只能想到唯一一个办法来保护林青枝——如果总部一定要让她走，他将跟她一起离开亚瑟珠宝。此言一出，连展航都露出了震惊的神色，这次会议自是不欢而散。

“宋屿，用辞职来要挟总部，你是不是疯了？”展航快步追上他，对他刚才的举动仍是心有余悸。诚然，宋屿的确是一名不可多得的顶尖设计师，但纵观整个亚瑟珠宝，与他齐名乃至更优秀的设计师也不是没有；他竟然这样明着跟总部叫板，要是一个不小心，可能真会被总部处理，甚至直接跌落神坛也未可知。

“我只是看不下去了。”宋屿神色平静，声音里听不出喜怒，“明明以青枝的天赋，日后她绝对会创造出比‘花神录’更优秀的作品，他们为什么就不能为她投投资？”

“亚瑟珠宝的百年声誉和高达数百万的赔偿金，谁有胆量去做这种投资？”展航闻言，微微苦笑，“也不能怪总部，毕竟林青枝是个新人，他们觉得为她担下这么大的风险，不值得。”

“希望加上我之后，他们能够觉得值得。”宋屿冷笑一声。

回到设计部，宋屿环视一周，发现林青枝竟然不见了。

“周想，她人呢？”他立即看向自己的秘书。

“小青枝刚刚出去了，你没遇见她？”周想朝他身后看了看，表情有些奇怪。

他刚想转身去找她，但顿了一下后，还是回头走向了自己的办公室。这个时候，他也许该给她一些独处的时间。

林青枝坐在楼梯间里，握着自己的手机出神。刚刚林萧打电话来跟她说了很多，她的心更乱了。他说外公病倒住院了，他说外公希望能在有生之年看见她回来重振家业，他说家里的其他人都在等着她回家，他说林景堂还在等她回来当主心骨。她不怕外公他们硬来，却怕外公他们像这样对她动之以情。

林青枝从来都不是一个心硬的人，所以她放不下叔叔，放不下老板，放不下被“夜海牡丹”维护困扰的罗嘉，也放不下一个人喝醉酒的程亦飞；所以，当外公和舅舅放下身段，以亲人的身份苦苦哀求她回家时，她绝不可能置之不理。事到如今，她似乎只能离开。

为了外公，为了林景堂，为了亚瑟珠宝，也为了宋屿。刚才经过会议室时，宋屿的据理力争她在外面全都听到了，她满心欢喜，又满心惶恐。她欢喜的是宋屿的确是真心爱她，他用尽一切手段保护她，维护她的梦想；她惶恐的却是宋屿愿意用自己的名声与地位来保全她的一切，一旦失败，他也将一无所有。这种豪赌，她赌不起，也输不起。所以她只能离开。

他拼尽一切保护她，她又怎么忍心让他拼尽一切？深吸一口气，林青枝敛眸。再睁眼时，她眼中已然闪烁出决绝的光彩。

晚上，宋屿接林青枝一起回家。路上林青枝心事重重，宋屿知道她现在压力很大，也没有刻意出声打扰她，两人就这样一路无话地回到了公寓。

“宋屿。”就在宋屿准备开门进屋时，林青枝却突然转身叫住了他。

“我在。”他的心思一直都在她的身上，所以当她出声，他便已转过身来。

“我真的不想离开亚瑟珠宝。”林青枝眼眶微红，她的声音带着微微的颤抖。

是的，她真的不想离开。她不想放弃办公桌和操作台，不想放弃璀璨的宝石和金银器，更不想放弃宋屿。

“我知道。”宋屿上前，将她拥入怀中。

他将她领上进入珠宝设计殿堂的阶梯，他为她推开这扇光华璀璨的大门，她的追求和渴望他都知道，她的痛苦和不舍他都明白。所以他不会让她就这样离开，不会让她就这样带着不甘与挫败黯然退场。

“相信我，我绝对不会让你离开亚瑟珠宝。”宋屿在她耳畔轻声安慰。他说过，他会保护她，无论用什么方法，付出什么代价。聆听着宋屿强而有力的心跳，林青枝渐渐盈满眼眶的泪水，终于悄无声息地滑落。“谢谢你。”她轻声回应。

谢谢你将我领入了梦寐以求的殿堂，谢谢你给予我承诺，并不顾一切地去遵循。

第十四章

# 我们注定要在一起

3 天期限已到，林萧再次来到亚瑟珠宝中国分部。

今天林青枝请假不在，而宋屿和展航则已经做好了孤注一掷的准备。如果林萧决定起诉，他们只得应诉，就看总部是否愿意为留下宋屿下一次血本；如果林萧放弃起诉，那自然是皆大欢喜，他们不介意晚上请他好好吃一顿，一笑泯恩仇。

“这些日子，辛苦你们了。”林萧扫了他们一眼，突然笑着上前与他们握了握手。

展航与宋屿只觉得莫名其妙，不知对方这又是唱的哪一出。

“林景堂下一步将会继续和贵公司合作，争取能够推出更多的工艺合作款首饰，相信这种合作前景将十分可观，希望我们能够合作愉快。”林萧继续说道，显然没有了要起诉亚瑟珠宝的意思。

宋屿心中立时升起了一种不好的预感。就算林萧放弃起诉亚瑟珠宝，也绝不可能再谈合作，但林萧今天的态度却十分友好，难道?

“周想，林青枝今天为什么请假？”宋屿立即大声询问门口的周想。

“头儿，她说今天身体不舒服……”周想话音未落，他已转身跑出了展航的办公室。

“你们把林青枝带走了？”见宋屿突然变成这个样子，展航一下子也想明白了个中缘由。

“小枝做出了正确的选择。”林萧不置可否，只回答了这么一句话。

“正确的选择？这种选择难道不是你们逼她做出来的？”展航皱眉，目光越见凌厉，“林总，我是不清楚你们林景堂到底有什么传统规矩，我只知道每个人都是生而独立的，你们不应该将自己的想法强加于林青枝身上，逼着她去背负她并不想要的宿命。”

“展总的话我会记住的，但事到如今，说什么都没有用了。”林萧笑着摇了摇头，转身离开。

宋屿开车一路疾驰，不到 10 分钟便赶回了公寓；他不停按林青枝家的门铃，却是久久无人应答。于是他也不做停留，立即转身下楼，开车前往她之前租房的地方。从出租屋到竹里馆再到仙芙，他把能想到的地方都找了一遍，却都没有看见林青枝的身影；他开始不停地打她电话，起先是通了没有人接，到后来便是直接关机了。林青枝仿佛一夜之间人间蒸发。

宋屿不甘心，他甚至将车开到了林语之的别墅门口。但无论他怎么按门口的门铃，门内都无人应答，他不知道林青枝是不是在里面，于是就坐在车里守在门口整整一天。结果，依旧是徒劳无功。

因为林景堂的推波助澜，“花神录”系列销量再创新高，果然如预期的那样超过了总部今年的高定系列，但设计部里却看不见一丝喜色。林青枝的突然消失使设计部内的氛围越见压抑，而这种压抑的主要来源，就是宋屿。面对越来越严苛的自家上司，周想几次想开口劝慰，却又不知该从何说起。

直到有一天，她看见宋屿桌上出现了一封辞职信。起先她还以为终于有人受不了宋屿现在的严苛，准备另谋高就了；但仔细一看就发觉不对，因为这封辞职信的笔迹竟然和宋屿的异常相像。这不是别人的辞职信，而是宋屿的！当宋屿推门而入，周想几乎是狂奔到了他的面前。

“头儿，你要辞职？”她高声质问，完全已顾不上自己的淑女形象。

“有什么问题吗？”宋屿淡淡地看她一眼，不答反问。

“别开玩笑了，你要是辞职的话，我们怎么办！”周想实在搞不明白他是怎么想的，林青枝突然消失还可以说是有苦衷，他这样辞职又是为了什么？

“展航还在，而且外面那群人都是能够独当一面的优秀设计师，就算我不在，他们也不会搞砸项目，放心吧。”宋屿神色平静，就像现在说的并不是自己的事一样。

“你到底是为什么辞职啊？”周想终于忍不住尖叫出声。

“为了林青枝。”宋屿看她一眼。周想瞬间失声。

“我要去找她，”顿了一下，宋屿继续道，“无论她现在人在何处，我都会找到她。”

“找人也用不着辞职……”周想沉默半晌，有气无力地小声反驳。

“她一天不回来，我就一天不做珠宝设计。”宋屿眼神认真，周想发现他真的不是在开玩笑，“她要是无法追求梦想，我就陪她一起，直到有一天我们能够一同重拾画笔。”

周想后退一步，身形摇摇欲坠。这一刻，她只觉得自家上司已经疯了。

所以，小青枝，你现在到底在哪里，要是你听见了头儿说的这些话，能不能赶紧回家？

宋屿拿着辞职信走出办公室，正好与罗嘉四目相对。“你要辞职？”罗嘉看着他，一脸难以置信。刚才周想和他的对话她在门口听得真切，但她不愿相信，他竟真的要为林青枝辞职。

宋屿没有回答，只是打算绕开她继续向前走；可罗嘉不依不饶，又向前一步挡住了他的去路。“宋总，你要辞职？”她将刚刚的问题又问了一遍。

“请你让开。”宋屿面无表情地看她一眼。

“宋总，林青枝离开，对公司来说的确有些可惜，但你为她辞职是不是就太不明智了？”罗嘉勉力微笑，尽量让自己的声音听起来温柔动人，“毕竟你是中国分部设计师们的主心骨，因为有你在，所以中国分部才能在亚瑟珠宝大放光彩。”

“我可不记得，自己手下招进来的设计师全都是废物。”宋屿微微眯起眼睛，罗嘉心中一震，不自觉退后了一步。

宋屿扬起下巴继续往前，却突然被罗嘉抓住了衣袖。

“宋屿，我爱你！”她急促地开口，声音很小，只有宋屿能听见。宋屿停下了脚步。

“我是因为你才进的亚瑟珠宝，我希望能够陪在你的身旁，有朝一日能和你并肩站在珠宝设计的顶尖位置，我都是为了你！”罗嘉眼圈微红，“明明我比林青枝更早认识你，明明我比林青枝更全心全意为你，我和你站在一起，远比她和你站在一起般配得多，可为什么到头来你竟然选择了她？我到底哪里不如她！”这声音凄切而哀怨，如果别人不知前情，大概真会无比动容。

但宋屿恰恰是那个知晓前因后果的人。

“罗嘉，既然你问出了这种问题，我也只能如实以答。”宋屿拂开她的手，转过身来面向她，“那天抢林青枝快递的人，是你安排的吧？”

“什么？”罗嘉愣住。

“在进入亚瑟珠宝初期或者更早的时候，你和林青枝就是有联系的。”宋屿声音平静，看着她脸色一点点儿变白，“周想和我在讨论青枝的首饰时，你恰巧从我的办公室前路过，那时你就知道，只要她进入亚瑟珠宝，你就没有半点儿崭露头角的机会，所以你才会找人去抢她准备寄出的快递。”

“我不明白你在说什么。”罗嘉别开脸去，声音却有些虚浮。

“其实我也不明白你为什么要这么做，毕竟你抢了这一次后她还能再做，她的其他作品总有一天会放在我的面前。”宋屿顿了一下，“直到某一天，我无意中点开了‘万千辉光’的淘宝页面。除了《金乌还巢》那次引发的骚动之外，我发现，在林青枝寄给我的首饰样品被抢前后，店里还有一大批异常关闭的订单——你在知道我对她的设计有意之后，也曾打算过让她的店就此消失吧？只可惜淘宝的判定似乎并不如你意。罗嘉不说话了。

“说到《金乌还巢》事件，那也是你的杰作。你趁林青枝请假不在，偷偷从她桌上的设计稿里抽出了一张拿去复印，而后将原稿送回，将复印件带回临摹修改，最后将临摹稿交给程亦飞并怂恿他写出了相关报道。”见罗嘉越发局促不安，宋屿却并没有停下的意思，“后来，你还想在《花神录》系列上动手脚吧？你知道赵乾急着用钱，我却因为《花神录》系列将他手上的项目压后，导致他不能及时拿到分成奖金，所以你便私下买通他复印出了几张《花神录》系列的设计定稿，想要交给程亦飞故技重施——只可惜，程亦飞好像看穿了你的意图。”

罗嘉身形微微发抖，她此时已是唇色尽失，后退几步倚靠在了玻璃墙上。

“我没有，我……”罗嘉拼命摇头，只是反驳的声音却细若蚊蝇。

“而且《忘川》和《夜海牡丹》，全都不是出自你手。”宋屿最后的一句话犹如压垮骆驼的最后一根稻草，罗嘉的心理防线彻底崩溃，她踉跄几步，跌坐在地。

“程亦飞，一定是程亦飞！宋屿，你要相信我，是程亦飞污蔑我，《忘川》和《夜海牡丹》都是我的作品啊！”罗嘉全身颤抖，好半天才反应过来，突然尖叫。这声音太过突兀，一下便引起了全设计部的注意，周想也从办公室里冲了出来。

“头儿，怎么了？”看了眼坐在地上的罗嘉，周想不禁看向宋屿。

“罗嘉，有些事情我不说，并不代表我不知道。”宋屿仍然看着罗嘉，眼里没有半分温度，“你问你哪一点比不上林青枝？现在我就告诉你，不仅是天赋，从个人人品到职业道德，你哪一点都比不上林青枝。”

罗嘉闻言如坠冰窟，宋屿却再不看她，越过她便继续往前走。但没走几步，他却又停下脚步回过头来，说道：“你说程亦飞污蔑你，那你知不知道，他在最后一刻都坚称《忘川》和《夜海牡丹》是你的作品。”宋屿目光锐利，带着居高临下的蔑视，“程亦飞竟然会为了你这种人违背自己身为评论家的职业操守，也真是脑子进了水。”

罗嘉闻言瑟缩了一下，而宋屿则直接走进了电梯。设计部里一片安静，没人知道到底发生了什么事情，也没人敢上前扶起罗嘉；最后还是周想在一旁看不下去，快步向前将她扶起，搀进了自己的办公室。

“早知如此，何必当初。”周想关上办公室的门，看向罗嘉的眼神里满是怜悯，“罗嘉，一个设计师没有天赋并不可怕，可怕的是为了想要得到的东西不择手段。在这世上，伪装总有一天会被识破，没有人能靠着欺骗一直生活下去。”

罗嘉的眼里渐渐蓄满泪水，她终于捂住眼睛，失声痛哭。

展航看着面前的辞职信，只觉额角青筋一阵抽搐，疼痛非常。

“你到底想干什么？”他沉默半晌，终于开口。

“辞职。”宋屿言简意赅，表情平静。

“如果你是想去找林青枝，我给你放长假，你想找多久就找多久，没关系的；但是辞职，我不同意。”展航将辞职信拿起甩回宋屿怀里，语气坚决。

“你应该明白，我辞职不单只是为了去找到她。”宋屿将信封从地上捡起，再次放到了展航面前。

“对不起，我不明白。”对他即将说出的理由，展航斩钉截铁地表示了拒绝，“林青枝之所以会离开，就是因为考虑到了公司和你个人的立场，她不想给你添麻烦，所以才选择了独自消失。如果你现在辞职，那她做出的牺牲又有何意义？”

“我就是想让她知道，她做出的牺牲是没有意义的。”宋屿表情不变。

展航被这句话噎住，一下子也没想好这句话要怎么接。

“展航，我说过要保护她。”见对面的人神色不虞，宋屿继续说道，“我让她跨出追求梦想的这一步，亲自将她领进亚瑟珠宝，如果一波三折之后仍是这样的结局，那我当初做的这些又有什么意义？”

如果一早就知道她无论如何努力最终都会偏离梦想的方向，那他又何必费尽心思将她领进珠宝设计界，让她空欢喜一场。毕竟，给予人希望又让希望破灭，比从一开始就给予人失望还要残忍百倍。

“你的意思，是要为她这一辈子负责？”展航忍不住脱口而出。

“我就是要为她这一辈子负责，她是我的人。”宋屿毫不含糊，语气万分笃定。

展航注视他的眼睛，仔细看了许久，发现他是认真的。

“我不同意你辞职。”半晌之后，展航终是叹了口气，将辞职信收进了自己的抽屉，“但我会向总部替你申请停薪留职，你的职位就暂时挂在那里吧。等哪一天你带着林青枝一起回来，我会考虑让你重回岗位，前提是那时你的职位还没有被其他人后来居上，给顶替了。”

“展航，谢谢。”宋屿愣了一下，嘴角轻轻勾起了一个浅淡的弧度。

常青藤医院位于城市北郊，是一所占地面积约1000亩的私人医院。这里有世界顶级的医护人员和医疗设备，医疗环境在国内也是首屈一指，除了医疗费用过于高昂，几乎没有其他缺点。

纯白色的VIP病房内，林青枝握着床上人的手，眼眶微红。她第一次发现，外公竟已这样苍老。明明上次见面的时候他还精神矍烁，训斥自己也好，用手杖使劲击地也好，他的身板挺直，动作利落，怎么转眼间他就躺在了病床上呢？

“小枝，你来了。”病床上的人慢慢睁开眼，他看向林青枝，目光和蔼。

“外公，你现在感觉怎么样？”林青枝吸了下鼻子，声音里隐隐带着一丝哭腔。

“我其实没什么事，就是林萧小题大做，非要把我送进来躺着。”林语之微笑着摇摇头，示意自己没事。

林青枝低头看了一眼自己握住的手，这只手如今已是瘦骨嶙峋，满是岁月的痕迹。

“小枝，其实，我也知道你喜欢珠宝设计。”见林青枝突然沉默，林语之咳嗽一声，拉回了她的注意力。

“你从小就对首饰感兴趣，无论是玉器、金银器，还是各类珠宝，只要看见，你就想上前摆弄，比对景泰蓝的热情高出不止百倍，这些我都看在眼里。”林语之抬手摸摸她的头，目光悠远，像是在回忆从前，“所以你读大学选择珠宝设计专业时，我虽然不支持，但也没有制止，因为我知道你是真的很喜欢这个。”林青枝不自觉握紧了他的手。

“可是小枝，你也看见了，我现在的身体每况愈下，也许时间已经不长了。”林语之苦笑，间或咳嗽几声。

“外公，你别胡说！”林青枝闻言，立即出声呵斥。她鼻尖泛酸，心里堵得难受。

她 5 岁那年失去了父母，从此之后她便倍加珍惜身边的所有亲人；虽然知道迟早有一天还会再次经历生离死别，但她从不愿意去想。叔叔也是，外公也是，这是世界上她仅有的最亲近的两个人，不到最后，她永远不会放弃。

“这么爱哭，也不知道你在外面那么难，到底是怎么挺过来的。”林语之刮了一下她的鼻子，调侃道。

“哭着挺过来的啊，毕竟大家都愿意帮助爱哭的小孩。”抬手擦去差点滑落脸颊的泪水，林青枝皱了皱鼻子，尽量让自己看起来没那么难过。

“小枝，不要怪林萧，是我硬逼着他去亚瑟珠宝要人的。”林语之笑着摇摇头，目光里带着几分落寞，“包括林萧在内，你们这些年轻辈里，有天赋的没毅力，有毅力的悟性又不强，到头来唯一继承了纯正林景堂手艺的人，却只有你这一个。林景堂终究是百年传承的老字号，我不能让它在我这一代式微，更不能让祖传的手艺彻底失传。小枝，你明白吗？”

林语之的殷切目光让林青枝浑身一震，她张了张嘴，却没能说出一句话来。

“外公，我没有怪过林萧舅舅，我知道他也不容易。”沉默良久，林青枝轻声道。

这么多年来，林语之一直专心于景泰蓝工艺品的制作，生意方面全都是由林萧一人照拂；所以林萧今年虽然只有 46 岁，但却已是白发斑驳。林青枝明白，在林萧轻松随和的外表之下，掩藏了多少不为人知的艰辛与困苦。可以说，林景堂能有今天的成就，原因不在林语之，而在林萧。

“所以，小枝，难道你真的忍心对林景堂不管不顾？”林语之继续问。

林青枝再次沉默。她知道，自己做不到。现在外公卧躺病榻之上，林萧舅舅独立支撑林景堂的生意，那么多人盯着林景堂的当家之位，她就算真想一心追求自己的梦想，也不可能对林景堂的现状置之不理。她又想起了宋屿。那天，和煦的阳光之下，他在车里递给了她一个仙芙的甜甜圈。

柔软香甜的面包入口，她第一次发现世界上竟然会有这么好吃的甜点。也是在那一天，他瞬间打碎了她给自己筑起的高墙，告诉她要勇于追求自己的梦想，不要让余生留有遗憾。林青枝深吸一口气，重新抬眼看向林语之。

“外公，我一定不会让林景堂的不传之秘在你这里失传。”她的声音轻而缓慢，却带着某种决绝。她听从宋屿的引领，已经鼓起勇气踏入过那个殿堂，哪怕这一生真的再也无缘珠宝设计，她也不会后悔了。但如果可以，她还是希望能够和宋屿一起，向珠宝设计的更高峰攀爬前行。

宋屿在林语之家门口守候良久，却并没有发现林青枝回来过的丁点儿痕迹。事实上，他连林语之都没有见到。不知出于什么原因，不仅是林青枝，这段时间连林语之都没有再出现过，就像是他们祖孙二人携手人间蒸发了一样。

按理说，并不应该是这个情况。林语之急着要逼林青枝回家，就是为了能让她尽早安心继承林景堂当家之位；既然他要将林景堂传给林青枝，那肯定不可能偷偷摸摸地传——林景堂在景泰蓝界可是数一数二的老字号，当家继位，不召开新闻发布会肯定是说不过去的。既然如此，他们祖孙二人又能跑到哪里去？

宋屿拿出手机，继续拨打林青枝的号码，还是关机。听着手机里传来的忙音，他皱眉。回想起林青枝最后说的那些话，他心中隐隐作痛，不知道她究竟是抱着一种什么样的决绝，才能不辞而别。他早就应该察觉到她的异样，可他没有；他满心以为能够凭一己之力保护她，却千算万算都没能算到她心意已决。

电话自动挂断，宋屿抬头，目光直视林景堂总部。如果再这样等下去仍没有结果，他便直接登门。林青枝不可能躲一辈子，她总要再次面对他，面对自己的本心。就在这时，宋屿的手机突然响起，是一个陌生号码。

“你好。”他接听。

“是宋先生吗？”电话里的声音有些耳熟，他思忖片刻，想起这声音的主人正是竹里馆的老板欧立夏。

“欧老板，你好。”宋屿低声回应。

“我没有你的电话，去了亚瑟珠宝中国分部找你才知道你已经离开。”欧立夏顿了一下，声音渐渐沉下，“小青枝真的不见了？”

“我正在找她，但毫无头绪。”宋屿闻言，嘴角勾起一抹苦笑。

他曾信誓旦旦地向欧立夏承诺自己一定会好好照顾林青枝，可谁知话犹在耳，林青枝却在他的眼皮子底下彻底失踪了。

“之前小青枝不是说过林语之是她外公，你有去林景堂找找吗？”欧立夏继续问道。

“我已经在这边守了好几天，可不只是青枝，我甚至连林老都没看见过。”宋屿叹了口气。欧立夏那边陷入沉默。

“欧老板，谢谢你的关心，一有青枝的消息，我会立刻通知你的。”他以为欧立夏也在担心林青枝，便出言安慰。

“其实，关于林语之，湘湘这边倒是听到一些消息，所以我才会这么急着找你。”欧立夏的声音顿了一下，紧接着宋屿便听到了一阵窸窸窣窣的声音，像是手机换了个人接听。

“宋总你好，我是顾湘湘，之前谢谢你了。”手机里的声音变成了一个女声，温婉低回，带着一点儿沙哑。

“举手之劳，不必客气。”宋屿对她还有印象，于是稍稍颔首。

“宋总，昨天有两名林景堂的员工来我这里定制花篮，因为听立夏说过小青枝的事，所以我在接待他们时便留心听了听他们的闲聊。”顾湘湘微微苦笑，“我没想到林语之老先生竟然这么富有想象力，为了逼小青枝回家，他竟然连假装病危的苦情戏也能亲自上场。”

“你说什么？”听到“病危”两字，宋屿瞬间愣住。

他原以为林青枝会离开只是为了不连累他和公司，却原来还另有隐情？

“是这样的，那两名员工来定制花篮，是要送去常青藤医院，因为林语之老先生在那里住院。起先我也以为老先生是因为生病而倒下了，但在不经意间的闲聊之下我才知道，其实他只是单纯的住院疗养而已。但为了吓唬小青枝，他故意让林萧向小青枝透露自己病危入院的消息，这才得以顺利地将她从亚瑟珠宝叫了回来。”顾湘湘叹了口气，“家中有这样的长辈，小青枝的生活恐怕很不轻松吧。”

“谢谢，这个消息对我很重要。”宋屿挂断电话，刚准备开车前往常青藤医院，却突然看见林景堂门口停放着一辆黑色的凯迪拉克。

他驻足观望，就见车上下来了两个人，一个是林萧，另一个正是他寻找多时的林青枝。

他想冲上前去，但刚刚迈开脚步便僵在了原地。如果他现在冲上去，恐怕什么都改变不了。林萧在她身旁，林景堂又有那么多员工，他现在冲上去只会被强行拖走，不仅不能和林青枝对话，自己也会相当狼狈。如何再次与林青枝见面，他必须从长计议。

他一定要让她知道，在将她引入亚瑟珠宝之后，他已然决定要对她的一切负责到底。

“舅舅，外公他一个人在医院真的没事吗？”林青枝坐在红酸枝木太师椅上，喝了一口林萧沏好的金骏眉，深重的担心全都写在脸上。

昨天晚上林语之病情加重，今天一早便被送去做各种检查；林青枝本来要留在医院陪护，却被他催促着和林萧回到林景堂，说是下午就要召开新闻发布会宣布新的林景堂当家继任者。这个时候继任当家，林青枝当然不愿意，但林语之却坚持说要在自己还活着的时候亲眼看她接过林景堂当家的掐丝镶嵌青玉印；被他苍白的脸色和决绝的语气镇住，林青枝最后还是跟着林萧回到了林景堂。

“放心吧，老爷子没那么容易有事的。”林萧的肩膀抖了一下，但随即便轻声安慰道。

林青枝“嗯”了一声，仍是不太放心。

林语之一直没说自己是什么病，但看他的气色却是很差，林青枝也没敢私下去询问医生，只怕最后会得到一个自己最不想得到的答案。

“没事的小枝，下午新闻发布会结束后我们就立即赶去医院看老爷子，好吗？”见她仍然心事重重，林萧忍不住伸手摸了摸她的头。

“嗯。”林青枝轻轻地应了一声，便继续低头喝茶。

看着这样的林青枝，林萧心中满是无奈。如果可以，他当然也希望林青枝能够继续做自己喜欢做的事。只是世事难测，林梦姐意外去世，年轻一辈里就属林青枝天赋最高，悟性最好；她继承了老爷子的十成手艺，却并不像林梦姐那么热爱景泰蓝传统工艺制品，结果导致老爷子如今要用这种手段软硬兼施地迫使她回来继承林景堂。只希望她在知道真相之后，不要恨他和老爷子才好。

新闻发布会的时间定在下午两点，地点是希尔顿度假酒店31楼会议室。

林青枝和林萧吃过午饭便早早地来到会场，林萧在外招呼陆续来到的记者，林青枝便坐在后台一遍又一遍地复诵她的发言材料。

这是她第二次参加新闻发布会。第一次，她的身旁有宋屿，她的紧张和局促被他轻而易举地化解，仿佛有他在她便无所畏惧；而这一次，却只剩她独自一人面对那些足以让人头晕目眩的闪光灯。

她抬眼，看向化妆镜里的自己。今天的她妆容秀丽，一袭深紫色旗袍垂到脚踝，旗袍肩上绣着一只金色凤凰，一眼看去便觉端庄得体，雍容华贵，正如传统景泰蓝的古典高雅。可这种模样，她一点儿都不喜欢。她喜欢轻松随意、自由奔放，T恤、运动衫、长裙、超短裤，风格各异的服装既便于运动，也容易搭配，随便哪一种都比旗袍更让她心情舒畅——一如珠宝设计和传统景泰蓝制作。

她热爱珠宝设计，就是喜欢那些多变的风格和新奇的创意，她不能忍受传统景泰蓝工艺品一成不变的设计风格和图案装饰，她以前也想试着变革，但却遭到了林语之的强烈反对。在林语之眼中，传统就是传统，传承永远比创新更重要。所以，读大学后林青枝便对传统景泰蓝越发抵触，最终演变到了今天这种势如水火的地步。可即便再势如水火，她仍是回到了林景堂。林青枝下意识地握住了左手上的镯子，那是宋屿送给她的“金乌还巢”。微微苦笑，她正待继续背诵讲稿，门口却突然响起敲门声。

“进来。”她以为是工作人员，便随口说道。

门被推开，而后关上，有人走到了她的身后。她不经意地一抬眼，却蓦然睁大了眼睛。化妆镜里映出了一个人的身影，他面容英俊，身姿挺拔，只是不笑的时候看起来稍微有些可怕。这个人，正是宋屿。

“你怎么会在这里？”林青枝有一瞬间欣喜若狂，但她突然想起现在的情况，嘴角的笑意便被硬生生地压了下去。

“合同期间私自脱岗半个多月，我没想到你竟然有这么大的胆子。”宋屿嘴角微挑，眼里却没有半点儿笑意，“你是不是忘了自己还预支过工资？”

“我会还的。”林青枝噎了一下，小声回答。

“这样的打扮一点儿都不适合你，明明只是个小姑娘，偏偏要装成一个中年妇女。”宋屿从化妆镜里来回打量她，半晌之后恨铁不成钢地摇了摇头。

“你为什么会在这里？”不想听他东拉西扯，林青枝只得再将同样的问题问了一遍。

“当然是为了接你回去。”宋屿回答得斩钉截铁。

“谢谢你来找我，但我已经决定留在林景堂了。”林青枝顿了一下，在化妆镜里对上了他的目光，“梦想的确很重要，但责任，却更加重要。”

“林青枝，你的技术也许是林景堂里最好的，但你却不是林景堂里唯一会这门工艺的，如果只是为了传承，就算林景堂的下任当家不是你，这门工艺也可以传承下去。”宋屿将林青枝的椅子转到自己面前，直接看向她的眼睛，“你确定这对你来说，是必须肩负的责任？”

“可外公选择了我，他将林景堂托付给了我。”林青枝微微动摇，但她却忘不了林语之殷切的目光，“——我不能辜负他的期望。”

“林青枝，人不能一直为别人而活。你就是你自己，你应当有你自己要走的路。”宋屿并不听她的理由，只是看着她，仿佛要透过她的眼睛看进她的心底。

“可这是外公的愿望，我怎么能在这种时候拒绝他的愿望？”林青枝推开他的手，她皱着眉，眼里隐隐有了泪光，“在这世上，除了父母，外公就是我最亲近的人，我与他相依为命这么多年，他几乎将所有的心血都倾注在了我身上！以前也就算了，现在他危在旦夕，我怎么可能连他最后的心愿都不去完成！”

“你的意思是，如果林老身体硬朗、安然无恙，你就不会继承林景堂？”宋屿闻言，微微挑眉。

“我不能让外公失望！”林青枝的眼泪难以自制地流下脸颊，瞬间便弄花了她原本精致的眼妆。

宋屿伸手捧起她的脸，认真地看着她泪水蒙眬的眼睛。“青枝，你相信我吗？”他问，声音温柔和缓，却带着令人信服的魔力。

林青枝没有说话，却是点了点头。她怎么会不相信他？从他将她带进亚瑟珠宝的那一刻起，他在她心中便成了除了家人之外，最值得信任的存在。

“那就跟我走。”他微微一笑，拉起林青枝就往外跑去。

“新闻发布会就要开始了，你想干什么！”林青枝脚踩高跟鞋，一边跑一边尖叫。

“带你去一个地方！”宋屿更用力地抓紧了她的手，二人就这样跑进了电梯。

保时捷一路疾驰，林青枝很快发现，宋屿去往的方向正是常青藤医院。

“宋屿，你到底要带我去哪里？”她一边擦去脸上花掉的妆容，一边看向正专心开车的宋屿。

“常青藤医院。”他也不吝回答，直接便点明了目的地。

“我外公的事情，你知道了？”林青枝浑身一震，微微苦笑。

“也是才知道不久。”宋屿眯起眼睛，平静的语气里似乎带着不满，“林青枝，你到底是怎么想的，这么严重的事情你竟然也不打算跟我说？”

“对不起。”林青枝自知理亏，只得低头道歉。

“就算你真的打算回去继承林景堂，但为什么要玩失踪？我是你的上司，也是你的男朋友，难道你辞职就要甩掉男朋友？”听她道歉，宋屿的声音更沉了。

这件事他本不想再说，但现在见她一副理亏心虚的样子，他就忍不住将这件事上纲上线。

“我没这么想过！”听他这么说，林青枝赶紧摇头，“只是当时我的心情太乱了，我害怕自己最终还是拿不定主意，所以只好暂时从你眼前消失。”

“你是怕我拖你的后腿？”宋屿挑眉。

“我是怕你会让我真的狠下心来，对林景堂不闻不问。”林青枝忍不住捂住眼睛，低声呻吟。只有她自己知道，在宋屿面前，她的定力就是一个笑话。宋屿于是不再说话。因为这样的回答让他很满意。

来到常青藤医院，经林青枝指引，两人来到了林语之的 VIP 病房。林青枝正要推门，却被宋屿拉住了。他问道：“青枝，抛却一切外界因素，你这辈子唯一想从事的职业就是珠宝设计，对吗？”他看着她，再次向她确认她的心意。

“如果有下辈子，我还是要从事珠宝设计。”林青枝闻言，皱了皱鼻子。

现在离林景堂的新闻发布会召开还剩 10 分钟，林青枝已经预料到今天的发布会要搞砸，这会儿却也只能认命地叹了口气。她只希望外公能够晚一点儿知道这个消息，更希望林萧能够力挽狂澜，尽量使现场情况没有想象中的那么糟糕。

“什么，小枝跑了？”就在这时，病房里传出一道精神十足的吼声，毫无心理准备的林青枝被吓了一跳。还不等她反应，病房里的声音继续传出：“林萧，你是怎么搞的，不是说一切都没问题吗？我的演技这么好，小枝那孩子又孝顺，怎么还会临到头跑了呢！该不会是你的演技太差，被她看出纰漏了吧？！”这一串质问连贯又有力，丝毫不像是出自虚弱病人之口。

林青枝的脸色一阵红一阵白，很快就变成了骇人的黑。她看向宋屿。宋屿点点头，表示她听到的一切都是真的。于是，林青枝深吸一口气，一脚踹开了病房的门。

“外公，我需要一个解释！”她看向病房里那个正来回走动着打电话的身影，一下子就将这段时间以来心中积攒的怨气尽数吼了出来。宋屿站在门口摇了摇头，一脸哭笑不得。

下午的新闻发布会草草结束，林萧在会上临时编了一个新工艺品的设计概念进行发布，这才不至于让会场炸开锅。待到他处理完一切事务赶回医院时，林语之和林青枝已经面对面地坐了一个多小时。

他下意识地看向了林青枝身旁的宋屿，后者察觉到他的目光，竟很自然地看向别处，完全是一副事不关己高高挂起的模样。林萧叹了口气，终于知道什么叫作“搬起石头砸自己的脚”。

“小枝。”他咳嗽一声，微笑着看向林青枝。

“林萧舅舅，你们的良心就不会痛吗？”林青枝面无表情地看向他，冷冰冰的语气竟让林萧打了个寒战。

“小枝，我这也是逼不得已。”林语之咳嗽一声，试图找回长辈的尊严。

“逼不得已？逼不得已就可以骗我病危？逼不得已就可以用生死跟我开玩笑？！”林青枝目光凌厉，林语之下意识地缩了缩脖子，“你知道我有多难过吗？你知道我有多害怕吗？明明叔叔前段时间才刚做完骨髓移植手术，好不容易从死亡边缘捡回一条命，你却反手又整这一出！”

对于这一点，纵使巧舌如林萧，也无从辩驳。岳南风的事情他也是知道的，林青枝为了给他治病，就算离家出走断绝关系也在所不惜，可见她对亲人的重视程度到了什么地步；可老爷子为了逼她回来，竟然想出用这种方式吓她，也难怪她现在会这么生气。

“小枝，我也是为了林景堂。”林语之沉默片刻，再次开口。

“林景堂是死的，我是活的！”林青枝的声音又抬高了一个八度。

林语之还要再说话，宋屿却突然开了口。

“林老，我想单独和你谈谈。”他看向林语之，表情严肃。

林语之愣了一下，显然没料到他竟然会在这种情况下开口说话；他看了眼林青枝，又看了眼他，最终示意林萧暂时先将林青枝带出病房。

“你想跟我谈什么？”没了林青枝在场，林语之的大家风范又自然凸显。

“我觉得，林景堂即便要传承工艺，也并不一定需要林青枝继承当家之位。”宋屿神色丝毫未变，他看着面前这位不怒自威的老人，语气始终平静，“她热爱珠宝设计，她的心思全都放在了珠宝设计上，与其让她在林景堂闷闷不乐地过一辈子，还不如让她在属于自己的舞台上绽放光彩。”

“这世上有几个人能够随心所欲地过日子？”林语之冷哼一声，对他的说法不屑一顾，“我知道她喜欢珠宝设计，但这和她继承林景堂又不冲突，她完全可以利用业余时间继续做这个。”

“那同样的道理，她也完全可以利用业余时间回林景堂，指导其他人学习林景堂的传统工艺。”宋屿听罢，针锋相对。

“这怎么能一样！”林语之瞪他一眼。

“是不一样，但我说的和你说的，只看结果其实并没什么差别；唯一不同的就是，林青枝肯定会选择我的办法。”宋屿神色依旧，毫不为林语之的恼怒所动，“林老，我知道你希望林青枝能够陪伴在你左右，但她有她自己的想法和追求，你不能逼她按照你所想的去走今后的路。”

“你！”林语之亟待发作，却在对上他那双平和干净的眼睛之后，渐渐退去了满腔怒意。

他的肩膀微微垂下，身形瞬间佝偻。

“也许，你说的对。”他坐在床边，长长地叹了口气。

他这一生，失去的太多，到最后上天唯一留给他的慰藉，便是当时年仅5岁的林青枝。从此之后，他便将所有的心血都倾注在了她的身上，看着她渐渐长大，看着她开始有了自己的想法，开始追求自己的梦想，对此，他感觉无比欣慰。

可是当她读大学时选择珠宝设计专业，甚至为了岳南风毅然和他断绝联系时，他突然发现这个一直围绕在他身旁的小女孩已经长大成人，她此时正扑棱着日渐丰盈的翅膀，准备随时离他而去。他舍不得，却更害怕。所以到后来，他开始迫切地希望她能够继承林景堂，接过他的衣钵，成为林景堂的第15代当家，这不单是因为她在年轻一辈中冠绝众人的高超技艺，更是因为，他想让她留在自己身旁。其实林语之自己也觉得奇怪，年轻时自己明明没这么婆婆妈妈，可年老之后，他却渐渐变成了自己最讨厌的那类人。

宋屿看着面前的老人，眼中流露出一丝同情，心中更是感慨万千。

“林老，其实你无须担心，就算林青枝人在亚瑟珠宝，她也只会在中国分部待着。”宋屿再次出声，林语之的肩膀立时便震了一下，“只要你想，她随时都能回林景堂看你，毕竟林景堂距离亚瑟珠宝中国分部开车只需要20分钟。”

“你说的是真的？”林语之看向他，眼中有欣喜，也有狐疑。

谁都知道，亚瑟珠宝除了像宋屿这样的设计师高管，最好的设计师全都集中在总部；以林青枝的实力，他并不认为她只能待在中国分部。这是他对自己外孙女的肯定，也是他无比的骄傲。

“林老，她是我女朋友。”宋屿微微一笑，一切不言自明。

林语之不禁再次审视起面前的这个年轻人。他不止一次听说过宋屿的名字，但似乎今天才第一次真正地认识他。他外貌出众，能力不俗，无论是身份，还是地位，都堪称最佳；更重要的是，他是真心实意为林青枝着想的。从《金乌还巢》事件里自费为林青枝申请 IOAO 鉴定到今天主动提出与他单独长谈，宋屿的表现让林语之深感满意。他终于能够肯定，宋屿就是林青枝能够托付终身的那个人。

“宋屿。”林语之突然叫了他一声。

“林老，你请说。”见面前的老人重新挺直了腰杆，宋屿也神色一整。

“从今天起，我就把小枝交给你了。”林语之看着面前的年轻人，神色严肃，“记住你今天说过的话，也记住你现在对她的心意，我希望你能够永远都这样对她。”

“我会的。”宋屿目光坚定，语气笃定，“从我牵起她手的那一刻起，我就再也没有想过要放开。”

林青枝只觉得这个世界变化太快，前一秒她的外公和舅舅还在想方设法将她拖回林景堂继承“王位”，后一秒她就像是被扔垃圾一样扔进了宋屿的车里，她的外公和舅舅无比开心地挥手同她告别，简直就像是希望她永远都不要再回去一样。

“宋屿，你到底和我外公说了什么？”坐在副驾驶座上，林青枝想了半天，怎么都想不出宋屿和她外公到底达成了一个什么样的协议。

“我跟林老说，只要他肯放你回来，我就替林景堂免费设计 6 个景泰蓝首饰。”宋屿回答得一本正经，林青枝差点就信了。

“我就值 6 个首饰？”如果这是真的，林青枝的信念就将产生极大的动摇。

不是说好要继承传统、延续工艺之魂的吗？怎么到头来宋屿用 6 个首饰就把自己给买出来了？这跟说好的不一样啊！

“当然不值，这 6 个首饰里的景泰蓝工艺还要你自己动手。”宋屿的声音里已经开始透出笑意。

“宋屿！”林青枝忍不住瞪他一眼。

“我跟林老说你会一直留在这里，只要他想，你随时都能去看他。”笑过之后，宋屿终于还是说出了正经话。

林青枝愣了一下，突然就明白了外公的执着。原来他只是害怕失去她，因为害怕，所以才会极力想用这种方式将她挽留。

“说到底还是我自己不好，一心只想着追求自己的梦想，却从没想过要停下来回过头看看。”林青枝喃喃低语，心里有些发堵。

“年轻人的目光都在诗和远方，不是你不够好，只是你的年纪还不够大。”宋屿伸手摸了摸她的脑袋，而后顺手一抽便抽掉了她束发的簪子，“还是披着好看，盘起来显得太老了。”

微卷的长发披散在肩头后背，林青枝这才发现，时间匆匆，她的头发竟已长得这样长了。

“成熟一点儿不好吗，你不就喜欢成熟点儿的？”林青枝忍不住调侃。

“我不是喜欢成熟的，我是喜欢身材好的。如何你想符合我的喜好，大概要先去健身房练两三个月。”宋屿从后视镜里看她，笑得意味深长。

“那你还喜欢长得好看的，我是不是还得再去整个容？”林青枝撇撇嘴。

“其实你这样就挺好，谁叫我喜欢的人就是林青枝。”宋屿勾起嘴角，笑意爬满了眼角眉梢。

一周之后，宋屿携林青枝重新回归亚瑟珠宝中国分部，展航率全体员工夹道欢迎。面对这么隆重的场面，林青枝觉得很不好意思，全程都想往宋屿身后躲；但周想和 Anna 却不给她躲的机会，一左一右就将她架到了众人面前。

“小青枝，听说你差点儿就成了林景堂当家？”周想率先提问。

“那是个误会。”林青枝咳嗽一声，神色微赧。

“小青枝，听说你就要继任当家之际，是宋总破门而入将你扛上肩头夺门而出，这才没让你最终生米煮成熟饭？”Anna 眨巴着眼睛，满眼看女主角的崇拜。

“这又是哪里来的小说桥段……”林青枝满脸疑惑，不知道自己和宋屿在公司里到底被传成了什么模样。

还有人在七嘴八舌地问些什么，但林青枝全都来不及听，她的目光落在罗嘉的办公区，看着那个空荡荡的位置微微出神。“罗嘉去哪了？”她忍不住扭头，小声问 Anna。

“她啊。”Anna 正要张口说那天的事，宋屿却抢先一步开了口。

“她有些私事要处理，所以辞职了。”宋屿用眼神示意 Anna，她立刻会意，马上就将已经到嘴边的话全部咽了下去。

有些事情已经过去，确实也没有必要再让林青枝知道真相。

“是吗？”林青枝心中感慨，却又觉得这也是她最好的结局。

再好的伪装，终究会有被拆穿的那一天，还不如在大家尚不知情的情况下体面离开，总好过天天惶恐不安地过日子。

“既然人都回来了，那就开始干活吧。”不等大家在重逢的喜悦里再多沉浸一会儿，展航已经朝众人扬起了手里的文件夹。宋屿循声望去，脸色微变。

“宋总，还记得我替你申请的是停薪留职吗？”展航微笑，显然就是在报复他向自己递交辞职信这件事，“因为是停薪留职，所以你的项目完全没有别人替你接手，而且委托人也非常大度，他们都同意多宽限你一个月再交货；我算了算，你手上累计的设计项目已经有 10 个，加上前前后后的宽限期，你在下个月 20 号前就要将这些设计项目全部完成。”

听见这番话，围绕在宋屿和林青枝身边的众人瞬间退开。

“头儿，我觉得你可能拉不到临时劳力了。”周想看了眼众人，最后同情地看向宋屿。

“宋总，不是我们不想帮你，只是这个工作量实在爱莫能助。”Anna 立即表明立场，但还是没有自告奋勇的勇气。

宋屿环顾一周，苦笑着摇摇头，目光最后落在了林青枝身上。

“Hall 于我是望尘莫及，我恐怕也没有这个能力……”林青枝也想脱身，却被宋屿一下子拎住了后衣领。

“你就别跑了，跑不掉的。”宋屿微笑，语气温柔。

林青枝僵了一下，在众人的窃笑声中渐渐放松下来。

“是啊，跑不掉的，一早就跑不掉了。”林青枝摇了摇头，眼中笑意尽染，一语双关。

从她泼他一身咖啡时开始，她就跑不掉了。

明明竹里馆里来来往往的人那么多，她别的人不泼，偏偏就泼了他一件最贵的 Armani Prive，这样的概率，她又怎么可能跑得掉？

机场候机厅内，罗嘉站在安检口前举目四望，时不时拿出口袋里的手机看上一眼。

她也不知道自己在期待什么，但她仍然还是停在了安检口前。从亚瑟珠宝辞职之后，她想了很多，林青枝说的话其实很对，走到今天这一步，都是她自己咎由自取。如果她没有买下林青枝的《忘川》，没有拿着《忘川》前去亚瑟珠宝应聘，那么后来很多事情都不会发生，她也不会最终走到现在这一步。但她还是不想放弃。不是为了宋屿，而是为了珠宝设计。

从亚瑟珠宝出来之后，她蓦然发现，自己其实是喜欢着珠宝设计的。她一直以为自己是为了宋屿才会拼命想要挤进珠宝设计界，可到头来她却发现，无关宋屿，她是真心喜欢珠宝设计。虽然她曾为了宋屿不择手段地占有了林青枝的设计作品，但在自己做设计和镶嵌时，她也是发自内心感到高兴的。这一次，她不想再假借他人之手，她想试试看通过自己的努力获得认可，想知道那会是一种什么样的感觉。

登机时间快到了，罗嘉有些失望，却最终释然。她本来就不该期待，因为她从一开始就践踏了别人的真心。只是如果有可能，她真想当面对那个人说一声“对不起”。

“嘉嘉！”

就在她转身的那一瞬间，突然有人在机场里大喊一声。

罗嘉浑身一震，立刻转身，正好看见程亦飞从远处飞奔而至。

他气喘吁吁，脸颊上全是汗水，显然是跑了很久。

“不好意思，路上堵车，我怕赶不及，就跑步过来了。”程亦飞说话断断续续，可以想见他到底跑得有多拼命。

“傻瓜，堵车就堵车，干什么要这么拼命？”罗嘉咬着嘴唇，尽量不让声音里带着哭腔。

“因为我想，送你登机。”程亦飞的呼吸渐渐平复，他擦去脸上的汗水，从口袋里拿出一个包装好的小礼物盒。

罗嘉面露犹豫，不知道自己该不该接。她欠他的已经太多，本以为再也不会被他原谅，却没想到他竟然还会为了她一路狂奔而至。

“拿着吧，只是祝你学业有成的护身符。”程亦飞看出了她的顾忌，便将盒子又向前递了几分。罗嘉终于还是接过了盒子。

“亦飞，谢谢你。还有，对不起。”罗嘉张了张口，短短几句话，却让她差点泣不成声。

程亦飞没有说话，只是温柔地看着她，就像她第一次见他时那样。

“听说你要回谢菲尔德哈勒姆大学继续深造，我其实很开心。”程亦飞看了她半晌，缓缓开口，“我曾经还想，如果你要在这条死胡同上一路走到黑怎么办；但现在看来，我的担心是多余的。”

“你一定可以重拾初心，并且在不久的将来，带着一个更好的自己重新返回珠宝设计这个舞台，我等着你。”

罗嘉露出微笑，泪水却滑落脸颊：“我会的。”她朝他点点头，而后擦干泪水，转身走向了安检口。

程亦飞在她的身后，悄悄地勾起了嘴角。心中默念：“我会等你，直到有一天，我的评论能为你的设计绽放出卓越的光彩。直到有一天，你心中的那个人，能够变成我。”

# 尾声

## 写给你的诗

两年后，索罗贝尔设计奖颁奖现场。

身着一袭深蓝色晚礼服的长发女子坐在台下，不断转动着手上的银镯，神色紧张。她手上的银镯镯面金银错落，掐丝制成的海波纹和锦鲤工艺精妙，引得旁人不时侧目。

“已经上台过这么多次了，你还没习惯吗？”坐在她身旁的英俊男子身着一套白色西装，黑色的衬衣搭配深蓝的领带，在昏暗的颁奖现场十分显眼。

“那不一样，这可是索罗贝尔设计奖！”女子显然不满他的态度，将“索罗贝尔”4个字用重音凸显了一遍。

“有什么不一样，你以前也获得过提名啊。”男子见她露出这样的神色，不禁失笑。

这两个人，正是林青枝与宋屿。林青枝回归亚瑟珠宝之后，短短两年间便在珠宝设计界名声大噪。前有“花神录”系列铺路，后有单品“塞壬”“鸟之诗”稳居亚瑟珠宝同类销量冠军；加上今年刚刚发布的新品“梦回汉唐”，林青枝已经渐渐有了赶超 Hall 之势，成了亚瑟珠宝如今最令人瞩目的顶尖设计师。

不过宋屿作为前辈，在设计道路上也没有轻易让位的迹象。Hall 这两年来的设计作品都以单品为主，“长歌”“林间鹿”“恋人骨”等一经推出，便大获追捧，虽然不像林青枝那样大放异彩，却也还是低调地稳居销量排行榜前列，所以才能在今天和林青枝一起携手出席索罗贝尔设计奖颁奖现场。

“宋屿，你是黄金 / 铂金组的提名，我是珐琅组的提名，我们要不要赌赌看谁会获奖？”林青枝看了一眼台上的主持人，突然玩心大起。

“只能赌一个人吗？”宋屿顺着她的目光看去，问。

“难道你觉得我们两个都能获奖？”林青枝眨眨眼睛，“不要太贪心啊，至少我还是个新人呢。”

“哦，我可记得某个新人可是一毕业，就获得了索罗贝尔设计新星奖的提名。”宋屿揶揄地看向她。

“宋屿，不提这个我们还能做朋友。”要不是现在的场合不允许，林青枝真想踩他一脚。

但听他提起《忘川》，她不免又想起了罗嘉。自从罗嘉从亚瑟珠宝辞职以后，她辗转从别的同学那里得知了她的消息。知道她返回学校继续深造，她有些吃惊，却又倍感欣慰。这样，至少在下次见面时，她们终于能够站在平等的位置上心平气和地注视彼此。

就在这时，林青枝的名字从主持人口中读出。她此时还在愣神，直到宋屿轻轻地推了她一下，她才发现众人已经开始鼓掌，而他们的目光全都落在了自己身上。

“真的，是我？”林青枝指向自己，一脸懵懂，不可思议。

“快去吧。”宋屿微笑着轻吻了一下她的脸颊，小声鼓励道。

林青枝提着裙摆一步一步走上阶梯，众人的掌声将她送到了主持人面前，她看着面前的奖杯，心潮澎湃。3 年前，她在咖啡馆里看见一个漂亮的女孩站在同样的位置，于是不小心将咖啡泼到了客人身上；3 年后，却是她自己站在这里，台下向她鼓掌示意的男子正是当年被她泼了一身咖啡的客人。这 3 年里她经历了许多，遇到的委屈、不甘、开心和感动，到今天全都汇聚成了眼底激动的泪水。主持人示意她发表获奖感言，她却捂住嘴巴，不发一言。

台下再次响起了热烈的掌声，是在对她以示鼓励。林青枝深吸一口气，终于从激动的心境里抽身而出，说道：“我从未想过这一次能够获奖，因为我知道自己是个新人，在珠宝设计上还有很长的路要走。”林青枝轻轻地开口，心情渐渐平复，“但是大家却并不吝于给予我肯定，能够得到这个奖，我备受鼓舞。我向大家保证，在今后的设计中，我将倍加努力，争取将更好的作品展现给大家！”林青枝的话音落下，现场再次响起了热烈的掌声。她回到自己的座位上，心跳犹如擂鼓。

“这不是很不错吗？”宋屿在她耳边轻笑。

“我的手心里全都是汗。”林青枝将手摊在他的面前，无限唏嘘。

宋屿笑着摇头，刚要继续调侃，主持人却又念到了他的名字。林青枝立刻睁大了眼睛。

“竟然真的是双杀？”她喃喃自语，显然不敢相信。

“小枝，你到底是看不起自己，还是看不起你男朋友？”宋屿哭笑不得，但是一转身便换上了得体的微笑，从容不迫地走上了颁奖台。谢过主持人，宋屿拿着奖杯面向了在场观众。

“这虽然不是我第一次拿奖，但每一次拿奖我都心情激动。”宋屿微笑，目光却始终没有离开过台下的林青枝，“大家都知道，这次我获奖的作品是一枚铂金戒指，叫作‘长歌’。‘长歌’在中文里有长声歌咏的意思，也指写诗，所以这枚戒指是我写给一个人的诗。”

林青枝坐在台下，被那双在昏暗中微微发亮的眼睛看得心神摇曳。

宋屿顿了一下，竟从西装口袋里拿出了一枚戒指。画面拉近，那枚戒指显然就是宋屿获奖的作品“长歌”。

“人这一生太短暂，可我想写给那个人的诗却太长。我不知道该怎么表达，只好将它们凝聚成一枚小小的戒指，期望能够亲自将它戴在她的手上，让她用一生来聆听。”宋屿拿着那枚戒指，开始向台下走去。

现场有人终于反应过来宋屿想干什么，于是他们立刻站起来鼓掌，很快整个会场的人都站了起来，掌声绵长而热烈，直到宋屿走到了林青枝的面前。林青枝匆忙起身，宋屿却单膝跪下。

“林青枝，嫁给我，好吗？”他的声音不大，但每个字都通过话筒，传遍了四面八方。

林青枝双手捂住嘴巴，不知该作何回答。她以为这个时刻不会这么早到来，却没想到他竟会选择这样一个场合。索罗贝尔设计奖颁奖典礼的现场，无数名流列席，无数媒体瞩目，他竟然就在这样一个场合于她面前单膝跪下，捧着戒指向她求婚。何其疯狂，又何其浪漫。

“林青枝，嫁给我吧。”宋屿久久没有得到回应，于是便再说了一遍。

现场的掌声越发热烈，所有人都向这对世界顶尖的设计师投去了祝福的目光，期待得到一个完美的结局。林青枝缓缓地放开双手，她看着他，泪水模糊了视线，眼睛却亮若星辰。

“好。”她轻声以答，却引得众人欢呼。

将戒指戴上她的无名指，宋屿随即将她打横抱起转了一圈，向在场的众人微笑示意。这一天，他在世界面前向她宣告承诺。这一天，他在世界面前将唯一一首长诗献给她。从这一刻起，纵世间有万千辉光，在他心中，也只有她那一抹狡黠浅笑最动人心弦。此时此刻，唯你是我心中唯一璀璨。

番外

## 我不嫌弃你

林青枝坐在竹里馆里，她的面前是一张空白稿纸，右手边则放着一杯维也纳咖啡。

欧立夏数次经过，见她只是盯着稿纸出神却并不动笔，不由心生好奇。

“小青枝，你不会是江郎才尽了吧？”趁着店里的客人并不多，他索性坐到了林青枝对面。

“老板，就算你再也研制不出新咖啡，我也不会画不出新设计稿。”林青枝抬头看他，礼貌微笑。

“小青枝，不得不说你最近变化挺大的，是不是跟宋屿在一起待得太久了？”欧立夏上下打量了她一番，露出了痛心疾首的表情。

此时距宋屿当着全世界的面向她求婚已过去了一个月，因为手头上工作太忙，所以两人一直没能把结婚提上正式日程；这种结果直接导致林景堂方面，或者说是林语之急得跳脚，恨不能直接去亚瑟珠宝总部施压，好让他们两人能够放个长假去处理结婚领证事宜。

所以欧立夏不明白，既然她今天难得有空，干吗不去逛逛婚纱店，看看婚庆公司，反倒还要坐在他的竹里馆里对着稿纸发呆？

“宋屿快要过生日了。”被欧立夏盯得难受，林青枝终于坦白交代。

“那就买礼物呗。”欧立夏想都不想就接过话来。

“你过生日，老板娘送你什么？”林青枝瞥他一眼。

“花。”欧立夏愣了一下，随即明白过来她在纠结什么了，“你是想自己设计一样首饰送给他？”

“就是这样。”见不用解释，林青枝松了口气。

“挺好啊，反正你们都是设计师，送这个比送其他东西有意义多了。”欧立夏立即表示赞同。

“也难多了。”林青枝叹了口气，用力揉了揉额角。

因为都是设计师，所以宋屿的眼光很挑剔，一般的设计完全入不了他的眼。她想根据他的喜好下笔，却又担心他觉得太俗气；她想从他的生辰石、生辰花入手，却又怕设计出来的东西太女性化；她想设计一些有纪念意义的元素进去，可他们之间最有纪念意义的事情好像都是工作，唯一一个与工作扯不上边的，就是她第一次见面时泼了他一身咖啡——总不能让她把这个画进设计图吧？所以一来二去，她只能是对着空白稿纸发呆，脑子里竟然一点灵感都冒不出来。

“要不然，你先出去逛一圈再回来画？”欧立夏对她的灵感枯竭深表同情，于是替她出了个主意。

“没用的，我现在脑海里一点儿方向都没有。”林青枝趴在桌上，有气无力地呻吟道。

欧立夏还准备再说话，玻璃门突然被推开，风铃叮当作响。他起身去招呼客人，但那名客人却谢绝了他的引领，径直走到了林青枝的桌旁。

“看起来，你这个顶尖设计师还真是过得挺悠闲。”清脆悦耳的声音响起，林青枝愣了一下，猛然坐起抬头。来人摘下墨镜，赫然就是出国深造许久未归的罗嘉。

“罗嘉，你回来了！”林青枝霍然起立，说不上是惊讶还是惊喜，心里五味杂陈。

罗嘉轻描淡写地看了她一眼，而后便在她对面坐下，伸手向欧立夏点了一杯卡布奇诺。

“这种天气，我在教室里拼死拼活地画图，你却坐在咖啡馆里趴在桌上吹冷气，工作前的状态和工作后的状态果然是天壤之别。”她上下打量了林青枝一番，竟是无限感慨。

“这个时候，是学校放假？”林青枝问。

“不，是因为宋屿的生日。”罗嘉瞥她一眼，从自己包里拿出了一个包装好的礼物盒，“这个给你，替我转交给他。”

“你为什么不自己给他？”比起罗嘉还惦记着宋屿这件事，她更奇怪对方为什么连这点儿小事都要他代劳。罗嘉的表情很明显地僵了一下，林青枝立马就知道她不愿意谈这个话题。

“好吧，我知道了。”接过礼物盒，林青枝决定不再过问其他。

罗嘉露出一副“这才知趣”的表情，目光落在了她的空白稿纸上。

“你想送宋屿一件首饰？”她问。

“嗯。”林青枝如实点头。

“放弃吧，你设计不出来的，还不如买点儿别的实际。”罗嘉当头就给她泼了盆冷水。

林青枝表情愤愤，刚要开口反驳，罗嘉却已经起身。

“我还有别的事，先走了。你记住，一定要把我的礼物送到。”她挥了挥手，便头也不回地走出了竹里馆。

“这杯咖啡怎么办？”欧立夏这时端来了咖啡，看了眼离开的罗嘉，又看了眼林青枝，表情为难。

“你先放这吧。”林青枝敲了敲自己对面的桌子。

过了一会儿，玻璃门又被推开，一个身影像风一样卷到了林青枝面前。林青枝抬头，是程亦飞。“你怎么知道我在这里？”林青枝皱眉问道。刚刚是罗嘉，现在又是他，怎么好像全世界都知道自己的行踪一样。

“这个你别管，帮我带个东西。”程亦飞二话不说，拿出一个盒子递给了林青枝。这个盒子没有包装，林青枝一看就知道是根皮带。

“这是给宋屿的生日礼物？”她问。

“反正你给他就行。”程亦飞有些生硬地回答。

如果不是碍于形象问题，她真想翻个白眼。见程亦飞跑得有些气喘吁吁，林青枝便请他坐下，顺便将那一杯没喝过的卡布奇诺推到了他面前。

“你一个人干吗点两杯咖啡？”程亦飞端起咖啡喝了一口，有些奇怪地看她一眼。

“这不是我点的，是罗嘉点的。”林青枝凉凉地道。

刚刚入口的咖啡一下子就被程亦飞喷了出来。

“你干什么！”无故惨遭波及，林青枝立即心有余悸地四下打量，幸好除了稿纸和桌面，她的身上并没有遭殃。

“罗嘉回来了？她在哪里？”程亦飞赶紧抽出几张纸巾胡乱地擦了擦

桌面，注意力却全在罗嘉身上。

“我不知道她在哪里，但她刚刚才出去。”林青枝话音未落，程亦飞已经又像风一样地卷了出去。玻璃门上的风铃响得叮当叮当，就像刚刚被狂风过境。

欧立夏拿来抹布拯救林青枝于水火，他看了眼林青枝手里的礼物，突然觉得刚刚那姑娘的建议也没什么错：“要不然，你也去挑一个礼物送给他算了？”

“那多没诚意。”林青枝不甘心。

在索罗贝尔设计奖颁奖现场，他将“长歌”献给了她，那是莫大的幸福，却也激起了她强烈的好胜心。她也想送出那么一件首饰，能够常伴于他左右，对他来说也意义非凡。可是，从现今这个阶段来看，真的好难。欧立夏笑着摇摇头，却突然想起了一个更实际的问题。

“宋屿是几号生日？”他问。

“……今天。”林青枝愣了一下，她回想了半天，终于苦兮兮地抬头看他。

宋屿下班回家时，正好看到林青枝蹲在他家门口假装蘑菇。

“怎么，忘记带钥匙了？”宋屿将她拉起，一边开门，一边笑着问。

“没有，只是不想回自己家。”林青枝的声音平平，显然兴致不高。

宋屿看她一眼，目光落在了她提着的袋子上。

“这是我的生日礼物吗？”他问。

“嗯，但都不是我送的。”林青枝的声音更闷了。

宋屿嘴角微挑，将她带进了自己的家里。依照惯例，仍然是宋屿下厨。

林青枝坐在沙发里，面对着眼前的礼物出神。她一心想设计出一件独一无二的首饰送给宋屿，可冥思苦想了这么久却仍是毫无头绪，直到他生日这一天，那个设计也还是空白一片，这对她来说简直是莫大的打击。她不愿意承认自己比宋屿差这么多，但现实却让她不得不承认，她的确还是太年轻了。

饭菜的香味很快飘出厨房，林青枝吞了下口水，肚子已是咕咕作响。待到宋屿解下围裙落座席间，林青枝看了他好几眼，脸色便泛起了异样的红晕。

“怎么了？”见她神色有异，宋屿不禁出声询问。

“没事，给你礼物。”林青枝有些慌张，只得将手里两件东西一股脑塞进了宋屿怀里。

宋屿接过礼物，看了一遍之后立即便拿着皮带问：“这是不是程亦飞送的？”

“这都看得出来？”林青枝不免有些惊讶。

“他送礼物从来都是送皮带，我也不知道他到底是怎么想的。”宋屿微微苦笑，看样子是想起了什么不堪回首的经历；随即他又将另一件礼物拆开，摆弄半天却仍是不得其解，“这件礼物是谁送的？”

“是……罗嘉。”林青枝顿了一下，偷偷看了眼宋屿的脸色。

宋屿抬眼看她，哭笑不得地问：“林青枝，你竟然帮情敌递礼物，你又是怎么想的？”他看着她，神色颇为无奈。

“罗嘉千里迢迢从英国回来就是为了给你送个礼物，我要是这点儿忙都不帮，是不是有点儿太过分……”林青枝话语讷讷，显得很不自然。

“你高兴就好。”宋屿闻言，只得叹气。既然林青枝都不计较罗嘉之前干的那些事，他要是还一直耿耿于怀，是不是就显得有点太小气了？

见宋屿没有生气，林青枝松了口气，正要继续说笑，却见宋屿突然将手伸到了她的面前。

“我的礼物呢？”他问，笑得无比温柔。

“给你了呀。”林青枝心里一突，决定装傻。

“这都是别人的礼物，我要你的礼物。”宋屿却不给她糊弄过去的机会，继续微笑。

林青枝支支吾吾，一时间不知该如何作答。宋屿的微笑渐渐敛去，他的眼神慢慢黯淡下来。“原来你忘了。”他的声音很轻，听在林青枝耳中却宛如炸雷。

“我没有忘！”她激动地站起来，却在对上宋屿那双眼睛时又蔫了下去。

“我真的没有忘，只是……我画不出来。”林青枝沉默半晌，终于自暴自弃地坦白，“你在颁奖典礼上将‘长歌’送给了我，我也想为你设计出一款独一无二的首饰，可是这么多天里我绞尽了脑汁，却仍然什么都画不出来。”

“我不知道该设计出一款什么样的首饰给你，才能既不被你嫌弃，又配得上你。”

宋屿看着她，惊诧的目光慢慢柔和，最终化成了温暖的笑意。他站起身来，走到她身边，温柔地将她拥入怀中。

“只要是你送给我的，我怎么可能嫌弃？”将下巴抵靠在林青枝的头上，宋屿只觉得心里一阵温暖，“我连你都不嫌弃，还会嫌弃你送我的设计？”

“宋屿，你这是在安慰我？”林青枝忍不住吐槽。但话语交织间，却错落出了最暖心的情感。

我愿意为你绞尽脑汁，你能够对我包容以待，这世间最美好的契合，也许正莫过于此。

“宋屿。”

“嗯？”

“如果我把第一次见面时泼你的那杯咖啡设计成胸针，你会戴吗？”

“……我还是再考虑看看吧。”

“真过分！”

图书在版编目（CIP）数据

万千辉光不如你 / 秦宁著. -- 南京 : 江苏凤凰文艺出版社, 2019.5

ISBN 978-7-5594-3516-3

Ⅰ. ①万… Ⅱ. ①秦… Ⅲ. ①长篇小说－中国－当代 Ⅳ. ① I247.5

中国版本图书馆 CIP 数据核字 (2019) 第 058782 号

| 书　　名 | 万千辉光不如你 |
|---|---|
| 作　　者 | 秦　宁 |
| 责任编辑 | 丁小卉 |
| 选题策划 | 黧　豆 |
| 出版发行 | 江苏凤凰文艺出版社 |
| 集团地址 | 南京市湖南路 1 号 A 楼，邮编：210009 |
| 集团网址 | http://www.ppm.cn |
| 出版社地址 | 南京市中央路 165 号，邮编：210009 |
| 出版社网址 | http://www.jswenyi.com |
| 印　　刷 | 三河市华润印刷有限公司 |
| 开　　本 | 880×1230 毫米 1/32 |
| 字　　数 | 170 千字 |
| 印　　张 | 8.5 |
| 版　　次 | 2019 年 5 月第 1 版，2019 年 5 月第 1 次印刷 |
| 标准书号 | ISBN 978-7-5594-3516-3 |
| 定　　价 | 38.00 元 |